LA PEQUEÑA FARMACIA LITERARIA

Elena Molini es la propietaria de La pequeña farmacia literaria, una librería que existe realmente en Florencia y que, siguiendo los dictados de la biblioterapia, recomienda libros en función del estado de ánimo de los lectores, como si fueran medicamentos.

La pequeña farmacia literaria, su debut literario, cosechó un gran éxito y pronto será llevado al cine.

Con *Una detective en La pequeña farmacia literaria*, la autora recupera a los personajes y los escenarios de la primera novela, y, al más puro estilo *cozy crime*, rinde homenaje a los clásicos de las novelas de misterio.

www.piccolafarmacialetteraria.it

Si tienes un club de lectura o quieres organizar uno, en nuestra web encontrarás guías de lectura de algunos de nuestros libros. **www.maeva.es/guias-lectura**

PEFC

PEFC/14-38-00308

Este libro se ha elaborado con papel procedente de bosques gestionados de forma sostenible, reciclado y de fuentes controladas, avalado por el sello de PEFC, la asociación más importante del mundo para la sostenibilidad forestal.

EMBOLSILLO apuesta para frenar la crisis climática y desea contribuir al esfuerzo colectivo y permanente de proteger y preservar el medio ambiente y nuestros bosques con el compromiso de producir nuestros libros con materiales sostenibles.

ELENA MOLINI

LA PEQUEÑA FARMACIA LITERARIA

Traducción:
ISABEL GONZÁLEZ-GALLARZA

EMBOLSILLO

Título original:
La piccola Farmacia Letteraria

© Elena Molini, 2019
© Mondadori Libri S.p.A., Milán, 2021
© de la traducción: Isabel González-Gallarza, 2021
© de esta edición EMBOLSILLO, 2023
 Benito Castro, 6
 28028 MADRID
 www.maeva.es

EMBOLSILLO defiende el *copyright*©.

El *copyright* alimenta la creatividad, estimula la diversidad, promueve el diálogo y ayuda a desarrollar la inspiración y el talento de los autores, ilustradores y traductores.

Gracias por comprar una edición legal de este libro y por apoyar las leyes del *copyright* y no reproducir total ni parcialmente esta obra por cualquier medio o procedimiento, ya sea electrónico o mecánico, tratamiento informático, alquiler o cualquier otra forma de cesión de la obra sin la autorización previa y por escrito de los titulares del *copyright*. Diríjase a CEDRO (Centro Español de Derechos Reprográficos) a través de la web www.conlicencia.com o por teléfono en el 91 702 19 70 / 93 272 04 47, si necesita fotocopiar o escanear algún fragmento de esta obra. De esta manera se apoya a los autores, ilustradores y traductores, y permite que EMBOLSILLO continúe publicando libros para todos los lectores.

ISBN: 978-84-18185-57-1
Depósito legal: M-19035-2023

Diseño e imagen de cubierta: Mauricio Restrepo sobre imagen de:
© Giulia Maio
www.noncieromaistata.com

Impreso por CPI Black Print (Barcelona)

Impreso en España / Printed in Spain

Índice

Apéndice

A mi hermana, por todo lo que le debo.
A Mattia, que creyó en mí
cuando ni yo misma era capaz de hacerlo.
A vosotros, por siempre agradecida.

Este libro es para quienes han perdido el tren que llevaban esperando toda la vida.

Para quienes han llorado, se han levantado y han proseguido camino.

Para quienes querían huir de sí mismos, pero siempre se acababan encontrando, y para quienes aun sintiéndose fuera de tiempo marcaron un gran gol en el último minuto.

Prólogo

A veces en la vida uno se siente perdido, acabado. Siente que se ha roto en mil pedazos, mira a su alrededor y no sabe por dónde empezar a recogerlos. Tratamos de reconstruir lo que se ha roto para que vuelva a ser lo más parecido posible a como era antes. Pero no conseguimos volver a unir esos trocitos. No encajan de ninguna manera. Y no lo hacen porque en realidad no nos pertenecen.

Esos pedazos son todos los sabios consejos que hemos seguido a lo largo de los años, consejos que parecían muy sensatos, pero que en realidad nos llevaban muy lejos de nuestro verdadero yo. Son todas las decisiones que hemos tomado porque «venga, sí, es mejor así», pero no era mejor así, era solo más cómodo.

«Total, es poca cosa, las decisiones importantes son otras.»

Y, poca cosa tras poca cosa, llegamos a un punto en el que la vida entera que hemos construido no es la nuestra.

Y, luego, cuando todo se derrumba, nos desesperamos sin intuir que, en realidad, es una gran suerte. Las crisis nos hacen entender que nos estamos equivocando, que el camino que hemos decidido recorrer no es el que nos conviene. Si logramos entender a tiempo que nos estamos traicionando, entonces es bastante probable que podamos salir adelante.

Mi relato empieza justo ahí, en el intento de poner orden en una vida desordenada.

Quizá esta historia pueda parecer absurda, pero yo voy a contarla exactamente como ocurrió, y para hacerlo voy a empezar por el principio, por ese día que parecía un día como tantos otros.

Y en realidad no lo era.

1

De citas desastrosas, encuentros inesperados y nuevas esperanzas

> En tiempos difíciles hay que tener sueños difíciles, sueños reales, aquellos que, si nos empeñamos, se harán realidad.
>
> Clarissa Pinkola Estés,
> *Mujeres que corren con los lobos*

El principio

Es CIERTO QUE esa mañana tenía unas ojeras que daban miedo.

Y más cierto todavía que no pensaba pasar una sola velada más de pasión platónica con supuestos poetas raros, como aquel con el que acababa de salir. Ya solo la cena había sido bastante desastrosa, y lo que vino después, la debacle total de mis esperanzas de salir con alguien que no estuviera loco de atar. Al tercer poema de Cesare Pavese que Dimitri —que así se llamaba— recitó con los ojos cerrados, me batí en una estratégica retirada, recurriendo al truco de la falsa llamada de la amiga que se había quedado en la calle al olvidarse las llaves.

Me tragué una última copa del carísimo whisky de turba, que apestaba a azufre, de la bodega privada del tío

13

de Dimitri y me marché con la promesa de llamarlo al día siguiente, cuando lo que hice en realidad fue bloquearlo en el móvil nada más salir de su casa, aun a riesgo de acabar en el Arno con la bici.

El espejo del baño, sin embargo, me decía que, pese a las ojeras, tampoco estaba tan mal; el reloj, en cambio, sostenía que debía darme prisa si quería abrir la librería a una hora decente.

Mientras tanto, de la cocina llegaba el jaleo de las tres chicas con las que había decidido compartir mi espacio vital.

—¿Qué quiere decir cuando sale la muerte? Trae el libro, que no me acuerdo.

—Ay, Dios, no estaré embarazada, ¿verdad?

—Pero ¿es que no sabéis que las barajas no las pueden utilizar varias personas a la vez? Así no funcionan.

—Dejaos ya de tonterías del tarot. Si quieres saber si estás embarazada, ve a la farmacia y cómprate un test.

—Entonces ¿paso del tarot?

Sí, aunque ya había cumplido los treinta, seguía compartiendo piso. No solo porque mi cuenta bancaria estaba en números tan rojos como un guiri en el primer día de playa, sino porque, sobre todo, adoraba a esas chicas.

Éramos cuatro, como los amigos del bar de la canción de Gino Paoli que iban a cambiar el mundo. Rachele, Giulia, Carolina y yo misma, a quien sus padres, tan simpáticos y alternativos ellos, habían tenido la feliz idea de llamar Blu. Sí, sí, Blu, como el color*. Una sílaba, tres letras: B-L-U. Ningún diminutivo o apelativo cariñoso posible, infancia arruinada y odio declarado por todas las niñas que tenían un nombre de más de cinco letras.

---

* En italiano, *blu* significa azul. (Todas las notas son de la traductora.)

Por las mañanas, el desayuno era nuestro ritual: podíamos no coincidir en todo el día, pero el primer café teníamos que tomárnoslo juntas. Y os aseguro que tomarse el café que preparaba Carolina en la antigualla de cafetera con la junta defectuosa que siempre se acababa derramando sobre los fogones era un auténtico acto de amistad.

Ahí estaba el café la mañana en la que todo empezó, oscuro y espeso, mirándome burlón desde la tacita con la cara de Charlie Brown dibujada. Tenía una técnica consumada para bebérmelo sin vomitar: me lo tragaba como hacía de niña con el temible jarabe Bactrim para la tos: de un sorbo rápido, preciso y quirúrgico.

—Chicas, ¿sabéis que Enrico llegó ayer a Nápoles? Me ha mandado esta foto, ¿no es un encanto? Le han arreglado los dientes, está cambiado, pero yo lo sigo encontrando guapísimo.

Carolina nos agitaba el móvil delante de los ojos. Pese a haberse graduado en Psicología con la nota máxima, pese a haber terminado la escuela de Psicoterapia con un expediente brillante y pese a una carrera de psicoterapeuta que había despegado mientras cursaba un máster para hacerla despegar aún más, mi amiga no era inmune a enamoramientos tan inesperados como discutibles. El último, por un chico diez años menor que ella —Carolina y yo teníamos la misma edad—, que se ponía hasta arriba de porros como un adolescente. Después de un accidente en el que había perdido toda la dentadura, había emprendido un viaje espiritual en bicicleta por el sur de Italia. Como era obvio, también se había tomado un descanso en su relación con Carolina, pero ella parecía no darse cuenta, fascinada como estaba por su determinación.

—Me encantaría quedarme aquí disertando sobre los poderes paranormales del tarot y los preciosos dientes postizos de Enrico, pero tengo una librería que abrir —dije, notando aún en la boca el horrible sabor del café.

—Me voy contigo, que si no la jefa me mata cuando llegue a la oficina.

Rachele cogió el abrigo y se escabulló deprisa por delante de mí para llegar a la puerta. Lo hacía todo así: comía, hablaba y estudiaba a una velocidad sorprendente. Era mi preferida de las tres: fascinante sin saberlo y despiadada a sabiendas. A ella nunca podías ocultarle nada, ni siquiera aquello de lo que más te avergonzabas. Y sabías muy bien que no te pasaría nada por alto. No tenía el detalle de dorarte la píldora cuando debía decirte que estabas haciendo una tontería y, al ser extremadamente inteligente, solía tener razón. Pese a todo, se lo perdonabas, aunque fuera una cabrona resabiada, porque sabías que en el fondo te tenía cariño. Nos conocíamos desde hacía la friolera de veintiocho años, es decir, la edad de Rachele; vamos, que éramos casi hermanas. Nuestros padres eran amigos de toda la vida, y cada vez que, de niña, yo bajaba a Florencia desde Liguria para ver a la abuela Tilde, Rachele y yo jugábamos juntas. Compartíamos la misma pasión por la literatura y ambas soñábamos con ser escritoras. En los períodos que pasábamos sin vernos, nos contábamos las cosas en largas cartas escritas con palabras en clave que solo entendíamos nosotras. Éramos un club muy exclusivo.

Cuando decidí mudarme a Florencia, le suplicó a su madre que la dejara venirse a vivir conmigo.

—¿Cuándo vas a decidirte a cambiar de moto? —le pregunté—. Aparte de que en mi vida he visto una moto más fea, te deja una peste tremenda a alquitrán en la ropa, y no solo eso, ¿sabes cuánto contamina un motor a dos tiempos?

Te compras perfumes franceses que cuestan un ojo de la cara y luego usas este trasto.

—Mira, librera ecologista de las narices, ¿quién me va a comprar una moto nueva, tú? Yo no voy por ahí en bicicleta con un bolso *hippy* peruano. Además, ¿qué tienes en contra de Granuja? Es un objeto maravilloso. Es... ¡*vintage!*

Granuja, la moto de Rachele, era una Liberty del 99 de un color bronce espantoso a la que le habían arrancado la rejilla delantera en un intento inexplicable de robo. Cuando ocurrió, ella ni se inmutó, conservó su legendario aplomo y lo solucionó tapando el agujero con una bolsa de basura negra antes de completar el trabajo con otra rejilla sustraída de un cacharro abandonado en el extrarradio. Alguien escribió «cabrón» con rotulador violeta sobre el parche, probablemente después de que Rachele se dejara la moto aparcada de cualquier manera en la acera una noche en que tocaba limpiar la calle.

—Voy a pasar por alto tu comentario sobre mi bolso. Me voy a trabajar, nos vemos esta tarde. Ah, ¿me has preparado lectura?

Rachele bajó la mirada, tímida de repente. Siempre me sorprendía esa faceta suya. Desde que su trabajo en un periódico local le había abierto los ojos sobre la realidad de la vida de publicista de poca monta, había decidido aparcar los estudios de Periodismo para buscar otros caminos. Pero su pasión por la escritura sobrevivía intacta y nunca había abandonado el sueño de ser escritora. Casi todas las tardes después de una jornada de ocho horas, se tomaba un bocado en la biblioteca delante del ordenador y escribía relatos que enviaba a todos los concursos literarios que encontraba.

No hacía mucho que había decidido centrarse en su primera novela, y antes de Navidad me pidió que le diera mi opinión. Para ella, escribir era también una manera de abstraerse de un contexto familiar que en los últimos años se había vuelto difícil. Sus padres siempre habían tenido una situación más que desahogada, pero, tras la quiebra de la empresa familiar, el patrimonio se había ido casi por completo en cubrir las deudas que su padre había contraído. Toda esa desagradable historia la había sumido en una situación de indigencia desconocida para ella. Su trabajo en Reska, una agencia de gestión de cobros, que había encontrado gracias a un anuncio en internet, le permitía pagar el alquiler de la habitación que hasta entonces su padre, el señor Torresi, le había estado costeando de manera puntual mediante transferencia bancaria. Odiaba aquel trabajo, pero por ahora se contentaba con él, a la espera de algo que no fuera freír patatas en un restaurante de comida rápida —aunque, con tal de no volver a casa de sus padres, también lo habría aceptado—.

—Pensaba que se te había olvidado —murmuró, rebuscando en su bolso de suave piel marrón, a juego con el abrigo—, toma, aquí tienes los dos primeros capítulos. Ojo, no quiero que me hagas la pelota. Tienes que ser más despiadada que nunca en tu vida.

—Tranquila, tengo cuentas pendientes contigo.

—A propósito... —Se le dibujó una sonrisita maliciosa en los labios, que ese día llevaba pintados de color ladrillo, a juego también con el bolso y el abrigo, ¡malditas chicas elegantes!—. ¿Qué tal anoche con ese pobre hombre que te seguía a todas partes? Supongo que no muy bien, si tuve que hacerte la falsa llamada de socorro.

No tenía ganas de hablar del desastre de la noche anterior, así que la corté.

—Me voy, que llego tarde a trabajar.

Me echó la típica mirada sarcástica que utilizaba cuando sabía que te había pillado. Mientras sacaba el casco de la moto, me quedé admirando su precioso cabello color caoba, que le caía en suaves ondas sobre la espalda. Yo nunca habría tenido un cabello tan brillante ni lavándomelo todos los días con agua de Evian, y lo asevero porque lo intenté un tiempo, con escasos resultados, después de leer en *Vanity Fair* que era parte de la rutina de belleza de Demi Moore desde hacía años.

—Adiós, Bluette, nos vemos esta tarde.

Me lanzó un beso con la mano, dejando tras de sí una nube negra de contaminación.

Me miré un momento con los ojos de Rachele. No me parecía que ese día llevara un *look* especialmente raro. Vestía unos vaqueros negros, un jersey beis de cuello alto con pompones, las botas de pelo que me ponía en noviembre y no me quitaba hasta mayo y un poncho verde botella que combinaba a la perfección con mis ojos. No era una chica elegante, pero al menos lo intentaba. Bajé la mirada hacia el bolso: es cierto que era muy grande y de colorines, pero no me lo había comprado en el mercadillo étnico, como tantos otros bolsos que tenía, sino en la Feria de Artesanía, y estaba hecho a mano por un diseñador japonés. Aquel día me había dejado llevar por el entusiasmo y le había comprado a una artesana africana el enésimo turbante para el pelo, que por supuesto había acabado en un cajón junto con todos los demás accesorios para el pelo que nunca me pondría. Todos los años la misma historia: veía a las chicas con pañuelos de mil colores en la cabeza y las encontraba tan atractivas, guapísimas y superalternativas. Me compraba uno, llegaba a casa, me lo ponía y, en vez de una reina africana, parecía un huevo de Pascua fuera de temporada. Para mí, el motivo por el cual las cintas para el cabello perdían su belleza nada más salir del recinto de la feria era un misterio semejante al del triángulo de las Bermudas, o al de Stonehenge.

Mientras me subía a la bici para recorrer el trayecto entre nuestra casa en Santo Spirito o, más exactamente, en *via* del Campuccio, y la librería, iba rumiando en mi cabeza las palabras de Rachele y el misterio de las cintas de pelo.

La preciosa luz de ese martes quince de enero inundaba las estrechas callejuelas adoquinadas del centro, haciendo que, por un instante y pese al frío cortante, me sintiera en paz conmigo misma.

Me encantaba ese momento, como todos aquellos en los que las cosas parecen estar justo donde tienen que estar, cuando puedes cerrar los ojos y describir cada ángulo y cada situación, cuando sabes muy bien lo que te vas a encontrar y te sientes seguro, por poco que dure.

Si en ese instante alguien me hubiera pedido que hiciera una lista de mis cinco cosas preferidas, habría tenido clarísimo qué poner y en qué orden. «A Blu le gusta la siesta de la tarde.» Pero una siesta seria, de dos horas mínimo, de esas que cuando despiertas no sabes en qué era geológica estás y tienes tanta hambre que hasta te comerías con gusto unas lonchas de un espantoso embutido de pavo, el *must* de toda dieta hiperproteica que se precie, o la pechuga reseca del pollo asado. Siempre he estado firmemente convencida de que la gente a la que le basta con diez minutos de sueño para sentirse en forma debe de tener algún poder paranormal que yo obviamente ignoro.

«A Blu le gusta la pizza», y pensaréis: y a quién no, pero lo extraordinario es que yo, sobre una masa de pizza, soy capaz de comerme cosas que en el día a día me dan asco, pero un asco tremendo, como, por ejemplo, las alcaparras o el queso Gorgonzola.

«A Blu le gusta disfrutar de una buena copa de vino blanco helado en los bancos de *piazza* della Passera.» Ay,

Dios mío, en los días más difíciles Blu se tomaría encantada más de una.

«A Blu le gustan las tardes de verano, con el sonido de las cigarras de fondo y un buen libro para hacerle compañía», y aquí la siesta de la que he hablado antes pega de maravilla.

Visto así, parecería que, aparte de comer, beber y holgazanear, en esta vida a Blu no le gusta nada más, pero no es así.

Todo esto lo he dicho para llegar a la inesperada traca final: de ser una chica sedentaria, capaz de zamparse una pizza con alcaparras, Gorgonzola y triple de salami, y si es frita, mejor, acompañada de una botella de vino, para justo después meterse en la cama y no perder así ni la más mínima y valiosa partícula de grasa que se le pueda fijar en el culo, nuestra Blu se transforma en una ciudadana responsable que no contamina y se desplaza a golpe de pedal. Resumiendo: por último, «a Blu le gusta montar en bicicleta por la mañana en el centro de Florencia», en ese momento en el que la ciudad semidormida se despierta con el murmullo de los comerciantes que barren las calles y de los vendedores ambulantes que charlan entre ellos mientras montan sus tenderetes.

Sí, me gustaba imaginarme como a la protagonista de la película *Amélie,* aunque el flequillo corto me quedara casi tan mal como el turbante africano.

Tenéis que imaginarme sobre una bicicleta destartalada, en enero, con un frío de perros, intoxicada por el humo del tubo de escape del camión de la limpieza, fingiendo ser una parisina cosmopolita y refinada que va de bistró en bistró, revoloteando grácil como una libélula. ¿Os parezco patética? Un poquito de indulgencia.

Absorta en mi mejor interpretación de Amélie, por poco atropello a una turista —creo que sueca, a juzgar por el color del pelo— que se había lanzado a la calzada sin ni siquiera echar una ojeada antes de cruzar.

Esquivar a los viandantes distraídos era una costumbre y, con los años, para mí se había convertido casi en una diversión.

Turista alemana con sandalias Birkenstock y mochila Quechua a las diez, girar a la derecha. A las seis, japonés con laberintitis, sombrero con visera y bolso de Gucci en el que podría haber cabido entera pese a mi metro ochenta de estatura, me arrimo a la pared y timbrazo de advertencia.

Esa mañana, pese a todos los recursos que empleaba para ocultarme a mí misma el hecho de que en mi vida nada iba como tenía que ir, sentía un nudo de melancolía en el estómago. El borrador que acababa de entregarme Rachele reabría una vieja herida aún no cicatrizada, pese a que habían pasado ya casi dos años: mi despido de la editorial Bernini. Cuando pierdes el trabajo de tus sueños es un poco como cuando te deja el hombre al que amas y con el cual querías compartir tu vida. A todos los demás los juzgarás siempre por ese rasero y siempre saldrán perdiendo.

En Bernini, editorial especializada en textos religiosos, mi grado en Filología Clásica debería de haber sido una garantía que me asegurara un contrato indefinido. Pero, en lugar de eso, después de meses y meses de devoción, horas extra y jornadas mal pagadas, sacrificios, sapos tragados y digeridos, eligieron a otra persona. Contrataron a Federica. A la imbécil de Federica Ricci. Más fea que Picio, iba de santa, pero en realidad era fumadora. Obviamente, en cualquier ambiente laboral normal eso no habría tenido nada de malo, pero allí fumar se consideraba un crimen de lesa majestad. Con frecuencia había reparado en un olor extraño en su ropa, pero un día la pillé con las manos en la masa, aspirando con avidez un cigarrillo detrás del quiosco que estaba

22

cerca de la editorial. Me apoyé en la pared y la miré sin pestañear mientras anhelaba el momento en que se fijara en mí. Cuando lo hizo, yo con una sonrisa de oreja a oreja, por poco le da algo. Me suplicó que no dijera nada, y yo, que muy en el fondo tengo un corazón como una catedral, accedí. Ya se sabe, chivarse no es una actitud cristiana y en Bernini esa clase de actitud contaba bastante. Pero después de la confesión de Federica y de mi defenestración —porque, pobre pequeña Blu, no había sitio para dos correctoras—, descubrí que la fumadora chismorreaba con los jefes a mis espaldas y les contaba con detalle todos mis comportamientos libertinos que podían arruinar la reputación de la editorial. Como, por ejemplo, ir a tomar una copa sola.

Por aquel entonces, en via del Campuccio la noticia de mi despido se recibió con el seráfico silencio de Rachele y las protestas de las otras dos vecinas de la villa.

—Qué más da —me dijo Giulia—, si ni siquiera te gustaba ese trabajo. Te han hecho un enorme favor al despedirte. Ahora puedes seguir tus verdaderas pasiones.

Claro, lástima que ser editora era mi pasión verdadera.

—Ya, sí, pero era un sueldo fijo y seguridad, algo que no se puede subestimar en los tiempos que corren —objetó Carolina, que era desde siempre la más pragmática de mis amigas.

Y tenía razón: en esa casa, seguridades teníamos francamente pocas.

Por un motivo u otro, las cuatro constituíamos una muestra impresionante del género humano. Todas treintañeras o casi, de procedencia, nivel social y carácter heterogéneos, pero hermanadas por un elenco extraordinario de neurosis que, de haber seguido vivo, habría proporcionado a Freud el material necesario para escribir cuatro tratados más. A veces compartíamos la impresión de que nos habían reunido, sin nosotras saberlo, para algún experimento sociológico.

Una especie de *El show de Truman* de la mala suerte donde el premio final para quien lograra resistir la tentación de cambiar la valeriana en gotas por una buena pastilla de Xanax 500 era el trabajo de tus sueños o un hombre que no fuera un cóctel de paranoias e inseguridades.

Quizá nuestra fuerza residiera precisamente en estar unidas pese a llevar vidas tan distintas. Antes de abrir la librería, Giulia me dijo: «Tú inténtalo. Si te sale mal, ya lloraremos juntas».

Mi pequeña y mísera revancha llegaría un año después. Despidieron a Federica y no tuvo más remedio que hacerse autónoma, porque Bernini no podía permitirse más de un empleado a tiempo completo. Me habría encantado colarme en su casa y escribirle en el espejo con pintalabios rojo:

«Bienvenida al mundo de los trabajadores autónomos, *baby*.»

Absorta en esos pensamientos, me dispuse a subir el cierre metálico de la librería. Como era de esperar, no contenta con la pésima experiencia sufrida en la editorial y consciente de lo poco que ganan los editores, no quería renunciar a mis sueños. Después de mi despido, con dedicación monacal y un espíritu de sacrificio inferior tan solo al de los samuráis japoneses, contesté a todos los anuncios posibles e imaginables de trabajos vinculados al mundo editorial, e incluso encontré puestos que parecían hechos a mi medida. Confiada, mandé currículos, y durante al menos seis meses me tragué todos los mensajes grabados del mundo, pues, por miedo a perderme la llamada importante, contestaba incluso a las de números con prefijo internacional. Pero no recibí una sola en la que me citaran para una entrevista.

Mientras tanto, dado que necesitaba alimentarme con algo más sustancioso que creps congelados de tomate y mozzarella —cuatro creps por 1,29 euros: una auténtica ganga—, me enfrenté a los trabajos más dispares: desde cajera en un supermercado hasta redactora de cursos de formación. El único puesto para el que por fin consideraron idóneo mi currículo fue el de dependienta de la gran cadena de librerías LeggereInsieme.

Me presenté a la entrevista decidida a obtener el puesto, imaginándome lo bonita que sería mi vida entre los estantes de una librería. Cuando me llamaron para decirme que me habían seleccionado, estaba en el séptimo cielo. Pasar al otro lado de la barricada sin duda sería una bonita experiencia. Caí en ese error tan banal en el que tanta gente cae, a saber, el de creer que las librerías son un sitio mágico donde trabajar mientras te pierdes entre las estanterías, con el característico olor a papel... Ya me imaginaba con mi lista de favoritos que recomendar a los lectores, una selección tan variada como para satisfacer cualquier gusto literario, desde el más sofisticado hasta el más ligero. Propondría mis libros del alma, elegidos con mimo, a personas que seguro los apreciarían como se merecían.

Pero no.

Lo que descubrí en realidad, pronto y de mala manera, fue que si me hubieran contratado para vender salchichas y queso habría sido más o menos lo mismo. Mi trabajo no tenía nada de espontáneo, yo era solo una de esas dependientas odiosas que quieren encasquetarte calcetines y cordones cuando te compras un par de zapatos. Es más, ahora que sé lo que sufren, las miro con otros ojos: tenéis mi respeto y mi solidaridad, hermanas, libráis una guerra perdida de antemano.

—¡Señora, si le gusta este autor, tengo aquí, por solo 9,90 euros, el último libro de este otro! Y si su compra supera los 39,99 euros, ¡se lleva un maravilloso bono para gastar en las próximas compras! ¿Qué me dice, le pongo también un lápiz? ¿Una libretita? ¿Este simpático abanico para el bolso? Mire qué buen aire da. ¿Qué le parece?

Y si no lograbas alcanzar los objetivos fijados por la sede central, obviamente sobreestimados, te ponían en la calle por inepto.

Nota para los lectores: en el diálogo siguiente, podéis imaginaros a mi gerente de área en el papel de Maléfica de *La bella durmiente.* Yo soy Aurora, por supuesto, la campesina que va por ahí gorjeando con la cestita de mimbre y encuentra —para después pincharse— el único huso que queda intacto en todo el universo.

—Pero ¿cómo no consigues vender cincuenta y siete ejemplares diarios de *Pizzas grandes y pequeñas para preparar con tus hijos*? Que sepas que Lisa, de la librería del centro comercial Atlantide, vende sesenta al día. Seguro que estás haciendo algo mal en tu propuesta de venta al cliente.

—No sé cómo puede ser, Maléfica, lo siento mucho. Esta mañana, durante mi turno, solo han entrado dos personas en la librería: un chico de quince años que buscaba *Si esto es un hombre,* de Primo Levi; no creo que tuviera hijos; y una señora que, cuando se lo he propuesto, se ha echado a llorar y me ha dicho que su hija no le deja ver a sus nietos. He tratado de convencerla, argumentando que con las pizzas podía mejorar su relación, pero ha llorado con más fuerza.

—¿Y al chico no se lo has propuesto?

La campesina ha caído en la trampa, ahora se pinchará con el huso y dormirá para siempre.

—Pues... pues no, he dado por sentado que no tendría hijos.

—¿Lo ves? Eso es lo que haces mal, nosotros en LeggereInsieme no desistimos jamás. Podrías habérselo propuesto

26

como regalo para su madre o su abuela. ¿Has mirado las festividades en el calendario? La semana que viene es el Día de los Abuelos, no has pensado en esa oportunidad de venta.

—Lo siento muchísimo, Maléfica, trataré de esforzarme más.

—Le diré a Lisa que te mande un correo con todas las frases que ella emplea para lograr una mejor *performance*. Si no haces la propuesta del modo correcto, no lograrás resultados.

Si conseguías una *performance* —a Maléfica le encantaba esa palabra— particularmente buena, podías aspirar incluso a participar en la entrega de premios que se celebraba una vez al año durante la fiesta de la empresa.

—¡Un agradecimiento especial a nuestros amigos de Florencia por los maravillosos resultados alcanzados! Gina, ven a recibir el premio.

Torrente de aplausos.

Al cabo de unos meses, yo también me había convertido en un engranaje del sistema. El espantapájaros del crep congelado almuerzo-cena-cena-almuerzo conseguía mantener a raya mi parte más anárquica-rebelde, y me granjeaba cumplidos por parte de la dirección. Combatía en las trincheras con mis compañeras, que, como yo, odiaban el método de la empresa pero no podían eludirlo, pues tenían una familia que mantener.

—Blu, visto que tienes tanto don de gentes, hemos decidido que te encargues tú de las entrevistas para la selección de personal. Y, por favor, echa a todos los apasionados de los libros, aquí no los queremos.

—Por supuesto, Maléfica, a tus órdenes.

Los llamados «apasionados de los libros» eran aquellos que, a la pregunta «Según tú, ¿una librería se parece más a una biblioteca o a una zapatería?», respondían muy convencidos: «Pues a una biblioteca, por supuesto».

En ese momento no lo sabían, pero acababan de cerrarse las puertas.

Yo era una apasionada de los libros que iba de incógnito. Había conseguido engañar a Maléfica durante cerca de año y medio, pero al final no había sido capaz de mantener mi papel y me había quitado la máscara.

Si me hubiera sometido a la filosofía empresarial, muy probablemente aún seguiría allí vendiendo fundas de gafas y libros de bolsillo a 6,90 euros, pero había crecido entre la ciudad de Carrara y la zona de Lunigiana, donde los famosos disturbios, por lo que nadie podría sofocar mi parte anárquica e insurrecta.

De modo que les di las gracias, me despedí y me largué de allí. Por segunda vez en poco tiempo cerré un capítulo importante de mi vida, aunque en este caso con mucho menos dolor de corazón.

En efecto, una apasionada de los libros profesional como era yo no podía tirar la toalla. Así, movida por el entusiasmo, decidí aparcar todos mis miedos y abrir, apenas un mes y medio antes de esa mañana de enero y justo a tiempo para Navidad, una pequeña librería en un barrio del extrarradio.

Una gesta bastante desesperada, pero no más que yo, y nuestra desesperación común podía transformarse en fuerza. Las premisas, sin embargo, no eran de las mejores: en mi cuenta corriente apenas había unos míseros setecientos euros, no tenía ningún aval de padres o familiares y se me había metido entre ceja y ceja emprender una actividad de alto riesgo. La mitad del verano se me fue en estudiar todas las convocatorias para presentar una solicitud de financiación. La otra mitad, en consultar manuales con títulos tan atractivos como *Plan de negocio fácil para tu empresa, Planes de negocio para todos* y similares. La verdad es que no me resultó nada fácil trazar uno que tuviera sentido, ni reunir todas las estimaciones de gastos necesarias para acceder al crédito. Por suerte, en eso me ayudó el padre de Giulia, que había sido gerente de alto copete durante años.

Tras valorar la sostenibilidad del proyecto, me dio un consejo paternal: «Olvídalo, para estos ingresos no vale la pena».

Hice caso omiso, como hacía con todo el que me aconsejaba que abandonara: ¿a qué otra cosa podía dedicarme aparte de a abrir una librería?

Mientras tanto, el miedo de no poder sacar adelante mi proyecto me llevaba a seguir buscando trabajo. Hubo un episodio en particular que fue decisivo para encauzar mi futuro: superé con creces el proceso de selección para un puesto de secretaria en una empresa de importación y exportación de setas. Me estaba planteando aceptar cuando me imaginé cómo sería mi vida.

Me iría apagando poco a poco, fea y embrutecida, ocupada en un trabajo que no me gustaba; viviría esperando que llegara el viernes y odiando cada lunes.

No, tenía que perseverar en mi proyecto. Creé, pues, un rinconcito de mundo a mi imagen y semejanza que, a fin de cuentas, me quedó bastante bonito.

«Dime de qué presumes y te diré de qué careces»: el mantra de mi abuela se me había metido en la cabeza y ahí se había quedado. En parte también porque mi pequeño reino no carecía de defectillos. El mayor de todos era que, cuando la librería tenía el cierre echado, me recordaba a la tienda de Leland Gaunt en la novela de Stephen King, un bazar que se volvía invisible por las noches. También la librería *Novecento*, llamada así en honor al libro de Baricco que tanto me había gustado, parecía no existir de noche. Con una pega añadida: no tenía una puerta trasera que me catapultase a otro mundo, ni tampoco poderes mágicos.

Resumiendo, que me habría venido bien tener un rótulo, pero los mil euros que costaba no cuadraban con una situación económica que podía definir, sin temor a exagerar, como rayana en el desastre nuclear.

Aparqué la bicicleta en el soporte y empecé a poner el candado. Esa bicicleta me la había regalado Piero, mi padre. Me había sorprendido mucho su generosidad, era poco frecuente que hiciera regalos. Tras la primera pedalada, entendí su insistencia en regalármela: los pedales eran defectuosos y, si empleaba demasiada fuerza, me arriesgaba a darme de bruces contra el manillar y a dejar sobre el asfalto el magnífico trabajo de mi dentista. A veces funcionaba a la perfección, otras tenía que empujarla hasta que los pedales recuperaban la posición correcta. Pese a todo decidí quedármela, me encantaban las cosas defectuosas y complicadas, esas que de un momento a otro podían jugártela. Era el riesgo de no saber nunca lo que me depararía el futuro, pero también tenía muchas más probabilidades de que la felicidad me pillara por sorpresa.

Si ese día hubiera sabido lo que de verdad me iba a deparar el futuro, seguramente habría llorado hasta la última lágrima.

Pero esa es otra historia.

2

> Mira, cariño, en esta ciudad no importa lo que sepas hacer, sino a quién puedes llegar, y por suerte yo puedo llegar a mucha gente.
>
> PATRICK DENNIS, *La tía Mame*

Ese mismo día

—LLEGAS CASI TARDE.

Giulio Maria, el camarero —a la par que amigo mío desde hacía cerca de diez años por algún motivo que no alcanzaba a explicarme— del bar Dal Mago, contiguo a mi librería, me miraba con la misma desilusión que mostraba siempre que mi comportamiento no satisfacía exactamente sus estándares cualitativos. Eran las 9.50 y disponía de diez minutos para tomarme mi segundo desayuno.

—Llego a una hora perfecta, tú prepárame un *cappuccino* deprisita y estaré operativa en menos de nada.

—Se dice: «Giulio, por favor, ¿me preparas un *cappuccino*?».

Madre mía, qué pesado, y pensar que lo había elegido justo a él entre tantos para que fuera mi vecino.

Me miraba, inmóvil, esperando que repitiera la palabrita mágica, como hacen los padres con los niños que se portan mal. No me quedaba otra, si quería comer algo tenía que seguirle el juego.

Era puntilloso y minucioso hasta la obsesión, pero al final le había cogido cariño y, pese a todo, él también me apreciaba. Menos cuando lo llamaba por su nombre completo, algo que, por otra parte, hacía a menudo y a propósito solo para fastidiarlo.

Nuestros locales no estaban comunicados, pero aun así habíamos decidido crear un espacio común: una terraza cubierta en la que habíamos acondicionado un pequeño café literario con estantes repletos de libros de segunda mano entre las mesas, sobre todo clásicos.

—Esta mañana ha pasado por aquí una chica que andaba buscándote. Dice que quiere hacer una presentación en tu local y que volverá más tarde.

—¿Cómo era?

La descripción de Giulio Maria no dejaba lugar a dudas: había vuelto Premio Strega.

En el mundo de la edición pululan personajes bastante inquietantes, había visto unos cuantos durante mi, ay de mí, no muy larga carrera como correctora. Pero nunca habría pensado que tendría que enfrentarme a casos peores en mi faceta de librera. Y Premio Strega competía por uno de los primeros puestos de mi clasificación personal llamada «Vida en Marte», que reunía a todos los personajes más desconectados de la realidad. La apodaba así porque, intrépida como una heroína de *Juego de tronos*, se recorría todas las librerías repitiendo como un disco rayado que había escrito una obra maestra, y que si no había sido candidata al Premio Strega era solo porque no había encontrado a dos periodistas complacientes para respaldarla. En realidad, había escrito un libro muy mediocre publicado por una editorial de pago que, al haber cubierto ya los gastos de publicación con la cantidad pagada por la propia autora, no tenía intención alguna de poner un euro para su promoción.

Yo, ingenua como un cervatillo que pasta en la llanura de una reserva de caza (de *La bella durmiente* a *Bambi* en un segundo), me dejé convencer para leer un ejemplar de su libro y darle mi opinión. Al cabo de las diez primeras páginas cerré con solemnidad el valioso volumen y, con el mismo protocolo, me instalé ante el ordenador de la librería y empecé a teclear rítmicamente:

www.google.it
Ofertas de viajes de última hora a Nicaragua
Solo ida

Buscar. No es que el libro fuera solo malo: era lo más embarazoso que había leído en la vida. Y ahora me encontraba en una situación verdaderamente incómoda: ¿cómo se le dice a un autor que su criatura es horrible? Es un poco como decirle a un padre que su hijo es estúpido, algo imposible. Muchas otras librerías se habían negado a organizarle una presentación, lo cual había desencadenado la ira de Beatrice, el verdadero nombre de Premio Strega, que se había entregado a titánicas reprimendas y *shitstorm* en las redes sociales, todo lo cual me lo había descrito con pelos y señales la propia interesada, muy orgullosa de sí misma.

Así, para evitar que me arrancase la cabeza de cuajo y la clavase en una pica, empecé a emplear mi caballo de batalla, una táctica a la que había recurrido de manera cíclica a lo largo de los años y que llevaba incluso copyright: Elude&Posterga©. Tengo que reconocer que dicha estrategia nunca me había dado grandes resultados, pero había invertido tanta energía en perfeccionarla que no me apetecía aparcarla después de solo tres mil trescientos diez intentos fallidos.

Llevaba unas dos semanas eludiendo a Premio Strega sin responder a sus llamadas o, si me interceptaba, diciéndole que aún no había terminado la lectura de su libro. Era la misma sensación que tenía de niña en el colegio el día del examen, cuando me cruzaba con la mirada del profesor y sabía que él sabía que no había estudiado nada.

No sé cómo, pero lo sabía.

Encontrar la manera de quitármela de encima sin atraer mala publicidad —era lo último que necesitaba— se estaba convirtiendo en mi prioridad, pero esa mañana no quería pensar en ello. En ese momento solo deseaba un *cappuccino* como Dios manda y un buen *brioche* relleno: Elude&Posterga© había entrado en acción con su puntualidad acostumbrada.

Mientras trataba de no salir derrotada en la lucha contra el relleno de pistacho, que se desbordaba a cada mordisco, mi mirada cayó sobre el manuscrito que me había dejado Rachele. Tenía una curiosidad loca por saber qué había alumbrado esa vez la mente de mi amiga, que parecía desde siempre impermeable a cualquier dolor. Cuánto la había envidiado en la adolescencia, cuando yo lloraba por mis amores acabados, porque nunca era lo bastante guapa/simpática/sexy, mientras que ella los conquistaba a todos, pasando de un noviete a otro en cuanto aparecía alguno mejor en el horizonte. Miré el reloj, me quedaban menos de diez minutos, pero la curiosidad era muy fuerte, así que empecé a leer. Estaba enfrascada en la difícil lectura del manuscrito cuando una voz consiguió abrir una brecha en mi concentración.

—Si sigues así, al final sí que vas a abrir tarde.

Giulio Maria acababa de traerme de vuelta al mundo real al dar por finalizada mi lectura. Mejor así, ese primer capítulo me estaba dando escalofríos y, sinceramente, ni siquiera lo había entendido.

Después de recoger los mil cachivaches esparcidos por la mesa, había llegado el momento de empezar a ser productiva para la sociedad, en especial para mi monedero.

El cierre metálico pesaba un quintal y era obvio que le hacía falta una buena dosis de aceite, pero ya me manejaba con soltura, giraba la llave, y ¡arriba! En un instante me envolvió el aroma de los libros como una manta caliente. Me detuve un momento a observar la librería, cruz y gloria de mi vida.

Estrecha y larga, las paredes destacaban por su intenso color verde azulado. La idea de partida, para ser sincera, era más un tono similar al azul eléctrico. Y estaba convencida de que bastaba con decirle al dependiente el tono de pintura que quería para ver mi deseo satisfecho. La realidad, obviamente, era muy distinta de la versión simplificada que se desarrollaba en mi cabeza. Cuando, una vez en la tienda de pinturas y con mi mejor sonrisa, pedí un bote de pintura al agua azul eléctrico, el empleado, que en mi fantasía se mostraba implicado e interesado en mi historia, se quedó impasible. Se limitó a mover un brazo para sacar un catálogo de más de dos mil quinientas páginas de un cajón del mostrador y me lo plantó delante.

—Indíqueme el color exacto, por favor —dijo, siempre impasible.

—Sí, quería un azul eléctrico.

En ese momento percibí un destello de compasión en sus ojos.

Abrió el catálogo y me indicó con el dedo una página que tenía unos treinta tonos distintos de azul eléctrico. Vacilé, como un junco bajo el peso del viento, y me concentré como nunca en mi vida en una hoja de papel; ni siquiera la primera lectura de *Ulises* a la tierna, y no adecuada, edad de diecisiete años me había supuesto una prueba tan difícil como aquella.

Con la presión de su mirada sobre la cabeza.

Quizá se me veían las cuatro canas que despuntaban con altivez, como para recordarme que, pese a mi tupida cabellera castaña, el tiempo pasaba también para mí. Al final tenía la típica sensación de cuando vas a la perfumería, te pones *Paillettes* de Enrico Coveri del 92, y después de eso todas las fragancias te resultan iguales. De modo que decidí sacar otro de mis caballos de batalla, el que utilizo siempre para las elecciones importantes de mi vida: Decidiraboleo©. También aquí con grandes resultados, no hace falta decirlo. La librería se vistió así con su maravilloso manto verde azulado. Era un espacio de unos treinta metros cuadrados repartidos en dos estancias separadas por un arco de ladrillo que le daba un aire romántico al lugar.

Sí, un cuchitril, vaya.

Mientras pintaba las paredes y lanzaba goterones de pintura por todas partes —no había cogido un rodillo en mi vida—, me sumí en una de mis películas de soñar despierta, esas en las que ocurrían un montón de cosas. Las tenía clasificadas en distintas categorías para encontrar con mayor facilidad la que mejor se adaptaba a la situación. La de ese día era una de esas películas banales que entraban en la categoría de «románticas»: un chico entraba en la librería, decía un par de frases que me conquistaban el corazón y me hacía suya con un beso apasionado bajo el arco de ladrillo. Oooh, qué emoción, Giulia y Carolina seguro que llorarían en mi boda.

Salgamos un momento de la película y volvamos a la realidad. Las estanterías las había hecho todas a mano Massimo, un carpintero jubilado que además las había pintado también de un tono palisandro muy ingenuo, todo por cuatro perras, puesto que mi presupuesto era de verdad muy reducido. Las malditas estanterías fueron mi pesadilla: retrasaron las obras y por poco tengo que aplazar la inauguración. A última hora tuve que reclutar a las chicas y hacerlas trabajar día y noche para conseguir abrir el día previsto. Una amiga de una amiga de mi prima escribió un miniartículo de quinientos caracteres en un periódico local gratuito y, aunque estaba segura de que solo lo habíamos leído las chicas, Giulio Maria, mi abuela y yo, no quería correr riesgos.

Madre mía, aún no había encendido la luz y el teléfono ya estaba sonando. Si toda la gente que llamaba comprara un libro, ya me habría hecho con parte de la plaza del Duomo para abrir una megatienda de tres plantas. Ah, en otra de mis películas mentales de la categoría «work and empowerment» me metía en la piel de la propietaria de una gran cadena de librerías. En la versión más festiva, en la puerta de cada una de ellas había un cartel de cartón de tamaño natural.

—Librería Novecento, buenos días.

Me habría encantado que ese lugar fuera para mí lo que el *Virginian** había sido para el protagonista de la novela de Baricco.

—Soy la abuela, cariño.

—¡Abuela! Qué alegría, ¿cómo estás?

—Pues como siempre, cariño, como siempre. Te he llamado porque quería saber qué tal estás. He soñado contigo esta noche y he pensado que hacía casi una semana que no tengo noticias tuyas, ¡sinvergüenza!

—Tienes razón, abuela, perdona, es que el trabajo me absorbe por completo. Cuando vuelvo a casa por las tardes estoy rota y me acuesto enseguida.

---

* Nombre del transatlántico en el que viaja el pianista que protagoniza la novela *Novecento*, de Alessandro Baricco.

—Qué bien, eso quiere decir que tienes muchos clientes. ¿Estás contenta?

«Contenta» no era exactamente la palabra que habría empleado para resumir mi estado de ánimo en ese momento. La Navidad no había ido muy bien; aparte, la financiación que había obtenido del banco era muy baja, apenas había alcanzado para cubrir la compra del fondo editorial. Desde principios de enero las ventas habían ido disminuyendo poco a poco e iba muy justa de dinero, pero la abuela había creído tanto en mí que no quería decepcionarla dándole un disgusto.

—Sí, todo bien. Trabajo bastante, pero no me puedo quejar.

—No sabes lo que me alivia oír eso. Oye, ¿y cuándo vienes a verme? Te prepararé chuletas en salsa.

Uy, las chuletas en salsa eran una de mis recetas favoritas: primero se rebozaban, se freían y luego se echaban en una cazuela llena de tomate... Para chuparse los dedos.

La abuela vivía en Impruneta, un pueblecito muy cerca de Florencia, y era el único miembro que quedaba de mi familia, a la que podría describir con toda tranquilidad como «desestructurada» sin miedo de ofender a nadie. Tras su separación, ocurrida cuando yo tenía cerca de un año —quién se acordaba ya de eso—, mis padres, florentinos ambos, habían decidido seguir cada uno su camino.

Mi querida madre, Giada, se había mudado con su nueva pareja, Giancarlo, a Garfagnana, donde gestionaba un camping de tipis llamado En casa de G&G, qué nombre más original. Por suerte solo hablaba con ella de vez en cuando y, mejor aún, solo la veía una vez al año. En realidad, la entreveía todos los días, reflejada en el espejo. No habría sido aventurado definirme como su doble: altas las dos, teníamos el cabello oscuro, los ojos de un verde indescifrable, pecas y labios carnosos. Mi hermanastra, Swami, nacida de su unión con Giancarlo, me escribía a menudo por e-mail para criticar a nuestra madre. Pese a un ADN poco favorable, era una chica muy inteligente.

Mi padre, al que solía llamar Piero porque llamarlo «papá» me parecía una ofensa a los numerosos padres que desempeñaban su papel con seriedad, se había trasladado a la provincia de La Spezia, en concreto a Castelnuovo Magra, un pueblecito de ocho mil almas mal contadas. Había elegido esa remota localidad del este de la Liguria porque se había enamorado perdidamente de una mujer de allí, Clarissa, mi madrastra. De la ciudad al campo, como la película de Renato Pozzetto pero al revés. Le había dado también un cambio bucólico a su profesión: de contratista había pasado a ser viticultor. Producía vino biodinámico, y desde 1999 había decidido dejar de usar zapatos, un detalle fundamental para definir al personaje. A lo largo de esos años, Clarissa, que como madrastra tampoco había estado tan mal, se había esforzado mucho en combinar la viticultura con un negocio de cría de cocker spaniels. Viví con ellos en Liguria unos dieciocho años, entre la peste a mosto y a caca de perro, antes de decidir mudarme a Florencia para estar más cerca de Tilde, mi abuela paterna, y matricularme en la universidad. Piero, en el fondo, era un buen hombre, pero demasiado egoísta para tomar en consideración las necesidades de los demás. En sintonía con su vida de ecologista extremo, no utilizaba teléfonos móviles y solo se comunicaba conmigo mediante correo postal.

La guinda de toda esta situación surrealista era siempre la Navidad en familia. Antes de separarse, mis padres habían decidido que, pese a todo, pasarían juntos el 25 de diciembre con sus nuevas parejas y los hijos de cada cual, como una gran familia feliz, en casa de la abuela Tilde.

El almuerzo, que empezaba siempre con las mejores intenciones, terminaba con la abuela escondiendo los cuchillos para evitar males mayores.

Alguna vez me habría gustado añadir un cubierto para Carolina, para que pudiera ver un caso clínico sin esperanza —como psicoterapeuta se ocupaba, entre otras cosas, de terapia familiar—.

—Este domingo voy a comer a tu casa. Adiós, abuela.

Ahora sí que había llegado la hora de trabajar, tenía que mandar unos correos a los proveedores y hacer unos pedidos...

—¿Qué sería de ti sin mí?

Con su acostumbrada boina de terciopelo burdeos, Giulia acababa de hacer una entrada triunfal en la librería, blandiendo un móvil. Al cabo de unos segundos, reconocí que era el mío. No era raro que me lo dejara en casa, en mi caso, el ADN tampoco mentía.

—Ya que estoy aquí, ¿puedo hacerte algunas fotos para mi proyecto mientras trabajas?

—Vale, pero las que no me gusten, las descartas.

—Ah, no, las fotos las elijo yo porque tengo otra sorpresa para ti, está de camino. Ya verás, te va a gustar.

Giulia era la más artística de mis compañeras de piso: veintisiete años, bailarina, estudiaba a salto de mata la carrera de Arte y a la vez frecuentaba una academia privada de artes visuales. Llevaba cuatro años saliendo con Paolo, un ingeniero metódico que se había quedado en Liguria y al que visitaba los fines de semana, pero él la presionaba para que volviera a casa de forma definitiva para formar una familia. Nos habíamos conocido por casualidad, en un espectáculo de arte y danza. Charlando, descubrimos que en Liguria habíamos vivido a pocos kilómetros la una de la otra sin habernos cruzado nunca. Tenía el cabello largo y oscuro y un físico de bailarina de ballet clásico, y entre nosotras había surgido enseguida una gran simpatía mutua y afinidades profundas. Dado que ambas buscábamos casa en Florencia, nos había parecido lo más natural buscarla juntas. Aunque solo después de obtener el visto bueno de la álgida Rachele Torresi, a la que le caía en gracia poca gente y que, como nosotras, también buscaba alojamiento. Pero Giulia era tan alegre, despistada y simpática que la conquistó también a ella. Valoramos sin éxito unas treinta casas, hasta que un extraño agente inmobiliario —que más parecía un proxeneta que un profesional del ladrillo, pues nos llevaba a todas partes en su Porsche y nos invitaba a aperitivos y a paseos turísticos por Florencia— nos enseñó un apartamento en pleno centro, en el barrio de Santo Spirito. Se accedía bajando un par de escalones, y nada más entrar había un amplio salón con una mesa de comedor, un sofá y un televisor. El espacio de la cocina estaba reducido a la mínima expresión: un simple rincón encimera-fogones, pero nos daba igual, porque ninguna de nosotras tenía la cocina entre sus grandes pasiones. El resto de la casa se componía de un baño y cuatro dormitorios. Nos parecía un principio fantástico, habíamos visitado casas con baños cuya ventana daba al pasillo y dormitorios que eran claramente trasteros no habitables. Fueron dos los elementos que nos convencieron para elegir esa casa entre tantas: la piedra vista de la pared del salón y un jardincito en la parte trasera que parecía salido de un libro de Frances Hodgson Burnett.

—Noticia bomba: he conseguido un papel en una obra —anunció Giulia con solemnidad mientras rodeaba el mostrador de caja y sacaba la cámara de fotos.

—Qué bien, ¿uno importante?

—Y tanto, me han elegido para trocear hinojo.

—¿Cómo?

—Mientras los demás declaman, yo pauto la escena partiendo hinojo en un rincón. Ya os he sacado entradas, no os lo podéis perder.

¡Dios, dame paciencia, otra obra de teatro contemporáneo! No sabía si podría soportarlo. Giulia se las apañaba para unirse a las compañías teatrales más extravagantes de la escena nacional. Las funciones eran herméticas e incomprensibles, dos adjetivos que yo elegía solo para no caer en la blasfemia más grosera. Cómo no, los tres mosqueteros, Caro, Rachele y yo, no podíamos faltar. La última vez habíamos asistido a una función de dos interminables horas, durante las cuales los protagonistas no habían hecho más que gritarse a la cara frases sin sentido para sugerir la falta de comunicación en nuestra sociedad. Un mensaje tan oculto que, de no habérnoslo explicado Giulia, seguiría convencida de haber asistido a una obra para gente con graves problemas de audición.

Me habría gustado inventarme un compromiso inaplazable para la nueva *performance* del hinojo, algo como un curso intensivo de náusea justo ese día, pero sabía que Giulia no era tonta y se ofendería a muerte. Se mostraba siempre tan entusiasta con todo que no le habría estropeado el momento por nada del mundo. Giulia, nuestra pequeña pitufina que se apuntaba a un bombardeo. Su autenticidad era contagiosa para todas nosotras, por no hablar de que quizá la obra la distrajera del otro proyecto que la tenía ocupada y que las demás odiábamos en secreto. Se le había metido en la cabeza hacer una serie de fotografías que nos retrataran a las cuatro, una especie de fotonovela de nuestra amistad. A mí me parecía que, en sus proyectos, ella también se hacía películas mentales que alcanzaban cotas desenfrenadas de fantasía, casi tanto como las mías, en las que las galerías de arte se peleaban por conseguir sus obras. La fotonovela de nuestra amistad se plasmaba en instantáneas a cualquier hora del día y de la noche, montones de fotos en pijama y con el pelo horroroso que a Giulia le encantaban porque, según ella, tenían un toque de neorrealismo a lo Pasolini 2.0, mientras que para mí solo tenían un toque cutre, pero nunca me había atrevido a decirlo en voz alta.

—Mira, por ahí viene —dijo Giulia.

Me volví. Justo en ese momento entraba en la librería un tipo de unos cincuenta o cincuenta y cinco años al que, para emplear un eufemismo, definiría como «bastante particular», o digamos muy en el límite del espécimen humano. Gafas redondas de montura gruesa con lentes que se oscurecían con el sol —¿hay algo más antilujuria que eso?—, abrigo de espiguilla de *tweed*, camisa negra y corbata color salmón. Pero el detalle que le otorgaba el título de «Espécimen Humano del Año» era el pelo. Lo llevaba hasta los hombros y peinado hacia atrás; hasta aquí nada que objetar, es más, el pelo largo en un hombre siempre me ha gustado bastante. La particularidad de ese análisis tricológico era la consistencia: se veía esponjoso e inflado, como si se lo hubiera cardado. Cardado con fuerza con el peine, como se hacía en las peluquerías de provincias en los años noventa, aquellas a las que Clarissa me llevaba de niña y donde al final siempre me cortaban el pelo a tazón con flequillo, y luego me lo peinaban de una manera horrorosa con secador. También me recordaba un montón al cocker spaniel con el que había compartido casa diez años. Otro detalle en el que reparé mientras se acercaba era el brillo: ignoro cómo, pero os aseguro que ese cabello brillaba, esa masa de pelo se las apañaba para ser crespa, brillante y esponjosa al mismo tiempo. Me quedé hipnotizada.

Además, nuestro visitante misterioso tenía la expresión de alguien que acabara de chupar un limón; no, un limonar entero.

Saludó a Giulia con afecto sin hacerme ni caso a mí, pese a que yo sí lo saludé a él, y se puso a estudiar los estantes de la librería.

Si mi amiga no hubiera exhibido una serie de gestos inequívocos para que le contestara, me habría quedado muda, esperando a que Nuestro Señor Jesucristo respondiera directamente a la pregunta que me formuló el hombre.

Me acerqué de mala gana al estante y cogí un ejemplar del libro de Calasso que me había pedido, uno de la editorial Adelphi con la cubierta clara.

—Sí, aquí está —dije entregándole con amabilidad un ejemplar de *Los jeroglíficos de Sir Thomas Browne**, tratando al menos de cruzarme con su mirada para entender si tenía conciencia de sí mismo o no—, lo he leído hace poco, te lo recomiendo. He leído también *Religio Medici***, y el análisis que hace Calasso de Thomas Browne me parece maravilloso.

Después de esa frase, el rostro de Cocker, como lo había apodado en mi cabeza, se iluminó y por primera vez me miró directamente a la cara.

Extrañamente excitada, Giulia se interpuso entre nosotros y empezó a hablar con una voz impostada que nunca le había oído.

---

* Ensayo de Roberto Calasso (Fondo de Cultura Económica, Ciudad de México, 2011).

** *Religio Medici: la religión de un médico*, de Thomas Browne (Fondo de Cultura Económica, Ciudad de México, 2017).

—Blu, te presento a mi amigo Neri Venuti —dijo acercándose a Cocker—, pero seguro que ya lo conoces de oídas.

Me quedé boquiabierta. ¿Ese era Neri Venuti?

¡Y tanto que lo conocía! Era el escritor más en boga de la escena florentina. ¿Por qué Giulia no me había dicho nada?

O, al menos, ¿por qué no me había preparado para su llegada?

¡Lo había estado tratando todo el rato como a un loco huido de un manicomio!

—Hola, Neri, encantada. Perdona que no te haya reconocido, es que no suelo mirar las fotos de las contracubiertas.

Él hizo un gesto vago con la mano, una mezcla entre «no te preocupes» y «te perdono, hermana, porque has pecado».

—Neri, te he traído aquí porque Blu quiere organizar la presentación de tu último éxito —anunció Giulia, volviéndose hacia mí con un gesto elocuente que significaba: «Tú sígueme el juego»—. Acaba de inaugurar su librería y no le vendría mal un poco de publicidad.

Estaba pasando una vergüenza tremenda, proponerme de manera tan descarada a los demás no iba con mi manera de ser, era demasiado tímida para eso.

Por otro lado, Giulia acababa de hacerlo por mí, por lo que podía relajarme y esperar su respuesta mientras cruzaba los dedos. No podía perder esa ocasión de oro. Tener en la librería a Neri Venuti sería un golpe maestro para darme a conocer fuera del barrio.

Le seguí el juego a Giulia y empecé a hablar con toda la amabilidad que pude.

—Sí, Neri, me encantaría que pudiéramos organizar algo juntos, bueno, si te apetece. Si tienes tiempo. Bueno, no quisiera que te sintieras obligado a hacer algo aquí solo porque Giulia nos ha presentado y...

—Me parece bien —contestó Neri sin dejar de estudiar el libro de Calasso que tenía en las manos—, ahora mismo estoy muy ocupado, ¿qué tal dentro de dos semanas?

Traté de disimular mi entusiasmo feroz adoptando un tono de voz despreocupado.

—Muy bien. —Me habría gustado saltar sobre él, besarle los cristales de las gafas y acariciarle ese increíble pelo. La fregona Vileda que tenía en la cabeza me fascinaba cada vez más, me habría gustado tocarla con todo mi cuerpo, pero no estaba segura de poder contenerme. Opté por un enérgico apretón de manos, mucho más formal, y le prometí que lo llamaría la semana siguiente.

Quedamos en que yo me ocuparía de todo, desde la promoción en los periódicos y las redes sociales hasta la organización de un pequeño refrigerio. Él llevaría a la presentadora, una periodista que conocía.

—Yo también me marcho —trinó Giulia, y se acercó a besarme—. Neri me ha conseguido una entrevista con el director del teatro Rossini y no podemos llegar tarde. Nos vemos luego en casa.

La abracé fuerte.

—Gracias, querida, te debo una.

—¿Qué dices, para qué están las amigas?

Me guiñó un ojo y se fue detrás del escritor, que ya había salido y se había quedado mirando fijamente la fachada del edificio donde estaba la librería.

En cuanto doblaron la esquina, me puse a bailar, loca de contento.

¡Una velada con Neri Venuti!

Vendría todo el mundo. Iba a ser el primer evento importante organizado en la librería, tenía que ir a decírselo a Giulio de inmediato. Como es lógico, el refrigerio después de la presentación sería cosa suya.

Estaba a punto de salir cuando una señora rubia de unos setenta años se me puso delante.

—Señorita, tiene usted que ayudarme —dijo en un dialecto florentino cerrado—, ya no consigo leer nada, tiene que darme un libro que me devuelva las ganas de leer.

Dicho esto, se acomodó en uno de los silloncitos de la entrada, donde los clientes podían sentarse a leer unas páginas antes de decidir si el libro les convenía o no.

—¡Caramba, señora, menuda responsabilidad! ¿Qué género le llama más la atención: narrativa, novela policiaca, novela histórica...?

Se mordió el labio inferior y recorrió las estanterías con la mirada, pensativa.

—Quiero un libro que me haga reír, ¡donde salga una tonta como yo! En este período me siento triste, mi marido no se encuentra bien, me apetece algo divertido.

Mientras me decía aquello, sobre su mirada cayó un velo de tristeza. Se me encogió el corazón, de verdad me habría gustado ayudar a esa señora, aunque solo fuera haciéndole pasar cinco minutos de alegría.

—¿Qué le parece *La tía Mame*? ¿Lo ha leído?

—¿La tía qué?

—*La tía Mame*. Es un libro precioso de Patrick Dennis escrito en los años cincuenta. La protagonista es una señora excéntrica, rompedora, que se sale de lo establecido. Le aseguro que con ese libro se reirá.

Ya la había conquistado, lo veía en el interés con el que miraba la cubierta rosa.

—De acuerdo, me ha convencido, me lo llevo. Pero si luego no me gusta, vendré a decírselo —dijo, dándome el libro y siguiéndome hasta la caja.

—Por supuesto. Pero si consigo aliviarle la tristeza, tiene que venir también a contármelo.

—Si me alivia la tristeza, vendré a llevarme más libros.

Una vez sellado el pacto, la señora pagó y se despidió de mí con efusividad. La mañana había empezado muy bien, y aún tenía que darle a Giulio Maria la noticia de la presentación.

Nada más salir de la librería, la tibieza de un valeroso sol de enero aún me puso de mejor humor: por fin algo de luz después de tanta grisura y tanto frío. Tenía unas ganas locas de verano, de días cada vez más largos, del olor de la hierba recién segada y de las densas sombras que dibujaba mi silueta al volver a casa por las tardes.

Acababa de entrar en el bar cuando me detuve de golpe: Giulio Maria estaba ocupado con su gran amor, Mia, la universitaria que vivía en el barrio. No se atrevía a declararse y se entregaba a un flirteo nada intensivo, así que ella no sabía que le gustaba. Una vez traté de entablar conversación con la chica y me di cuenta de que por más que Giulio Maria —que para Mia era Giulio a secas— le representara su danza de cortejo, esta nunca impresionaba a la interesada, es más, ni siquiera reparaba en ella. Eran el día y la noche: ella soñaba con ser traductora y crear una editorial, mientras que él, el último libro que se había leído era el que prescribían en la escuela primaria. Giulio era deportista, alto, cachas y con tatuajes, mientras que ella era entrada en carnes, sedentaria y *radical chic*.

Mia y yo, en cambio, teníamos mucho en común. En primer lugar, la pasión por la lectura, lo que nos llevaba a pasar tardes enteras hablando de autores o corrientes literarias. A veces nuestras conversaciones se prolongaban por la noche en algún local que conseguíamos encontrar fuera de los circuitos turísticos tradicionales. Era una chica especial, lanzada pero frágil a la vez: con veintiséis años había decidido dejar su trabajo en el ámbito de la comunicación para cursar otro grado en Lenguas Extranjeras. Me asombraba mucho que Giulio Maria estuviera interesado en ella; él, que tan superficial había sido siempre en cuestión de mujeres. Prefería de lejos un trasero musculoso a una dialéctica brillante. Mia era muy guapa, con unos ojos grandes y oscuros y un flequillo travieso; físicamente se la podía describir como *curvy*, tenía mucho pecho y caderas generosas. Era la clásica guapa de cara que no gustaba a los hombres poco inteligentes.

Se volvió y me vio antes de que yo pudiera dar marcha atrás y escapar como un escarabajo sorprendido por la luz de una linterna. Giulio odiaba que le robara protagonismo cuando estaba con Mia.

—¡Blu, ven, estábamos hablando de un tema que seguro que te interesa! —exclamó Mia con entusiasmo.

Mientras me acercaba para sentarme a su mesa, vi de reojo cómo el odio de Giulio Maria por haberme presentado en el momento equivocado se iba sedimentando a mi espalda, pero ya no tenía remedio.

—Espera, antes tengo que darte yo una noticia bomba: ¡Neri Venuti va a presentar su último libro en mi librería!

Acaparé enseguida toda su atención. Ese día llevaba una camiseta color ciruela y estaba especialmente guapa.

—¡Venga ya! No me lo creo. ¡Me encanta! —exclamó dando palmas como una niña delante de una tarta de chocolate gigante.

La conversación con Giulio estaba ya más que olvidada, por lo que su odio hacia mi persona subió de categoría. Pero el entusiasmo de Mia era contagioso, necesitaba compartir mi euforia con alguien que también pudiera entenderla.

Y, sobre todo, necesitaba ayuda. Antes de empezar el grado en Lenguas Extranjeras, Mia ya tenía otro en Periodismo. Había trabajado un tiempo como *social media manager* de varias empresas y agencias de organización de eventos.

Sabía que había abandonado su antiguo trabajo porque había estado al borde de una crisis nerviosa, pero, pese a todo, quería intentarlo. Las redes sociales y yo éramos dos mundos paralelos abocados a no encontrarse jamás, nunca había tenido un perfil personal y apenas dedicaba tiempo al de la librería.

—Quería pedirte un favor. Sé que lo has dejado y que no quieres volver, pero de verdad necesito ayuda con la organización y la promoción de la presentación. No tengo ni la más remota idea de cómo hacerlo ni de por dónde empezar.

Ella no vaciló un segundo antes de responder.

—Claro, ya tengo en mente un par de ideas. Ven, vamos allí y te lo explico todo.

Siguió hablando mientras se levantaba para ir a la librería y surgían de la nada un bloc de notas y un bolígrafo.

¡Qué maravilla la gente eficiente! Me entraron ganas de darle un abrazo fuerte a ella también.

Mientras me hablaba y tomaba notas, por primera vez después de tanto tiempo, tuve la sensación de que las cosas iban a salir bien.

Necesitaba confiar en ello.

3

De compañeras de piso molestas, abrigos rojos y miedo al fracaso

> Pero ahora, mientras estás solo en esta habitación, más solo quizá de lo que nunca te hayas atrevido a estar, quiero por una vez que escribas, solo para ti, por qué te haces esto a ti mismo y por qué estás dispuesto a dejar que entren extraños en tu herida más dolorosa.
>
> David Grossman, *Tú serás mi cuchillo*

Dos semanas después

«¡Amigos de *Unomattina!*, esta es una historia fantástica y conmovedora, ¡seguidla con nosotros!»

El despertador me decía que eran las siete de la mañana. Las siete de la mañana y alguien había puesto la televisión a un volumen tan alto que habría despertado a un oso de su hibernación. Era muy probable que fuera la señora Leoparda, la vecina de arriba, una anciana agresiva de setenta y tantos años con el pelo cardado y supermaquillada que debía su apodo a la peculiar característica de que solo llevaba abrigos de leopardo. Vivía con su nieto, que no estaba del todo mal, pero vestía de pena. Solíamos invitarlo a nuestras fiestas, que, pese al empeño que poníamos en organizarlas, terminaban siempre con los invitados sentados en círculo en las pequeñas sillas plegables de Ikea a 6,50 euros («¡nuestro precio más bajo!»), con un vaso de plástico en la mano. Una mezcla entre fiesta de colegio y reunión de alcohólicos anónimos en las que Matteo, que así se llamaba en realidad el sinvergüenza número uno, lo intentó una tras otra con todas nosotras. Hasta nos metió un día a Giulia, a Rachele y a mí en un estafa de casting fraudulento con uno que se hacía pasar por colaborador de Franco Zaffini, el famoso director, y que por treinta euros te hacía un pequeño *book* de fotos para hacer de extras en una película que el Maestro estaba rodando en Florencia. El tipo, que se veía a la legua que no era de fiar, sostenía que pronto nos volveríamos a ver para firmar el contrato. Y así fue, desde luego, pero no para el contrato, sino en un episodio de un programa televisivo que denunciaba la estafa en la que habíamos caído como tontas, haciéndonos fotos en locales abandonados abrazadas a calabazas de Halloween podridas. Para hacerse perdonar, Matteo se deshizo en mil disculpas y nos invitó a todas a cenar, de una en una y sin que las demás lo supieran.

Siempre me ha hecho mucha gracia la ingenuidad del sexo masculino. Algunos hombres ignoran el abecé de la amistad entre mujeres: las amigas, las de verdad, se lo cuentan todo, desde la marca de champú que usan hasta la de los calcetines que el noviete de turno no se ha quitado durante el último revolcón.

Me había desvelado por completo, así que más me valía levantarme, tenía un montón de cosas que preparar para la presentación de esa tarde con Neri Venuti.

Nada más salir del dormitorio, me di cuenta de que el ruido de la televisión provenía de nuestro salón. Al pasar por allí de camino al baño, reparé en una chica a la que no había visto nunca, sentada de puntillas en el sofá, como si de un momento a otro fuera a echarse a correr los cien metros. En una mano tenía el mando y en la otra un cigarrillo que fumaba con avidez.

Intrigada por la desconocida que campaba a sus anchas en el que también era mi sofá, me acerqué lo bastante para ver lo que miraba con tanta atención en la pantalla del televisor. El teletexto. Sí, señores, puedo asegurar que en el año de gracia de 2019 aún existe el teletexto. Para ser más exactos, leía noticias de sucesos con una concentración tal que no se había percatado de mi presencia.

—Hola.

Al oír mi voz, la desconocida pegó un salto que por poco la manda a nuestra lámpara estilo *arte povera*, arte pobre —no en el sentido del movimiento artístico, sino porque de verdad parecía rescatada de un contenedor de basura.

—Uy, perdona, no quería asustarte. Soy Blu, sí, como el color, ¿y tú eres...?

La desconocida seguía mirándome con los ojos como platos, unos ojos que se veían aún más grandes detrás de sus gafas. Parecía una pequeña lechuza caída del nido que buscaba a su mamá.

—Hola, yo soy Sery —dijo alargándome una mano blanda—. ¿Carolina no te ha dicho que iba a venir? Soy su prima de Brindisi.

—No, no me lo ha dicho. Pero no te preocupes, no pasa nada.

Me habría gustado decirle que las vibraciones del volumen al que tenía puesta la tele podrían haber dañado los cimientos del edificio, pero decidí no hacerlo y esbocé una sonrisa tranquilizadora mientras proseguía mi camino hacia el baño. Además, ¿qué clase de nombre era Sery? Mientras rumiaba el significado de los nombres, el mío incluido, se abrió la puerta de la habitación de Rachele, que me agarró con una mano y me metió dentro a la fuerza.

—Oye, ¿le vas a decir tú a esa estúpida que baje el volumen de la tele o tengo que ir yo y hacérselo entender de un guantazo? —La diplomacia nunca había estado entre los rasgos de personalidad de mi amiga.

Parecía Medusa, con su tupida cabellera caoba toda revuelta. Tendido en la cama en una postura artística estaba *Frodò*, su precioso gato, que nos miraba con ojos soñolientos.

—Pero ¿tú sabías que venía la prima de Caro? Yo me acabo de enterar, cuando se me ha presentado hace un momento.

—Sí, no se atrevía a decírtelo. Creo que me lo encargó a mí, pero se me olvidó.

Se sentó sobre la cama, donde la protagonista absoluta, aparte de *Frodò*, por supuesto, era la funda nórdica de Hello Kitty que le habíamos regalado por su último cumpleaños, se recogió los largos mechones detrás de las orejas y siguió hablando.

—No veas qué personaje, vete preparando. Anoche, cuando solo llevábamos charlando cinco minutos, me soltó que todavía era virgen. Por poco no le escupo la infusión a la cara.

—¡Anda! Anoche, en lugar de ir a cenar con Giulio Maria, podría haber vuelto a casa y disfrutar yo también de esa revelación. Pero ¿cuántos años tiene? ¿No será una fundamentalista católica?

—Tiene veinticinco, querida. No sé si es católica, pero ya lo descubriremos, visto que se va a quedar con nosotras seis meses.

—¿¿Qué??

Se encogió de hombros con aire inocente.

—Vaya. Otro detallito que quizá olvidé comunicarte.

Cogió una taza de la mesilla y bebió un sorbo rápido del contenido oscuro y de aspecto malsano. Si era capaz de beberse el café-alquitrán frío del día anterior era oficialmente mi heroína.

—Carolina pagará un alquiler más alto para compensarnos por las molestias.

Mi rabia se atenuaba por momentos: aunque Carolina me debía muchas explicaciones, ahorrar en el alquiler significaba no tener que rascarme los bolsillos todos los meses.

—Entonces hoy vamos todas a tu librería a las siete, ¿no? —Mientras lo decía se puso a hacer estiramientos, dejando ver el perfil redondo de sus pechos, que se trasparentaban a través de la camiseta de tirantes. Las delgadas con buenas tetas son la categoría de seres humanos más odiosa sobre la faz de la tierra.

—Nos llevamos también a Serafina, así hacemos más bulto.

—¿Y quién es Serafina?

—¿Cómo que quién es Serafina? La virgen de la Apulia que lleva cuarenta minutos destrozándonos los tímpanos con *Unomattina*.

Eso era lo que significaba Sery: era el diminutivo de Serafina. Me llevé la mano a la boca tratando de ahogar una carcajada.

—¡No me hagas reír, tonta, que nos va a oír! Vale, para hacer más bulto me vale hasta ella. Pero ¿vienen también los chicos del rugby, los has avisado?

—Sí, viene Mattia con cinco chicos más, es todo lo que he podido conseguir.

—Mil gracias, eres un amor. Ahora voy a prepararme, así llego un poco antes a la librería para organizarlo todo.

No se lo habría reconocido ni a las chicas, pero estaba nerviosa. Muy nerviosa. Por miedo a que no viniera nadie, había recurrido a una serie de estratagemas infalibles: todas mis amigas tenían que invitar a un mínimo de veinte personas y asegurarse de que al menos vinieran diez, so pena de concluir toda relación afectiva entre las partes. Si por casualidad tenían parientes en la ciudad, tenían que extender la invitación hasta el tercer grado de parentesco, aunque fueran mayores de ochenta años. Debían avisar a todos sus contactos de Facebook, así como enviar la convocatoria sin piedad a todos los grupos en los que se mencionara una sola vez la palabra «libros». Había hecho folletos para que Giulio Maria los repartiera entre todos sus clientes y un cartel para Simona, la dueña de la papelería de enfrente, alma y confidente de todo el barrio. Pensé en dejar algunos en los parabrisas de los coches, pero eso me había parecido un poquito exagerado.

Me sentía insegura, como cuando era niña, y eso me irritaba muchísimo. Tenéis que saber que de pequeña no hablaba con nadie. Era tímida hasta unos niveles tremendos y me había convencido de que me las apañaba muy bien yo solita. En la escuela infantil no tenía ni un amigo: jugaba yo sola, me columpiaba sola y dibujaba sola. Las otras niñas formaban grupitos, pero yo me quedaba al margen, pensando en lo bonito que habría sido ser como ellas. Al empezar primaria, tras unos meses de soledad, trabé amistad con una tal Cristina. Estaba feliz: por fin tenía una amiga yo también. Pero Cristina resultó ser una compañera de juegos poco fiable desde el principio. Al cabo de un mes escaso de sentarnos juntas en clase y de declaraciones de amor recíproco, un día me dijo que la tarde siguiente iría a jugar a mi casa. Era un martes, lo recuerdo bien. Preparé con esmero mis mejores juguetes, le pedí a Clarissa que me hiciera trenzas, y mientras me las hacía le conté lo especial que era Cristina y que pronto la conocería. Cuando dieron las tres, salí a esperarla al jardín mientras leía uno de mis libros preferidos,

Celestina va al mercado, la historia de una ratita que hacía la compra para toda la familia. Todavía no sabía leer bien la hora, pero sí sabía que cuando empezaba el programa *Bim bum bam* en Canal 5 eran siempre las cuatro. De vez en cuando entraba en casa y encendía la tele para ver si Uan y Ambrogio, mis amigos peludos, aparecían en el pequeño televisor que teníamos en la cocina. Las marionetas llegaron y se fueron, sin que hubiera rastro ni de Cristina ni de su madre.

Al día siguiente, en el colegio, se disculpó y se inventó un cuenterete poco creíble de por qué no había podido venir. Al principio me lo creí, pero luego todos los martes se repetía la misma historia por motivos distintos. Yo no decía nada porque no quería perder a mi única amiga, me mostraba despreocupada, pero ya no le pedía a Clarissa que me hiciera trenzas para no tener que explicarle más veces que Cristina no iba a venir.

¡Basta, el momento tristeza había durado demasiado! La presentación sería un éxito con total seguridad, había reclutado incluso a Michele y a mis antiguos compañeros de universidad. No iba a faltar nadie. Me metí en el baño y me preparé con mimo para la velada.

Esa mañana, delante del cierre metálico de la librería me esperaba una chica a la que no había visto nunca. Llevaba un bonito abrigo rojo cereza que desde luego no pasaba inadvertido. Yo llegaba tarde, como de costumbre, pero ella no parecía irritada.

—Hola, ¿estás esperando a que abra la librería? —pregunté para asegurarme de que no estuviera simplemente esperando a una amiga.

—Sí, pero no te apures, no tengo prisa.

No podía permitirme perder ni un solo cliente, por lo que, aunque estaba sin aliento y con unas ganas tremendas de tomarme un café en el bar, abrí el cierre metálico a la velocidad del rayo, encendí las luces y puse la lista de Billie Holiday de Spotify que me alegraba todas las mañanas. La música se difundió por el aire y, como siempre, también la sensación de bienestar que traía consigo: ahora el café podía esperar.

Mientras ponía remedio al desorden que había dejado el día anterior, vi de reojo que mi huésped del abrigo rojo miraba perdida a su alrededor.

—¿Puedo pedirte consejo? —me preguntó acercándose a la caja.

Dejé de ordenar recibos y facturas.

—Pues claro, dime.

Empezó a retorcerse un mechón en el dedo y bajó un poco la voz.

—Mira, es que estoy pasando por un momento muy peculiar. Me da un poco de vergüenza hablarte de ello, pero quiero un libro que me ayude.

Ahora tenía toda mi atención.

—Dime el problema y veremos si puedo ayudarte a encontrar una solución.

La chica bajó la mirada y se concentró para encontrar las palabras adecuadas.

—Tengo novio desde hace unos seis años. Nos vamos a casar en septiembre.

Y yo que me esperaba una tragedia...

—¡Qué bonito! Enhorabuena, es una noticia fantástica.

Ella bajó aún más la voz, ahora ya casi susurraba. Me acerqué un poco más para no perderme una palabra.

—Sí, bueno, tampoco tanto. El caso es que yo estoy enamorada de otro y no consigo olvidarlo.

Mientras lo decía, se le quebró la voz y se le empañaron los ojos. Se llevó una mano al rostro para tapárselo, y reparé en el anillo de diamantes que le brillaba en el dedo anular.

Por eso estaba tan nerviosa, la situación era de verdad delicada.

Es increíble lo complicadas que pueden ser las relaciones humanas y cómo consigue la gente ocultar los sentimientos detrás de máscaras de indiferencia y serenidad. Si hubiera visto a esa chica en un bar o en un cine, con el bonito abrigo rojo, el flequillo rubio travieso, la sonrisa y la mirada llenas de dulzura, nunca habría pensado que pudiera esconder tanta infelicidad.

Me acerqué a ella un poco más todavía, tratando de ser lo más delicada posible. Había aprendido que, en ciertas situaciones, una sola palabra equivocada puede hacer que quien trata de hacerte una confidencia se cierre en banda .

Empecé a hablar con mucho tiento.

—Te entiendo. A veces hay personas que se nos meten en el corazón y luego deciden construir allí un edificio sin licencia, y nosotros las dejamos hacer, como en los peores tinglados de corrupción.

La chica del abrigo rojo empezó a sonreír. Menos mal, mi tendencia al uso incontrolado de la ironía para desdramatizar había provocado el efecto esperado. Seguía ahí conmigo, no se había cerrado en banda.

—Exacto, eso es justo lo que ha hecho él. Es una relación a distancia, él también tiene novia. —Mientras pronunciaba la palabra «novia», la boca se le torció en una mueca involuntaria.

—Vive en otra ciudad, nos vemos de vez en cuando. En el fondo, entre nosotros no hay más que una relación epistolar por e-mail, pero ninguno de los dos quiere cortar el hilo que nos une. Por mi parte, sin embargo, hay mucha confusión y no sé cómo salir de esta situación. Quería un libro que me hiciera reflexionar sobre ello.

—Vale, déjame pensarlo un momento.

No era una petición en absoluto fácil, tenía que encontrar un libro que retratara un amor a distancia. Aunque hubiera leído cientos de libros, o quizá miles, en mi trayectoria de ávida lectora compulsiva, siempre había situaciones para las que me costaba elegir un texto adecuado para la persona que tenía delante.

A ver, dos amantes, una relación a distancia... Se me había encendido una lucecita, pero necesitaba consultarlo. La estantería de narrativa extranjera estaba a la entrada, a la derecha, letra G, aquí estaba. Abrí una página al azar y empecé a leer.

Solo te pido que no te vayas, porque si te vas ahora ya nunca volverás. Huirás a la otra punta del mundo y no querrás recordar lo que empezó aquí, entre tú y yo, cuando el alma se abre así, despacio y con dolor, a otra persona. No dejes de escribir, aférrate a la pluma con toda la fuerza que te queda. Tiemblas por el esfuerzo, pero sigues escribiendo, hundiendo tus raíces en mí. No tengas miedo. Ni siquiera de esa idea que tuviste una vez, hace mil años, o hace dos días, cuando habrías querido despertar sin memoria, tras un accidente o una intervención quirúrgica, recordando, poco a poco, tu historia y la mía para contártela a ti mismo, desde el principio, sin saber, ni por un instante, si en esa historia tú eres el hombre o la mujer.

Ojalá pudieras recordar lo que se siente cuando se es mujer, y lo que se siente cuando no se es ni hombre ni mujer. Cuando solo se es, antes de nada, antes de las definiciones, los pronombres personales, las palabras y los géneros. Quizá así puedas llegar, casi por casualidad, a la posibilidad primordial de ser yo.

Ese era, ese era justo el libro que estaba buscando. Era perfecto.

Volví hacia la chica, que ahora miraba algo en la estantería de libros infantiles, y le entregué el ejemplar que tenía en la mano. En la cubierta se veía el rostro de una mujer de una belleza antigua y el título en letras rojas: *Tú serás mi cuchillo*. El autor era David Grossman.

—Léelo. Es la historia preciosa de un amor parecido al vuestro, complicado, pero que parece querido por el destino.

Ella examinó un momento la cubierta, indecisa. Lo abrí por la página que acababa de leer y le indiqué el párrafo que me había llamado la atención.

—Ay, Dios, parece que hablara de nosotros —murmuró.

—Si no te es útil, vienes y me lo devuelves, ¿prometido?

—Prometido. —La chica cerró el libro y esbozó una de sus dulces sonrisas—. Mira, también me llevo este.

Añadió al de Grossman *Diario de mi embarazo*.

—¿Te lo pongo para regalo? —le pregunté, señalándole el libro que me acababa de dar.

—No, es para mí.

Nos miramos un segundo y de repente entendí su vergüenza de antes al hablarme de su relación clandestina.

—Vale, te los pongo los dos en una bolsa.

Le entregué los libros y entonces, antes de que se fuera, tuve el impulso de decirle algo más.

—Si lo necesitas, vuelve por aquí. Aunque no compres nada.

Ella no contestó y me miró con sus ojos color avellana velados de melancolía.

—Ah, me llamo Blu, como el color, ¡encantada!

—Vanessa. Adiós, hasta pronto.

Me gustaba pensar que, al salir de mi librería, Vanessa iría un poquito más serena al encuentro de la vida que la esperaba. Muchas veces, en rápidas frases de desconocidos, encontraba un consuelo que calentaba el corazón y fundía corazas milenarias. Era algo que sentía en lo más hondo y que casi nunca lograba expresar con palabras.

Seguía pensando en la chica del abrigo rojo cuando Giulio Maria asomó por la puerta. Por culpa de su pachorra acostumbrada, ahora estaba agobiadísimo con el refrigerio de la tarde y llevaba atormentándome con preguntas por WhatsApp desde las ocho de la mañana. Ya lo había visto asomarse un par de veces, pero la chica del abrigo rojo lo había mantenido a distancia. Ahora que me había quedado sola, me tocaba tragarme todo su agobio.

—Pero, entonces, ¿esta tarde cuánta gente va a haber? Tengo que prepararme para el aperitivo. Podría mandarle un mensaje a Mia con el pretexto de la presentación y así intentar pegar la hebra.

Enarcó las cejas un par de veces en un gesto de *latin lover* consumado. Aunque era guapo, para mí tenía el mismo atractivo que un filete para un vegetariano.

—¿Otro mensaje? La escribiste ayer y anteayer. ¿Ella cuántas veces te ha escrito por propia iniciativa?

—Nunca.

—Ahí lo tienes, no le escribas nada y ponte a cocinar para esta tarde.

En el arte de ligar, Giulio Maria era un desastre, no daba una. Llevaba años tratando de explicarle unas cuantas cosas sobre la psique femenina, pero cada vez era un fracaso mayor que el anterior.

Hizo además de irse, pero antes decidió lanzarme una pulla para alegrar un poco la mañana.

—Yo te pido consejo, pero tampoco es que tú tengas muchísimo éxito en el amor.

Qué simpático mi amiguito Giulio, qué detalle recordarme que, últimamente, mi vida sentimental podía resumirse con el título de la obra maestra de Buzzati: *El desierto de los tártaros*. El año anterior había terminado una relación con mayúsculas que había durado cuatro años, y desde entonces el único ser vivo con el que había compartido lecho era *Frodò*, que siempre trataba de besarme a traición.

—¿Qué, estamos listos para la gran fiesta? —intervino una voz amiga.

Mia acababa de entrar en la librería, como si hubiera percibido en el aire el mensaje que Giulio Maria estaba a punto de enviarle. Él se puso colorado enseguida al pensar que ella pudiera haber oído retazos de nuestra conversación, cuando era obviamente imposible, ya que hacía un par de minutos que habíamos dejado de hablar del tema.

Ese día había una novedad, en su cabello oscuro destacaban dos mechones azules.

—¿Tú no tenías que estar en clase? —le pregunté—. ¿Y qué te has hecho en el pelo?

—Sí, tenía. Pero mi sexto sentido ha captado pánico en el ambiente y he venido a salvarte.

—Bendito sea tu sexto sentido. Estoy que me subo por las paredes.

—¿No te gusta mi pelo? —preguntó, tocándose los mechones que le enarcaban el rostro—. Hoy me sentía frívola y he decidido teñírmelo.

La observé sin el filtro de la amistad. A lo largo de los años había llamado «filtro de la amistad» a esa lente a través de la cual miraba a la gente a la que quería. Para mí, mis amigas eran todas guapísimas, y las que me caían mal, unos cardos. Pero, comparándome con los demás, sobre todo los hombres, me daba cuenta de que mis apreciaciones sobre la belleza estética dependían en gran parte de ese filtro. Y esas mechas azules eran horrorosas, pero no se lo habría reconocido nunca, ni siquiera bajo tortura. De haber estado ahí

Rachele, ya le habría dicho que volviera a la peluquería a reclamar su dinero por el destrozo que le habían hecho.

—No sabría decirte. La última vez que valoré hacerme unas mechas fue en 1998, tenía nueve años y entre mis ídolos estaban la cantante de Aqua y Geri, de las Spice Girls.

Me volví hacia Giulio Maria, que parecía hipnotizado también por esos más que discutibles mechones azules.

—Venga, chicos. Vamos a ello. Que empiece la fiesta.

4

> Cuando deja de haber reglas éticas y
> estéticas, ya no se puede hacer tanto el
> ridículo.
>
> Niccolò Ammaniti, *Que empiece la fiesta*

Esa misma tarde

A las seis todo seguía, simple y llanamente, fuera de control. Con su lentitud angelical, Giulio Maria cortaba la *focaccia* que luego rellenaría, y aún no había empezado a preparar el bufé. El mensajero que traía los libros necesarios para la presentación estaba bloqueado en un atasco y no sabía decirme con precisión cuándo podría llegar. En la librería cabían muchas menos sillas de las que habíamos previsto, y Neri Venuti llegaría dentro de algo menos de una hora. Por suerte, Rachele y Giulia, salvadoras de la patria, se habían puesto a echarle una mano a Giulio Maria con la preparación del refrigerio. Mientras, Mia y yo nos ocupábamos de gestionar el espacio para que al escritor no le entrara un ataque de claustrofobia.

—¿Tú crees que si corremos esta mesa un poco más a la derecha nos cabría otra silla?

—No, basta de sillas, hay que dejar espacio para el pasillo. Si viene siquiera la mitad de la gente a la que hemos invitado, acabaremos asfixiados.

Me había acicalado mucho para esa velada: vestido ceñido negro de lana, sobrio pero elegante, zapatos de tacón y maquillaje ligero, y me había recogido el pelo con un moño un poco suelto. La pega era que no entraba en mis cálculos que mover mesas y preparar sillas fuera a ser tan cansado. Resultado: el moño se había deshecho como la nata montada fuera de la nevera, y con el sudor se me había corrido el rímel. En lugar de Audrey Hepburn, como era mi intención, parecía un panda despeinado y sudado. Mia, en cambio, dejando a un lado su cabello azul, mantenía un aura de divina perfección.

—¡Buenas tardes, queridas! ¿Cómo van los preparativos?

La voz de Carolina resonó con una alegría forzada. Sabía que me debía explicaciones por la llegada sorpresa de su prima y trataba de mostrarse más amable que de costumbre. Y junto a ella estaba precisamente el objeto o, mejor dicho, el sujeto de la discordia: Sery, vestida para la velada. El cabello negro azabache, que por la mañana llevaba liso y recogido en una coleta, lo tenía ahora suelto y peinado con unos bucles que ni Shirley Temple en sus tiempos de *Ricitos de oro*. Pero Sery, al contrario que la pequeña Temple, era una mujerona de casi uno ochenta de estatura y noventa kilos de peso. Aferraba el bolso bajo el brazo como si hubiera entrado en un antro, y no se despegaba de una Carolina que fingía no darse cuenta de que su prima trataba de fundirse con su cuerpo. Por suerte había cambiado las gafas de lechuza por lentillas, pero, con todo, el resultado dejaba bastante que desear.

—Hola, Caro, regular... Estamos tratando de apiñarnos como podemos. Hola, Sery, me alegro de que hayas venido.

—Me han dicho que hoy vienen unos jugadores de rugby, pero no los veo.

Caray con la virgen de la Apulia, iba directa al grano.

—Son amigos de Rachele, llegarán más tarde. Mientras tanto, si queréis podéis pasar al bar de Giulio Maria a tomar una copita de prosecco mientras nosotras terminamos de colocarlo todo.

Sery no parecía muy satisfecha con mi respuesta y arrastró a Carolina hacia el bar con desconfianza.

—Pero ¿quién es esa? —preguntó Mia divertida.

—Olvídalo, luego te cuento, vamos a mover un poco este sillón a ver si conseguimos crear un rinconcito que...

—Buenas tardes, Blu.

Dios, esa voz, seas quien seas el que estás ahí arriba, haz que no sea ella.

—Veo que tiempo para organizar presentaciones sí que tienes.

Me volví despacio, sabiendo con quién me iba a encontrar. En efecto, ahí estaba Premio Strega con unos ojos que despedían chispas y con la rosácea desatada por la cólera que la embargaba.

Traté de fingir una expresión de alegría mezclada con sorpresa pero, al contrario que Giulia, yo no valía gran cosa como actriz.

—¡Hola, Beatrice! Qué alegría verte.

Nada, su mirada seguía impasible, y las marcas moradas de su cara adquirían matices de rojo.

Probé a añadir:

—Perdona si no he dado señales de vida. Estoy leyendo tu libro, está muy bien, pero aún no lo he terminado.

Al oír lo de «está muy bien», su expresión se dulcificó un poco, quizá lograra amansarla.

—Por eso aún no he organizado tu presentación.

Labios muy juntos y aletas de la nariz dilatadas: no se había creído mi trola.

—El libro de Neri Venuti se publicó la semana pasada. Para el suyo sí has encontrado tiempo, por lo que veo.

Estaba levantando la voz de un modo preocupante. Recibir a Neri con una escenita así no era la mejor tarjeta de visita. Tenía que inventarme algo, y deprisa. Por desgracia, en esa ocasión Mia no podía ayudarme, nunca le había hablado de Premio Strega y no podía hacerlo justo en ese momento.

De repente se me ocurrió una idea.

—No, no es eso. En realidad Neri es un buen amigo mío y me pasó su novela antes de publicarla. O sea, que ya la había leído antes de que saliera a la venta.

El semblante de Premio Strega se iluminó de pronto. Me di cuenta en un instante de que mi idea genial era en realidad un autogol clamoroso. Para evitar un incordio, me estaba metiendo en un berenjenal aún mayor.

—Entonces, en cuanto llegue, ¿me lo puedes presentar? Dado que sois tan íntimos, no debería suponer ningún problema para ti. Necesito a toda costa un nuevo editor, ¿sabes? El mío no cuida nada las relaciones públicas, son unos granujas y no entienden el potencial de mi libro. Lo que me conviene es una editorial como la que publica a Neri.

Se cruzó de brazos y me miró con una expresión de falsa benevolencia.

Ea. A ver cómo salía ahora de ese enorme, gigantesco embrollo. Si Premio Strega le dirigía la palabra, Neri descubriría que me las había dado de íntima amiga suya cuando en realidad apenas lo había visto una vez, y puede que ni se acordara de mi cara, dado que casi todo el rato que habíamos estado hablando se lo había pasado mirando el techo. Y desde luego no podía pedirle que me siguiera el juego, no me parecía un tipo muy irónico que digamos. La película mental de la categoría «*hobby* y tiempo libre», en la que, con la ayuda de Neri Venuti, mi librería se convertía en embajada de la cultura, en un referente para escritores y lectores, se estaba yendo al garete a lo grande.

—Sí, claro, podéis charlar, pero después de la presentación, porque antes de un evento nunca quiere hablar con nadie. Mientras tanto, ve si quieres al bar de al lado y tómate una copa, invito yo. ¡Es más, voy contigo!

Empecé a empujarla con suavidad hacia el bar, que ya estaba lleno, aunque apenas había diez personas dentro. Giulio Maria reinaba detrás de la barra, mientras en la retaguardia Giulia y Rachele cortaban pan y lo rellenaban como expertas pinches de cocina. Si no hubiera estado en una situación tan catastrófica, me habría entrado la risa. Ni una ni otra cogían una sartén en casa ni hartas de vino, y ahora estaban allí como dos auténticos *cordon bleu*.

Abandoné a Premio Strega en la barra y agarré a Carolina del brazo. Sery, que seguía sin soltar el bolso, hizo ademán de venirse con nosotras, pero la fulminé con la mirada y se quedó donde estaba.

En cuanto salimos del bar, Carolina se puso a hablar sin parar. Era evidente que no sabía muy bien cómo abordar la situación, pero yo no tenía la más mínima intención de ponerle las cosas fáciles. Con tal de no afrontar el tema, había delegado en Rachele la tarea de contarme algo importante, pero ese no era el momento de ponernos a discutir, podía esperar a después de la presentación.

—Blu, perdóname. Lo sé, tendría que haberte avisado de que venía Serafina, pero para mí también ha sido algo inesperado. Pagaré el doble de alquiler, no te...

Levanté la mano para detener el torrente de palabras. Carolina me debía un favor y tenía la intención de cobrármelo enseguida.

—Mira, yo esta noche te encargo una tarea y, si la haces bien, todo queda perdonado. ¿Ves a esa loca de ahí, la del pelo electrizado y la cara morada? —Le señalé a Premio Strega, que seguía en la barra del bar.

—Sí, claro, ¿quién es?

—Ni preguntes. Tienes que mantenerla lejos de Neri Venuti, me da igual cómo. Caro, por favor, es de vital importancia que no se hablen.

Abrió unos ojos como platos y empezó a protestar.

—Pero ¿cómo lo hago? Ni siquiera la conozco, y tengo a Serafina, que no me deja ni a sol ni a sombra. Es que tú no lo sabes, pero a mi tía se le ha metido entre ceja y ceja que en Florencia va a conocer a alguien, porque ha cumplido veinticinco años y tiene que encontrar a un hombre con quien casarse. Mi madre y ella me están agobiando muchísimo. Pero no te imaginas cómo es mi prima: si no eres Brad Pitt, ni se digna a mirarte.

Me encogí de hombros, en ese momento los planes matrimoniales de Serafina eran la última de mis preocupaciones.

—No me interesa cómo lo hagas, hazlo y punto. Esta mañana, la princesita casadera me ha despertado a las siete con la televisión a todo volumen.

—¿Qué dices? Pero si le pedí que no hiciera ruido por la mañana para no molestaros... Se va a enterar. No puede comportarse como si viviera sola.

Saltaba a la vista que estaba muy nerviosa, por lo que una pizca de ternura empezó a abrirse camino entre mi rabia.

—Mira allí —le señalé la espalda de mi acosadora—, esta tarde tienes un único objetivo.

—Vale, lo intento.

—No lo intentas: lo consigues.

La besé en la frente y la dejé allí con una misión imposible y una mirada de desesperación.

Al salir del bar, me crucé con tres tipos: eran una mezcla de concursantes de un programa para encontrar pareja y los *Chicos del arroyo*, de Pasolini.

Nada más entrar, saludaron a Giulio Maria con apretones de mano y palmadas en la espalda.

—Eh, Jules, qué grande eres, tío. ¿Dónde está el escritor ese?

No, no era posible... Pero sí, al parecer lo era. Le había pedido a Giulio Maria que invitara a algún amigo a la presentación y, consciente de que se codeaba con futbolistas cachas con traje y corbata, le había insistido en que trajera a gente creíble. No quería que Neri se llevara la impresión de que había invitado a cualquiera porque nadie quería acudir a mis eventos.

Giulio Maria me tranquilizó diciendo que solo había llamado a amigos presentables. Era obvio que teníamos conceptos distintos de lo que era un asistente creíble a una velada literaria.

Seguía despotricando mentalmente de mi amigo indigno de confianza cuando sentí que me tocaban la espalda.

—Hola, cariño, ¿llego tarde?

Por fin un rostro amigo en todo aquel caos. La abuela Tilde me sonreía con una expresión maravillosa que siempre le iluminaba la cara. La abracé fuerte y por un momento sentí que no quería separarme de ese abrazo, habría querido quedarme así siempre para no tener que afrontar nada de todo lo que me aguardaba.

—Blu, cariño, que me vas a romper las costillas.

La abuela era una mujer menudita de un metro sesenta y cuarenta y cinco kilos; a veces me asombraba de que el bisonte de Piero hubiera nacido de ella. Era una señora muy elegante, tanto en los modales como en la forma de vestir, y, como Mia, iba siempre perfecta para cada ocasión. Ella sí que era de lo más presentable, con su cabello blanco y su traje sastre azul.

—Perdona, abuela, es que me alegro tanto de verte... Las chicas están dentro, voy a llamar al mensajero y luego vengo a hacerte compañía.

Pues sí, porque en medio de todo ese jaleo mi principal problema era él. El dichoso mensajero con los ejemplares del libro de Neri que aún no había aparecido. Y en la librería no me quedaba ni uno. El último lo había vendido esa misma mañana. El representante de mi proveedor, Gennaro —siempre esplendoroso y animado—, me había asegurado: «Como máximo a la una estoy contigo», y que tendría los ejemplares de la novela en la librería a tiempo para la presentación. Estaba a punto de volver a marcar el número del mensajero mientras cruzaba todos los dedos de mis extremidades, cuando vi a lo lejos el brillante cabello de Cocker, alias Neri Venuti, que venía hacia mí. A su lado estaba una señora de unos sesenta años, la presentadora, una periodista del *Firenze Oggi*, el periódico más leído en Florencia y su provincia. Miré el reloj, eran ya las seis menos cuarto, en quince minutos empezaría la presentación.

Fui hacia mis invitados con la expresión de tranquilidad y dominio de la situación más verosímil que pude fingir.

—Hola, Neri, bienvenido. ¿Cómo estás?

Hubo un momento incómodo en el que no sabíamos si darnos un beso en la mejilla o estrecharnos la mano. Al final optamos por lo segundo.

—Muy bien, gracias. Te presento a Lisa Bussetti. Lisa, ella es...

Su expresión se volvió confusa y siguieron unos segundos de silencio. Era obvio que no recordaba mi nombre. Menudo principio de velada para alguien a quien había vendido como mi mejor amigo...

—Blu. Sí, como el color —intervine en su auxilio. Ella me dedicó una mirada distraída mientras observaba la librería.

—¿No es un poco pequeño este sitio? —dijo con un tono entre aburrido y sarcástico.

Me habría gustado cogerle la cara de imbécil y estrellársela contra el soporte para bicicletas que tenía delante. En lugar de eso, conservé la sonrisa y le contesté con amabilidad:

—Qué va, en absoluto. No hemos invitado a mucha gente, será una velada íntima.

Ella me miró como se mira a quien te está intentando colar una muy gorda, pero no dijo nada más.

Mientras pronunciaba la última frase, de reojo vi llegar a Michele, mi amigo y antiguo compañero de universidad, seguido de un par de amigos suyos. Al mismo tiempo, por el otro lado de la calle venía Raffaele, otro buen amigo de mis primeros años en Florencia. Un simpático friki estilo *new age* de largo cabello rubio y ojos azules que había decidido llevar una vida de nulo impacto medioambiental. Solo se desplazaba en bicicleta, obedecía los dogmas de un santón vegano y seguía vistiendo igual que cuando lo conocí, hacía unos diez años. A veces me parecía una versión más joven de mi padre, pero mucho menos engreído. En la cesta de la bicicleta llevaba una bolsa de patatas que seguramente traía como aportación al bufé. Fingí no conocerlo y rogué a mis invitados que se acomodaran detrás de la mesa que les había preparado, donde resultaba evidente la ausencia de los ejemplares del libro. Con frases adaptadas a las circunstancias y una gran sonrisa, me despedí antes de que me hicieran preguntas a las que no podía responder. Necesitaba a Giulia para entretenerlos mientras yo trataba de hacerme con los malditos libros.

El bar de Giulio Maria estaba lleno, terraza incluida, y no paraba de llegar más gente. Dentro, la situación había degenerado: la música hacía temblar las paredes y tres cuartas partes de los presentes estaban ya bastante achispados. Mientras trataba de llamar la atención de Giulia, que bailaba reguetón con los chicos del arroyo —su profesora de ballet clásico se habría muerto de vergüenza si la hubiera visto así—, me crucé con Mia.

—Oye, ahí están ya Neri y la periodista. Veo a Giulia muy ocupada ahora mismo, ve y entretenlos tú como sea.

—No te preocupes, yo me encargo.

El móvil. Tenía que llamar al mensajero. Lo intenté una vez, pero no obtuve respuesta. Mientras volvía a llamar, Mia se me acercó con una expresión de suma preocupación.

—Blu, han llegado los fotógrafos. Quieren una foto de Neri con su libro en la mano. Ahora mismo. Tienen otro evento dentro de quince minutos en *piazza* Santa Maria Novella. No pueden esperar.

Bien, puede que hubiera llegado el momento de dejarse invadir por el pánico.

—No tenemos el libro y el mensajero no responde a mis llamadas. No sé qué hacer, de verdad. ¿Nadie tiene un maldito ejemplar de ese libro?

Debido al ataque de nervios que estaba a punto de darme, mi voz sonó hiperaguda. Miré a mi alrededor tratando de encontrar una solución.

Pregunté a Michele, a Raffa y a todos mis amigos. Ninguno tenía el libro porque obviamente habían esperado hasta esa tarde para comprármelo a mí.

Quién sabe si aún tenía el bote de Xanax en el bolso, entre los antiinflamatorios y las pastillas para el estómago: quizá fuera el momento adecuado para tomarlo. Pero ¿cómo se me había ocurrido celebrar esa presentación? Alguien tan desorganizado como yo no podía ponerse a celebrar eventos, iba contra... Un momento. Dirigí la mirada al bolso de Premio Strega, dentro del bar. Asomaba la esquina de un libro de portada blanca. Entreveía la foto de un hombre delante de una ventana. Sabía que era él: ¡era el libro de Neri! La ubiqué en la barra, se había pegado como una lapa a Giulio Maria y no paraba de hablarle mientras él se afanaba entre vasos de prosecco y de licor.

—Lo tiene Premio Strega en el bolso —le dije a Mia—. No hay tiempo: se lo mango.

—¿Te has vuelto loca? Como te pille, monta una escena que al final acabamos en los periódicos, pero no por la presentación.

Cogí a Mia por los hombros y la miré a los ojos.

—Me da igual, ¿tú ves otra solución? Porque yo no.

Dije estas últimas palabras con un patetismo digno de culebrón sudamericano.

Mia lanzó una ojeada a Neri y a los fotógrafos, que nos miraban con aire interrogador, y dijo:

—Está bien. Intenta que no te pille.

Me escabullí dentro del bar como un ninja, sin apartar la mirada de mi objetivo. El bolso estaba sobre una silla, en una mesa muy próxima a la barra donde nuestra escritora experta se esmeraba en acorralar al inocente camarero. Pobre Giulio Maria, tendría que invitarlo a cenar para hacerme perdonar el muerto que le había endilgado. Tenía que concentrarme: si se volvía, me vería seguro. Mi plan era endeble desde el principio: Premio Strega se volvía cada treinta segundos y echaba una ojeada al bolso para asegurarse de que seguía donde lo había dejado. Me di cuenta de que, pese a lo desesperado de la situación y a toda la gente que abarrotaba el bar, no había manera de salirme con la mía, tenía que probar otra estrategia. Total, el mal ya estaba hecho desde que fingí ser amiga de Neri, podía ir un poco más allá y hacerme con el libro para la foto de rigor.

Me acerqué e intercepté la mirada desesperada de Giulio, que imploraba piedad.

—Beatrice, le he hablado a Neri de ti. Me ha dicho que le dé tu ejemplar de su libro para que te haga una dedicatoria especial, y luego charláis un rato.

Relamiéndose, ella asentía con entusiasmo a cada palabra mía. De repente había ganado mil puntos a sus ojos.

—Fantástico. Voy yo también, tengo curiosidad por ver qué me escribe —dijo con voz coquetona.

—¡No, tú tienes que quedarte aquí! —A juzgar por su cara de pasmo, debí de gritar—. O sea, ven luego, es que quiere escribirla en privado para poder reflexionar mejor sobre las palabras adecuadas. Y así luego la lees en la intimidad. —A cada mentira que salía de mi boca sabía que añadía unos centímetros más al agujero que estaba cavando con mis propias manos, pero no tenía alternativa.

Le arranqué el libro del bolso y corrí hacia la librería.

No tenía ni idea de lo que había tardado, pero por la expresión impaciente de Neri, la periodista y los fotógrafos, era evidente que demasiado. La pobre Mia parecía un faquir principiante quemándose en las ascuas, su sonrisa era ya una mueca de parálisis facial.

Eran las 18.58 y aún no había llegado el mensajero.

—Aquí está, disculpad —dije al tiempo que le tendía el libro a Neri, que siguió mirándome, perplejo. Seguramente había intuido que algo no marchaba bien, pero mientras lograra eludir una pregunta directa, estaba a salvo.

Desaparecí con rapidez, justo cuando los fotógrafos empezaban a disparar los flashes. Mientras tanto, los invitados fueron entrando en la librería, y os aseguro que no hacía falta un ingeniero para calcular que nunca cabríamos todos.

—Voy a llamar a Mattia para decirle que no venga. —Rachele se me había acercado sin hacer ruido y, como siempre, me había leído el pensamiento.

Me volví, buscando consuelo en mi querida amiga.

—Tenemos un problema aún mayor, Ra. No hay libros.

Ella arrugó el ceño con una media sonrisa, como diciendo «estás de broma, ¿verdad?».

—¿Qué quieres decir? ¿Que no tienes bastantes?

A ella podía reconocerle mi inmensa caradura. Suspiré, la miré a los ojos color avellana con pintitas verde bosque y declaré con solemnidad:

—No tenemos ni un solo libro. El ejemplar con el que se está haciendo las fotos ahora mismo el escritor se lo he mangado a una loca. —Le expliqué una versión abreviada de la historia de Premio Strega.

Se pasó una mano por el pelo, casi mesándoselo por la gravedad de la situación.

—Pero ¿por qué no me has pedido a mí que la mantuviera a distancia? Carolina tiene bastante con ocuparse de su prima. Dame el número del mensajero, que lo llamo yo.

Saqué el móvil y le dicté el número, que ella tecleó al momento.

—Blu, perdona, tienes que venir un momento. —Mia me empujaba por la espalda con suavidad—. La gente se está peleando por las sillas, tenemos que ir a calmar los ánimos.

¡Lo que faltaba! No conseguí contener una risita histérica totalmente fuera de lugar. Rachele y Mia intercambiaron una mirada consternada que mostraba su preocupación por mi estado mental.

Neri y la periodista seguían haciéndose fotos y por suerte no se habían enterado del vocerío que se estaba levantando a su espalda. No tardamos en aplacar la pelea, bastó añadir sillas en el pasillo, que habíamos dejado libre para que los clientes pudieran pasar. Había colocado a Rachele al fondo para controlar a Premio Strega y la situación en general.

A las 19.02 todo estaba listo, los asistentes estaban sentados y la librería llena hasta la bandera, muy por encima de su aforo real. Con los nervios, no me había dado cuenta de que me había quedado literalmente atrapada detrás del mostrador de caja. El rumor de fondo era muy alto, y fuera de la librería entreveía siluetas que se movían en la oscuridad de la tarde.

—Perdona, Blu, ¿puedo hacerte una pregunta? —Cocker me miraba con expresión interrogadora—. ¿Dónde están los ejemplares de mis libros para la firma?

—Pues, mira, Neri, precisamente...

Mientras trataba de explicarle a Cocker que no disponía ni de un solo ejemplar de su libro, el teléfono que tenía en la mano vibró y leí las primeras líneas del mensaje de Rachele: «Ya está aquí el mensajerooooo». De reojo vi iluminarse los faros traseros de una camioneta: el inconfundible color rojo del vehículo me reconfortó el corazón.

—Precisamente iba a decirte que tengo los ejemplares. Luego los saco, es que no me parece muy elegante ofrecérselos a la gente enseguida.

—Ah, vale, muy bien. Bueno, pues yo diría que podemos empezar ya.

—Sí, perfecto. Os presento.

Cogí el micrófono comprado para la ocasión, esperando que eso al menos funcionara.

—Buenas tardes a todos y gracias por ser un público tan numeroso. Soy Blu Rocchini, la dueña de la librería, y es para mí un honor presentaros a Neri Venuti, autor del libro *Solitarios y orgullosos*. Modera el encuentro la periodista Lisa Bussetti, de *Firenze Oggi*, a la que doy las gracias por estar hoy aquí con nosotros. Espero que disfrutéis de la velada.

El micrófono no me traicionó y el aplauso fue caluroso. Se lo pasé a Cocker, que empezó a hablar.

Mientras tanto, Rachele había vuelto a entrar con la caja en una mano y haciéndome con la otra el signo de la victoria. Ahora ya solo faltaba solucionar el problema de Premio Strega, a la que había visto sentada en las últimas filas. Detrás de ella, Carolina no le quitaba el ojo de encima.

Cogí el teléfono y le envié un mensaje a Mia: «Haz alguna foto desde el fondo, que yo estoy atascada aquí, y también algún vídeo para Instagram. Gracias».

La respuesta llegó enseguida: «¡Ok, jefa!».

¿De verdad podía relajarme?

Mientras Neri hablaba cual cotorra, miré a mi alrededor para contemplar la maravillosa fauna humana que había conseguido juntar: Premio Strega, achispada, rubicunda y desgreñada; Sery, con el bolso pegado al cuerpo; los chicos del arroyo, con sus brazacos cachas, sentados en las minúsculas sillitas; la abuela; Raffa, que parecía Jesucristo; Michi y la pandilla de licenciados en Filología Clásica. Entre ellos destacaban dos tipos conocidos de la facultad: *el Biagettone*, personaje mitológico famoso por tener tres cicatrices de varicela entre unas cejas perfectamente alineadas, como si le hubieran dado un golpe con un tenedor en plena cara, y Duccio, que se peinaba el cabello rizado con una tonelada de gomina para moldearse dos tirabuzones sobre la frente, idénticos a los cuernos de un carnero, como se representa a Aries en los horóscopos. Vista así, mi librería parecía el bar de *Star Wars*, una humanidad tan viva y vibrante que Giulia podría haber hecho el reportaje fotográfico de su vida.

Todo iba como la seda, casi me estaba dejando arrullar por la voz monocorde de Cocker, cuando advertí unos movimientos extraños en la oscuridad, fuera de la librería. Me levanté despacio del taburete en el que estaba sentada para tratar de ver mejor qué era aquello que se agitaba en la penumbra, cuando, al fondo, un chico que estaba apoyado en la puerta se movió con brusquedad hacia delante, como si alguien lo hubiera empujado desde el exterior. Asomaron entonces cuatro pares de manos que siguieron empujando para abrirse paso. Empezó a oírse un vivo murmullo y me apresuré a coger el teléfono para preguntarle a Mia qué estaba pasando, cuando me llegó un mensaje suyo, escrito en mayúsculas: «Están entrando». De pronto entendí lo que había sentido Rick Grimes luchando contra los zombis en *The Walking Dead*, levanté la mirada del teléfono y vi a Mia arrollada, aplastada en un rincón detrás de las estanterías color palisandro. No podía moverse. Mientras tanto, las manos se habían transformado en cabezas que gritaban en nuestra dirección. Neri interrumpió su letanía para escuchar lo que tenían que decir los nuevos clientes zombis.

—Hemos venido desde Lucca y queremos asistir a la presentación, no es justo que tengamos que quedarnos fuera.

Él se volvió hacia mí, que obviamente no tenía ni la más remota idea de cómo lidiar con la situación. Cada rincón de la librería había sido ocupado, no había posibilidad alguna de que entrara más gente, a menos que...

Me acerqué a Neri y me puse a hablar con él en voz baja, me escuchó con atención y luego asintió. Creo que si el homicidio en Italia hubiera sido legal, Lisa Bussetti me habría estrangulado con sus propias manos en ese mismo instante. La mesa desapareció rápidamente para hacerles un hueco a los nuevos asistentes, y la velada prosiguió con Cocker perorando detrás del mostrador de caja —solo le faltaba la pistola para escanear códigos de barras— y la periodista asomando detrás del expositor de tarjetas y gafas de lectura con montura de imitación de madera.

Por suerte, la última parte de la presentación transcurrió sin incidentes, y llegó el momento que llevaba temiendo toda la tarde: la firma de ejemplares. Le pregunté a Neri si quería un bolígrafo, pero él ya había sacado una brillante estilográfica. Mientras tanto había conseguido llegar hasta la caja de libros, al fondo de la sala, sin apartar la mirada del último obstáculo que se interponía entre el éxito total de la velada y yo. En efecto, mi atención estaba centrada en una sola persona: Premio Strega, que ya se había levantado de un salto e iba directa hacia su presa con el ejemplar en mano para que se lo firmara. El libro se lo había devuelto Rachele sin darle ninguna explicación sobre la ausencia de la dedicatoria especial que le había prometido.

Carolina se le plantó delante y se puso a hablar con ella, pero estaban demasiado lejos y no alcanzaba a oír ni una sola palabra de lo que decían. Con inmensa angustia vi que Beatrice ni siquiera la escuchaba, su única preocupación era abrirse paso entre la multitud para llegar hasta Neri lo antes posible. Rachele acudía también desde la retaguardia, pero estaba claramente rezagada. Premio Strega se disponía a regatear a Caro por la derecha cuando se interpuso Giulia, que empezó a tambalearse para después caer al suelo, arrastrando consigo a la rubicunda escritora.

Al instante cundió el pánico en la librería: la gente preguntaba si había algún médico en la sala y trataba de hacer espacio alrededor de las dos chicas tiradas en el suelo. Cocker y la periodista se miraron estupefactos mientras todo degeneraba. Traté de acercarme a Giulia para enterarme de lo que había pasado, pero el muro humano no me dejaba avanzar. Alguien debía de haber llamado a una ambulancia, porque en pocos minutos una luz azul parpadeante se detuvo delante de la librería. Desde donde estaba solo veía cabezas, y después a Giulia, a la que se llevaban en camilla hacia la ambulancia, y a Carolina, que arrastraba a Premio Strega en la misma dirección mientras esta trataba de zafarse de ella para ir hacia Neri.

—Te has golpeado la cabeza, podrías tener una conmoción cerebral, ve a urgencias, verás que... —Solo alcancé a oír estas palabras mientras las tres salían de la librería y subían a la ambulancia.

—¡Qué velada más agitada! —Cocker se me había acercado con un ejemplar de su libro en la mano—. Perdona, Blu, con el susto he apretado demasiado la pluma sobre el papel, me temo que se ha echado a perder.

El libro que me alargaba estaba estropeado sin remedio, en la primera página campaba triunfante una mancha de tinta que cubría por completo la dedicatoria que el escritor le había hecho a su madre, con la que, según iba a descubrir después, aún vivía en un coqueto dúplex con jardín.

—No te preocupes, Neri, al contrario, discúlpame por todos estos incidentes, ha sido un desastre, no quería...

—Pero ¿qué dices? ¡Si ha sido una velada divertidísima! Por lo general, las presentaciones son de un aburrimiento mortal.

Lo miré para ver si captaba una nota irónica en su voz, pero no, no me estaba tomando el pelo, de verdad se había divertido. Lo dejé con las dedicatorias y me reuní con Rachele, a la que Sery se había pegado como una lapa desde que Carolina se había ido en la ambulancia.

—¿Cómo está Giulia? —le pregunté bastante preocupada.

Me cogió del brazo y me llevó fuera de la librería.

—Está perfectamente. Me acaba de escribir. Ha fingido un desmayo porque Carolina estaba desesperada y ya no sabía qué hacer para detener a esa loca.

Me paré en seco, no podía creer lo que me estaba contando Rachele.

—Pero ¿está mal de la cabeza?

—Me ha dicho que estabas furiosa con Caro por lo de Serafina, pero sabía que no sería capaz de contener a Premio Strega. Así que se ha encargado ella, y debo decir que con una de sus mejores interpretaciones.

Ay, Dios mío, qué lío, Giulia se había pasado mil pueblos.

—Sí, pero ¿ahora qué les va a contar a los médicos? ¡Hasta hemos hecho venir una ambulancia para esta payasada!

—Bueno, la ambulancia no estaba prevista, pero alguien la ha llamado y se ha tenido que subir. Entonces Caro ha aprovechado y ha arrastrado también a Premio Strega. ¡Al menos no le verás el pelo en las próximas cinco horas!

Miré a mi alrededor, desconsolada, no sabía si reír o llorar. La velada había sido todo un éxito: Neri seguía firmando ejemplares de su libro y la gente empezaba a dirigirse al bar de Giulio Maria, donde se serviría el bufé.

—Pero ¿y lo de que Giulia haya fingido un desmayo? De verdad, esto es demasiado.

Mia intentaba contener la carcajada por respeto a mi incredulidad y mortificación.

—Mira, dejemos el tema. Llévate a todo el mundo al bar y yo mientras pongo orden en la librería, que está todo manga por hombro.

Al cabo de unos minutos, casi todos los asistentes a la presentación se habían ido ya hacia allí.

Cuando por fin me quedé sola, me di cuenta de lo agotada que estaba. En ese momento vi de reojo a una persona con mirada de susto sentada en un rincón, como un cervatillo deslumbrado por los faros de un coche que se lanza a toda velocidad.

Era Sery, por supuesto. Rachele no había tardado ni cinco minutos en librarse de ella. Esperaba que al menos no la hubiera tratado mal. Intenté dirigirle una sonrisa tranquilizadora y me puse a hablarle con tono sosegado para calmarla.

—Sery, no te preocupes, Carolina volverá pronto. Giulia está bien, el desmayo era de mentira.

Se colocó mejor el bolso debajo del brazo y me lanzó una mirada astuta.

—Ya lo sé. Yo le he sugerido que lo fingiera si fallaban todos los demás planes.

¿De modo que el desmayo era idea de Serafina? Al parecer era la velada de las sorpresas.

—¿Sabes? —continuó, con una expresión satisfecha en el rostro mofletudo—, me apasionan las novelas policiacas, y cuando Carolina me ha explicado cómo estaban las cosas, he pensado en qué habría hecho Agatha en esa situación.

¿De qué Agatha me estaba hablando? Me daba casi miedo preguntar, pero tenía que avanzar en la conversación, así que tanto daba.

—¿Agatha es familia vuestra?

Ella abrió mucho los ojos y, escandiendo las sílabas, como se hace con un niño muy pequeño o con un cretino integral, dijo:

—A-g-a-t-h-a C-h-r-i-s-t-i-e, naturalmente.

«Vale, está mal de la olla —me dije—, pero que muy mal.»

—Cuando estoy en una situación difícil, siempre pienso en cómo la resolvería ella.

Siguieron unos segundos de silencio durante los cuales me costó encontrar las palabras para formular una respuesta que no fuera «eres imbécil perdida».

—¡Ah, claro! Qué boba, cómo no se me había ocurrido. Oye, ¿por qué no vas al bar con las chicas y te tomas algo?

Era casi una súplica, no tenía nada más que hablar con ella, y lo que Sery tenía que contarme no me parecía muy interesante.

Pero ella no lo veía así, y para darme a entender que no pensaba moverse de ahí, se acomodó mejor en la silla.

—Soy abstemia, y además no me gusta nadie, son todos feísimos.

Se me escapó una exclamación de estupor que me apresuré a tragarme: en efecto, en ausencia de los jugadores de rugby, la plantilla masculina dejaba bastante que desear.

—Si quieres, te ayudo a limpiar. Siento el jaleo en vuestra casa, no quería ser un estorbo. Y perdóname también por lo de la tele de esta mañana, en Apulia tenemos una casa muy grande y allí no molesto a nadie.

Lo dijo todo de un tirón, sospeché que Carolina le habría cantado las cuarenta por despertarme así por la mañana.

—Y aparte quería comprarte estos libros.

No daba crédito, Sery me alargaba una pila de diez libros por lo menos.

—Hablaba en serio cuando te he dicho que me apasionan las novelas policiacas. Pásame la escoba, verás que entre las dos terminamos en un santiamén.

La Shirley Temple de las novelas policiacas resultó ser una limpiadora fantástica, y, en cuestión de media hora, la librería quedó como los chorros del oro.

—Voy a coger un taxi para volver a casa, a lo mejor ya ha vuelto Carolina.

—Vale, nos vemos mañana. Gracias por tu ayuda, Sery.

Y lo decía en serio, sin ella habría tardado una hora más en arreglarlo todo.

Solo me quedaba archivar los recibos y ya podría reunirme con los demás. Al coger el archivador negro, con el letrero «contabilidad» escrito en grandes letras, reparé en el libro de Neri manchado de tinta.

¿Qué podía hacer con él? Así no había forma de devolvérselo al distribuidor, y tampoco podría vendérselo a nadie con esa mancha. Ni hablar tampoco de llevármelo a casa, mi estantería estaba hasta arriba, y todos los amigos a los que se lo podría regalar ya lo habían comprado esa tarde. Lo cogí y me acerqué al contenedor de reciclaje de papel. Me detuve justo antes de tirarlo. A fin de cuentas, se podía leer perfectamente. No, decidí que lo incluiría en los «libros vagabundos» de la librería Novecento. Se trataba de libros que llevaban una tarjetita que decía más o menos lo siguiente:

Hola, soy un libro vagabundo. Vengo de la librería Novecento, si he llegado hasta ti, será por algún motivo. Léeme y, cuando me hayas terminado, llévame de vuelta con mi propietaria y coge un nuevo libro. Conserva esta tarjetita y ponla en un libro que quieres que alguien lea, después déjalo en algún sitio público para que el destino siga su curso.

Cada libro que salía de la librería Novecento llevaba un adhesivo para que yo pudiera reconocerlo enseguida. Todo aquel que me llegaba de vuelta se premiaba con un descuento del diez por ciento en la siguiente compra, como indicaba en el contenedor que había a la entrada de la librería. La estrategia no se había traducido en un gran aumento de las ventas, pero me gustaba mucho la idea de contribuir a que la lectura estuviera al alcance de las personas con menos medios.

Me instalé ante el ordenador para imprimir la tarjetita del libro vagabundo, pero me paré y, en vez de hacer clic en el icono de la impresora, abrí un nuevo archivo y escribí del tirón unas pocas líneas:

Sí, es cierto, tengo un pequeño defecto, pero ¿vais a discriminarme por ello?

Estoy indicado para todo aquel que desdeñe las apariencias y repare solo en lo esencial. Desaconsejado para los perfeccionistas. Leer todas las noches, a razón de veinte páginas al día hasta terminar el producto.

Pensé en darle un toque más para distinguirla de las tarjetitas que había hecho hasta entonces, de modo que rodeé el texto con un marco cuadrado, le puse una fuente caligráfica y añadí un corazoncito con dos flechas. Tampoco estaría mal un toque de color, elegí el rojo y la imprimí. Cuando saqué la hoja de la impresora, quedé satisfecha con mi trabajo, había quedado bastante bien. Una vez recortada y plastificada, parecía incluso de profesional, hecha por un diseñador gráfico. Bueno, quizá tanto no, pero aun así estaba muy contenta con el resultado.

Decidí enganchar la notita al libro con una cinta dorada que reservaba para los paquetes de Navidad, le daba un aspecto valioso, lo hacía único. Lo pondría en un lugar especial en el cesto de los libros vagabundos, con la tarjetita bien a la vista, y listo.

Suspiré. No podía creer que hubiera terminado el día, tan lleno de acontecimientos. Era como si hubieran pasado tres años desde mi conversación con la chica del abrigo rojo, que en realidad había estado en la librería esa misma mañana. Me puse el abrigo, apagué la luz, y escribí la palabra «fin» sobre aquel larguísimo día.

Mientras bajaba el cierre metálico, oía el alegre vocerío que provenía del bar de Giulio Maria. Giré la llave en la cerradura, que emitió un ligero chirrido, y me reuní con mis amigos, que me estaban esperando.

Cuando seáis felices, que no os pase inadvertido.

5

«¿Qué hacemos después del desayuno? [...]
¿Y qué hacemos mañana? ¿Y en los próxi-
mos treinta años?»

FRANCIS SCOTT FITZGERALD, *El gran Gatsby*

Cuatro días después

—*SATURDAY NIGHT FEVER, baby?*

La cabeza rizada de Michele asomaba por la puerta de
la librería. Eran las siete de la tarde de un sábado soñoliento,
donde la soledad y la música de Baustelle —mi grupo preferido de siempre, aunque no fuera precisamente alegre—
me habían sumido en un gran letargo a pesar del frío que
reinaba en la librería.

—¿Qué te pasa? Pareces *La Piedad* de Miguel Ángel.

Me llevé la mano a la boca para ahogar un bostezo.

—Nada. Estaba con las cuentas de la librería, calculando
cuánto falta para que acabe alimentándome de las latas de
comida del gato de Rachele. Igual las de salmón y gambas
están ricas... Podría combinarlas con una botellita de cham-
pán o de vino blanco afrutado, ¿qué te parece? —Hice el
gesto de descorchar una botella.

Michele y yo nos habíamos conocido en la universidad,
en primero de carrera, durante una clase de Literatura Griega.

Él destacaba con su metro noventa y su cabello largo y ondulado, desde luego no pasaba inadvertido, pero nuestra amistad había nacido por casualidad, gracias a un diente. En esa época, Michi estaba a la espera de una intervención para un implante y tenía un colmillo provisional que se sujetaba con un pegamento no muy eficaz. La primera vez que charlamos, algo salió volando de su boca y planeó sobre la mesa, delante de mí. Su colmillo postizo.

Me reí tan fuerte que temblaron las paredes de la facultad de *piazza* Brunelleschi. En esa época los dos teníamos pareja, la suya era una chica problemática con una familia que lo era aún más, y la mía, Rossano, un niño bien incoloro e insípido con el que había decidido sentar la cabeza después de años de relaciones turbulentas. Naturalmente, las cosas terminaron mal para los dos: Michi descubrió que la madre de su novia le hacía llamadas anónimas subidas de tono cuando estaban juntos para que se pelearan, y que el padre, un biólogo que se daba unos aires de grandeza tremendos, conservaba el virus de la viruela en la nevera. En cuanto a mí, había engañado a Rossano con otro de mis amores equivocados y lo había dejado plantado con un pretexto banal, pese a que me escribió y me dedicó una canción que fue la hilarante banda sonora de las noches de borrachera con mis amigas.

—Yo me decantaría por una buena botella de Freschello del súper a 1,29 euros, dado tu presupuesto.

—Sí, ese que te da un dolor de cabeza inmediato. Es el único que puedo permitirme. Fuera bromas, tengo que inventarme algo si no quiero cerrar antes del verano. Sería un fracaso demasiado grande.

—Venga, no lo pienses, que es sábado. Y he venido para animarte con una noticia bomba: hemos decidido organizar una quedada con los compañeros de la universidad.

—Y ¿quién lo ha decidido, si se puede saber?

—Pues *el Biagettone*, Duccio y yo.

Levanté los ojos al cielo, una cena con esos dos era justo lo que me faltaba para decidir suicidarme.

—Ah, entonces no me la pierdo. Ya me dirás la fecha para que reserve peluquera y maquilladora, seguro que encuentro al hombre de mi vida —dije sacando la agenda del bolso.

—¿Tan mal está tu vida sentimental que quieres aprovechar una quedada con la gente de la universidad para pescar novio?

—Cariño, mi vida sentimental está aún peor que mi cuenta corriente. Y con eso te lo digo todo.

Se mostró pensativo y luego me señaló con el dedo.

—Vale, entonces estás lo bastante desesperada para buscar al hombre de tu vida entre los compañeros de la carrera.

Nos reímos los dos.

—Pero tengo que confesarte algo —dije poniéndome seria de repente—, ¿sabes que el mejor polvo de mi vida fue con uno de la universidad?

—Perdona, pero ¿cómo es que echaste un polvo con uno de la universidad y yo no me enteré?

Abrí los ojos como platos, dando palmas.

—¿Cómo, nunca te he contado lo del tío del Twice?

—Qué va.

Estaba alucinada, desde luego yo no era de esas personas reservadas que no cuentan las cosas de su vida. Y estaba bastante convencida de haberle contado a alguien la única noche loca de mi vida.

—Pues te lo cuento ahora. Fue la noche en que celebramos que habíamos terminado la carrera. ¿Te acuerdas de que, al llegar a la discoteca, nos perdimos de vista y ya no nos encontramos?

Michele asintió, así que proseguí.

—Me fijé en un tío que llevaba una corona de laurel y que de espaldas se parecía a ti. Y cuando se volvió, tachán, no eras tú.

—Confundir a una persona con otra me parece un pretexto fantástico para acostarse con alguien.

En efecto, no me había quedado muy bien el relato y traté de enmendarlo añadiendo detalles.

—¡Pero que no fue por eso, tonto! Empezamos a hablar, era un tío superatractivo y profundo. ¡Y además tenía rastas! Nunca superé mi flechazo infantil por Lenny Kravitz, aunque ese tío no se le parecía nada. Una cosa llevó a la otra, yo había bebido mucho más que mi típico vaso y medio de vino, total que —me encogí de hombros—, me lo llevé a casa.

Michele se echó a reír y, tras unos segundos de vacilación, yo también. Me veía con mi impermeable amarillo mientras recogía graduados borrachos agarrándolos del pescuezo.

—No has entendido nada. La nuestra era una afinidad electiva. Compartíamos un mismo amor por Giovanni Verga y *Rosso Malpelo.* Así me conquistó.

En ese punto de la conversación, Michele estaba doblado en dos de risa y tardó unos minutos en recuperarse.

—La próxima vez que quiera ligarme a alguien, saldré de casa con un ejemplar de los *Cuentos rústicos** bajo el brazo —dijo enjugándose las lágrimas.

—La única manera de poder ligar con ese libro es tirándoselo a alguien a la cabeza.

---

* Tanto *Rosso Malpelo* como *Cuentos rústicos* son obras de Giovanni Verga (1840-1922), también autor de *Cavalleria rusticana*, un relato ambientado en Sicilia que inspiró a Pietro Mascagni su famosa ópera.

—Pero a ti te funcionó *Rosso Malpelo*.

—Sí, pero más que por el libro, creo que fue por el vino de Montepulciano que me había tomado durante la cena. Pensé: venga, sí, qué más da. Creo recordar que era guapo.

—¿Y qué fue de él? Nunca nos lo has presentado.

Hacía tanto tiempo que no recordaba esa historia, que tuve que pensar unos segundos antes de contestar.

—Yo tampoco volví a verlo después de esa cena. —Empecé a hablar despacio y luego cada vez más deprisa según volvían los hechos a mi memoria—. Me parece que al día siguiente tenía que irse a hacer unas prácticas no recuerdo dónde.

—Venga ya, ¿en serio? ¿Seducida y luego abandonada sin más?

—En serio, menudo cabrón. Todavía me duele recordarlo, nunca habían pasado de mí de esa manera. Por lo general, la gente se me queda pegada como una lapa dos años como mínimo, incluso después de un simple beso en la mejilla.

—Ya te digo, menudos ex pesados tienes tú, todavía me acuerdo de Rossano y del tostón del jueves por la noche.

—Qué pena que en los tiempos de Rossano no leyera el horóscopo de Rob Brezsny en *L'Internazionale*, habría sabido si estaba dejando escapar al hombre de mi vida. Y quizá me habría ahorrado los tres años de mi siguiente relación, con Cesare, el de los codos ásperos.

Michele asintió pensativo, seguramente no tenía ni idea de quién era Rob Brezsny, pero conocía muy bien a Cesare y sus codos ásperos.

Se palmeó los muslos para darme a entender que ahí terminaba la conversación, y añadió:

—Bueno, qué, ¿te apuntas a nuestra cena o no?

Lo pensé un momento y contesté:

—Bueno, pero me llevo la comida de casa, ¿vale?

—Entonces cuento contigo. ¿Qué haces esta noche?

—Poca cosa. Terminar de ordenar aquí —dije con un gesto que englobaba una serie de papeles que estaba clasificando— y esperar un signo de la Providencia para dar un vuelco a mi vida. Fuera bromas, me voy al centro con Giulia a ver la última película de Lars von Trier en el Odeon. —Lars von Trier era irresistible para todo *radical chic* auténtico o no de este planeta, aunque sus últimas declaraciones me habían dejado bastante perpleja—. ¿Te apuntas? Hemos quedado a las ocho y media.

Se le iluminó la mirada, parecía que le hubiera resuelto el plan del sábado.

—Pues puede que sí. Voy a hacer unos recados y vuelvo dentro de una hora, ¿vale?

—Vale, hasta luego.

Me quedaba una hora para ordenar la librería y terminar todo lo que tenía pendiente. Empezaría por los estantes, había decidido que me podía venir bien un poco de movimiento, igual traería consigo alguna novedad. Estaba absorta recolocando los ensayos cuando una música altísima me sobresaltó de repente. La melodía de un saxo inundó la librería. Pero ¿qué locura era esa? ¡Por poco me dio un infarto! No había elegido ninguna lista, ¿Spotify se había conectado solo? Fui a comprobarlo en el ordenador, quería saber a toda costa quién tocaba. Abajo a la derecha salía el nombre de Sidney Bechet.

Seguramente la habría puesto Michi sin que me diera cuenta, tenía que acordarme de darle las gracias, no conocía de nada a ese artista.

Me volví hacia la estantería de ensayo bailando al son de ese maravilloso jazz.

—Una librera bailarina, curioso binomio.

Estuvo a punto de darme el segundo infarto en pocos minutos; si ese día no terminaba rápido, no llegaría viva al siguiente. Había subido tanto el volumen que no me había dado cuenta de que había entrado un cliente. Me volví y sí, era el día de los ataques de apoplejía. Delante de mí había un chico guapísimo que me observaba divertido. Estaba apoyado en el arco de la librería, con los brazos cruzados y un libro en la mano. Habría querido que me tragara la tierra: al contrario que Giulia, yo era una pésima bailarina, era torpe y no sabía llevar el ritmo.

Intenté recomponerme y balbucí palabras sin sentido.

—Buenas tardes, perdone, no le había oído entrar. Bueno, con esta música no habría podido oír ni a un elefante. O sea, no quiero decir que usted sea un elefante.

Solté una risita y en cuanto me di cuenta de que debía de parecer tonta perdida, me callé.

Qué ridícula, la bailarina torpe de la risa boba. ¡Un éxito asegurado!

Pese a mi número de circo, mi nuevo cliente, o eso esperaba, me miraba con media sonrisa.

Y qué sonrisa.

Era rubio, de ojos azules, y tenía unos dientes tan blancos que deslumbraban. No me volvían loca los rubios, pero estaba dispuesta a cambiar mis costumbres. Solo tenía una pregunta en la cabeza: ¿y este de dónde ha salido?

El tipo de clientela de mi librería era bastante uniforme, con alguna excepción, pero tampoco nada del otro mundo. Su composición podía resumirse en porcentajes bastante precisos. Las mujeres representaban cerca del noventa por ciento del total, un ocho por ciento estaba compuesto por hombres nacidos en el Pleistoceno y el dos por ciento restante, no sabe/no contesta. Ese chico no entraba ni remotamente en mi *target*. Desde luego no era del Pleistoceno, aunque me era difícil calcular su edad; a juzgar por sus rasgos, habría dicho que unos treinta, pero llevaba un abrigo muy elegante que le hacía parecer mayor. No podía mirarlo muy fijamente, por lo que iba robando detalles a base de lanzarle miraditas rápidas y furtivas.

Iba elegantísimo, y yo, en cambio, como siempre en las ocasiones importantes de mi vida, habría ganado el concurso de Miss Vestida de Pena. Esa mañana había optado por uno de mis caballos de batalla, el estilo que Rachele definía como «vieja por dentro y por fuera», en el que los colores de vegetación de sotobosque eran los protagonistas absolutos. Casi podía imaginar una voz de Teletienda describiendo con minuciosidad mi atuendo, como con los abrigos de piel de Annabella di Pavia en los tiempos del programa *La ruleta de la fortuna*.

«Y aquí tienen, señoras y señores, a nuestra modelo, que viste un precioso cuello vuelto apelmazado de Zara, colección 2010/2011. Tras varios lavados a treinta grados —la encargada de la colada en la casa es una vaga que, para ahorrar tiempo y trabajo, lo lava todo junto—, el intenso color verde petróleo ha dejado paso a nuevos tonos. ¿Y qué decir de la consistencia —aquí la voz se hace un poco más aguda, mientras me paso una mano traviesa por las caderas embutidas en el jersey— de este maravilloso objeto? Poliéster 100 %, áspero al tacto como la lija. Una experiencia que no se pueden perder, amigas oyentes. Pero sigamos ahora con la suntuosa falda de lana cien por cien rugosa —una vuelta entera para mostrar la suavidad inexistente del tejido—, de un tono marrón muy sexy, adquirida en un prestigiosísimo puesto de mercadillo después de un reñido enfrentamiento con una aguerrida anciana de setenta años. Fíjense, amigas oyentes, que el olor a muerto y a naftalina de su anterior propietaria sigue presente pese a los numerosos lavados. Todo por solo cinco euros, una ganga, ¿no pensarán dejarla escapar?»

En este punto, la vendedora de Teletienda daba una palmada en la mesa con un estertor.

La única nota positiva en ese desastre eran las botas: brillantes, de piel marrón, me llegaban casi hasta la rodilla. En cualquier caso, mi *look* «cara lavada» era más bien «cara sin enjuagar». Ni una pizca de rímel, casualmente iba con prisa esa mañana y me había saltado por completo mi inexistente rutina de belleza. ¿Y qué decir de mi pelo? Me imaginaba muy bien lo elegante que debía de quedar mi coleta alta, semejante a un lápiz mordisqueado.

Estaba tan absorta en mis pensamientos sobre ropa y Teletienda que apenas me percaté de que el chico había hablado. Me disculpé y le pedí que repitiera lo que había dicho.

—Estás muy guapa cuando bailas.

Muy bien, esa tarde habría que llamar a otra ambulancia. No fui capaz de contestar nada, me quedé inmóvil con mi moño deshecho, observando al ser más fascinante del mundo, que acababa de echarme un piropo.

Él seguía sonriendo, yo esperaba que no por mi torpeza extrema.

—Podríamos tutearnos, calculo que tendremos la misma edad —dijo mirándome de reojo—, ¿hace mucho que has abierto? Paso con frecuencia por aquí, pero nunca había visto esta librería.

Vale, me estaba mintiendo. Desde que estaba soltera, había coleccionado una serie de ligues embarazosos que, de haber existido el álbum de cromos de los casos perdidos, habría tenido repetidos para llenar al menos dos. Si un chico como el que tenía delante ahora mismo hubiera cruzado un perímetro de menos de siete kilómetros alrededor de la librería, lo habría interceptado con mi radar mejor que los submarinos rusos de la Guerra Fría.

Fingí creerlo y contesté a su pregunta con aire indiferente. No debía mostrarme demasiado interesada.

—Hará unos cuatro meses. Pero aún tengo que poner un rótulo, así no se ve mucho.

Él se volvió hacia la puerta, como si desde dentro pudiera ver el exterior de la librería. Escruté el perfil decidido de su mandíbula y vacilé de nuevo.

—Tengo que felicitarte. Tienes una selección de libros muy interesante, ¿llevas mucho en este oficio?

—Trabajé un tiempo en una cadena de librerías, pero la experiencia más significativa la tuve al otro lado de la barricada. Antes era correctora en una editorial, pero la cosa no cuajó, así que decidí abrir mi propia librería.

Mientras hablaba, el Príncipe Azul se paseaba entre los estantes, examinando un libro detrás de otro. Seguía teniendo bajo el brazo el ejemplar con el que había entrado. Un apodo predecible, lo sé, pero si os cayera del cielo un chico guapísimo, elegante, amable y encima rubio, ¿qué pensaríais? La providencia de Manzoni en el momento justo. Parecíamos dos animales explorando el territorio, atentos a no cruzarse y a no acercarse demasiado. Intentaba mirarlo lo máximo posible cuando se giraba para captar nuevos detalles de su apariencia en los que no había reparado al primer vistazo. Era un tío de verdad singular, con una elegancia que parecía atemporal. También sus movimientos eran fluidos, se movía con seguridad, como si la librería fuera suya. Es más, parecía encontrarse en su propia casa.

Tras unos minutos de silencio, intenté volver a entablar conversación. Tenía que ocurrírseme algo inteligente, brillante, especial, algo que pudiera asombrarlo. Reflexioné unos segundos y la única cosa que acerté a preguntarle sonó absolutamente banal.

—¿Te gusta leer?

Bravo, Blu, lo has noqueado con tu originalidad.

—En cierto sentido.

Lo miraba todo, ahora tenía en la mano otro libro cuya cubierta no alcanzaba a ver. Me parecía un Mondadori de bolsillo, pero no veía ni el título ni la imagen. Reparé en que estaba inclinando peligrosamente la cabeza, de haberse girado en ese momento, me habría sorprendido en modo cotilla.

Pero su respuesta no daba pie a réplica. Pensé en algo más que decir, pero no quería resultar pesada. Los chicos guapos escaseaban tanto en el mundo, que los pocos que había tenían multitud de admiradoras. Volví a ponerme la máscara de indiferencia fingida y me concentré en ordenar los libros ya ordenados y en quitar inexistentes motas de polvo. A cada movimiento, como quien no quiere la cosa, comprobaba mi reflejo en la pantalla del ordenador. Mierda, ¿qué era eso, ojeras?

—¿Puedo hacerte una pregunta? —me dijo.

—Claro.

—¿Qué es esto?

Me volví y vi que el Príncipe Azul me alargaba el libro que llevaba bajo el brazo desde que había entrado. Era el ejemplar de Neri Venuti con la etiqueta contra las imperfecciones.

—Ah, eso. Nada, es una cosa que me apetecía escribir. Ese libro tiene una mancha de tinta en la primera página. Es perfectamente legible, pero nadie lo compraría nunca por ese único defecto que no interfiere en nada con su función. Por eso lo he puesto en el cesto de los libros vagabundos.

El chico leía el reverso de la tarjetita murmurando. A cada sonrisa, me imaginaba cómo organizaríamos nuestras primeras vacaciones juntos y lo bien que quedaría la mezcla de sus ojos azules y mis pecas en nuestra numerosa prole.

Cuando terminó de leer, posó una mirada magnética sobre mí y dijo con un convencimiento tan sincero que casi me conmovió:

—Me parece una idea brillante. ¿Has pensado en hacer lo mismo con otros libros? —Señaló la mesa en la que estaban expuestas las novedades—. Poner etiquetas en cada libro donde se diga para quién está indicado y cuáles son los efectos secundarios. Como has hecho con este.

Al principio no entendía el sentido de hacer algo así, pero poco a poco se me empezó a ocurrir una idea que no estaba nada mal.

—¿Te refieres a aconsejar los libros como si fueran medicinas, cada uno con su prospecto?

Él levantó las manos en señal de rendición.

—Es idea tuya, no mía. Deberías hacerlo solo con libros que hayas leído y quieras recomendar.

Caramba, no solo no estaba nada mal, sino que además era una buena idea. Tenía una curiosidad.

—¿Puedo hacerte una pregunta?

—Depende de lo que quieras saber.

—¿Tú también trabajas en el mundo editorial?

—No, yo me dedico a algo muy distinto.

—¿Y a qué, si se puede saber?

Trataba de hacer las preguntas con desenvoltura, pero por dentro estaba que me moría de curiosidad.

—Soy bróker. Pero no quiero aburrirte con detalles sobre mi trabajo.

¡Cariño, tú no me aburrirías ni aunque me hablaras de verrugas! Por supuesto, eso no lo dije en voz alta.

—Bueno, además no creo que lo entendiera del todo por mucho que me lo explicaras.

—Déjate de falsa modestia, Blu, sabes de sobra que eres una chica muy despierta. Te compro el libro defectuoso. También quería saber si puedes conseguirme otro, es una edición un poco antigua, pero es la que me interesa.

Se rebuscó en los bolsillos y sacó un papelito con un ISBN, el código identificativo de los libros, apuntado.

—Vale, te encargo el libro, pero el defectuoso te lo regalo. No se lo habría cobrado a nadie, y tú además me has dado una idea muy buena.

Empecé a teclear los números del papelito en la web del distribuidor. Era *El amor en los tiempos del cólera*, de Gabriel García Márquez; hasta aquí nada raro. Tenía dos ejemplares en la librería, pero él pedía una edición limitada de 2012. La cubierta era muy especial, violeta y negra.

—Vale. Está descatalogado y no es fácil de encontrar, pero hoy es tu día de suerte, queda un ejemplar en el almacén. ¿Seguro que no quieres la edición nueva? La tienes ahí, en la estantería.

Él negó con la cabeza.

—No, gracias, la que me interesa es la otra.

—¿Seguro? Porque una vez encargada, ya no puedo devolverla.

—Segurísimo. ¿Quieres que te la deje pagada?

—No, hombre, me fío de ti. El libro estará aquí el martes, déjame tu teléfono y te mando un mensaje.

—No hace falta, vendré el martes. Pero ahora estoy en deuda contigo, así que tengo una propuesta para ti.

¿De matrimonio? Sí, quiero. Deja que me ponga el abrigo y vamos a buscar una capilla donde nos case Elvis bailando la lambada, como en Las Vegas.

En lugar de eso, contesté circunspecta:

—¿Qué propuesta?

—Depende.

—¿De qué?

—De nuestra perspectiva.

De repente me di cuenta de que ya no me sentía cohibida con él: tras ese breve intercambio de comentarios, estaba a gusto, como con un amigo de toda la vida. Igual me iba a venir la regla, tenía saltos de humor y sensaciones de lo más extrañas.

Me armé de valor y me aventuré a preguntar:

—¿Y qué perspectivas podemos tener tú y yo?

—Mira, si fuéramos amigos, esta noche te invitaría a tomar un Long Island Ice Tea en el Romanov. Sonaría de fondo una música de jazz excelente y tú y yo nos reiríamos, sentados a una larga mesa demasiado grande para nosotros. Pero si fuéramos enemigos, te llevaría a cenar a un pésimo restaurante, me pasaría la noche hablándote de las variables específicas de la bolsa internacional y al final te dejaría pagar una cuenta tremenda. Si fuéramos conocidos, en cambio, te llevaría a una exposición de arte contemporáneo y contemplaríamos las instalaciones al aire libre fumando un cigarrillo, sentados en el poyete de *piazza* Strozzi. Si fuéramos compañeros de trabajo, te llevaría al Spazio Alfieri, a un encuentro sobre edición de guiones. Veríamos una larguísima película en versión original y comentaríamos los aspectos de la trama mientras volvemos a casa en bicicleta. Si fuéramos amantes, te invitaría a mi casa, pintaríamos el armario de color verde menta y luego haríamos el amor en el suelo cubierto de papel de periódico. Y si quisiera besarte, te invitaría a una pizza para llevar, la partiríamos por la mitad y nos la comeríamos en silencio en el puente Santa Trinità, contemplando las luces de la ciudad. ¿Cuál de estas propuestas te parece la más sensata?

Bien. Un perfecto desconocido vestido como Fred Astaire y del que no sabía nada acababa de pedirme una cita de la manera más extraña de mi vida. Por lógica, tendría que haberlo rechazado amablemente con el pretexto de que estaba a punto de llegar un amigo mío con el que ya me había comprometido para salir esa noche. Le habría pedido de un modo cortés el número de teléfono y nos habríamos mensajeado unos días. Así podría haber quedado con él para un aperitivo en un sitio elegido por mí la semana siguiente. Declinar la invitación para esa noche era lo más sensato que podía hacer.

—Vale, pero la pizza la quiero entera, ¿es un problema?

En realidad, también parecía atractivo lo del verde menta del armario, pero nunca me habría atrevido a decirlo sin antes beberme media botella de vino como mínimo.

Mientras tanto ya habían dado las ocho, cerré rápidamente la librería y, cuando apagaba la luz, me fijé de repente en el libro que había tenido un momento en la mano el Príncipe Azul con el que había decidido compartir una pizza esa noche.

Era *El gran Gatsby*.

PASÉ UNA DE las veladas más increíbles de mi vida, creo que nadie puede saber lo que significa la expresión «flechazo» si no ha tenido uno. No, maliciosos, no pinté el armario de verde menta, aunque lo deseara con todo mi ser. Fue una velada tan especial que resultaba inclasificable, y yo acabé total e irremediablemente enamorada, como nunca en mi vida, ni cuando tenía quince años.

Pero, a la luz de los hechos que siguieron, dejaré que juzguéis vosotros qué fue lo que en realidad ocurrió.

6

De carencias evidentes,
noticias inesperadas
y cajas del futuro

> En realidad, solo estáis vosotros cuatro. El
> mundo que os rodea es cada vez más cí-
> nico y violento, y vosotros mantenéis en
> pie este grupo vuestro, en el que sois im-
> portantes los unos para los otros.
>
> Eshkol Nevo, *La simetría de los deseos*

Al día siguiente

—Sery.

    —Sery.

    —Seryyyyyyyy.

Sery pegó un brinco en el sofá y se quitó los cascos. Habíamos llegado al siguiente acuerdo: televisión y teletexto
a las siete de la mañana solo insonorizados. Tenía que contarle a alguien la velada increíble que había pasado y ella
era la única disponible. En los pocos días que llevábamos
conviviendo, había aprendido a conocerla y a apreciarla
pese a lo distintas que éramos.

    —Sery, me he enamorado.

    Con esas cuatro palabras capté por completo su atención.
Siempre estaba buscando historias de amor palpitantes, se
tragaba las películas más acarameladas que ponían en la tele

y la había descubierto varias veces cotilleando las novelitas rosa un poco subidas de tono de la librería. ¡Nada de novelas policíacas como decía!

Ahora que tenía sus ojos de lechuza concentrados en mí, podía narrarle la maravillosa noche que había vivido. Me pasé la mano por el cabello, crucé las piernas y empecé a contarle todos los detalles de nuestra cita. Cuanto más le contaba, más fascinada estaba ella por la historia y más se me acercaba. Al final, estábamos tan juntas que casi podríamos habernos besado.

—¿Qué hacéis? ¿Sois novias y no nos lo habíais dicho?

Rachele y Giulia habían madrugado, algo poco habitual en ellas, y habían entrado en la cocina. Giulia ya tenía en la mano la cámara de fotos, pero esa mañana yo estaba tan feliz que le habría dejado hacerme todas las fotos del mundo.

—¿Qué hacéis vosotras despiertas tan temprano?

Era un hecho del todo insólito que un domingo amanecieran antes de mediodía.

—A las nueve viene Tatini —dijo Rachele ahogando un bostezo y estirándose sobre la mesa como un gato—, dice que tiene que hablar con nosotras. Esperemos que no nos suba el alquiler.

A propósito de gatos, también *Frodò* había hecho su entrada en el salón con la cola levantada en un gesto de saludo. Fui a cogerlo y le di muchos mimos, necesitaba desahogar mi alegría con alguien capaz de devolverme el cariño.

Vi de reojo que Giulia me miraba mal, no había digerido el plantón a última hora de la noche anterior. Le había mandado un mensaje muy escueto diciéndole que iría Michele pero yo no, que había tenido un contratiempo y que ya se lo explicaría en casa.

—Chicas, sentaos: me he enamorado.

Como reacción a mi comentario solo obtuve dos miradas escépticas que decidí ignorar.

Me lancé a relatarlo todo por segunda vez en pocos minutos con la ayuda de Sery, que intervenía para recordarme detalles que me iba olvidando.

—Has encontrado al Príncipe Azul, el que llevas esperando toda la vida. —Se estrechaba el pecho entre los brazos como si estuviera imaginando que abrazaba a alguien inexistente.

Las otras dos seguían sin mostrar señal alguna de emoción, asquerosas analfabetas emocionales.

Rachele fue la primera en hablar:

—Bravo por nuestra Blu, que ha encontrado al hombre perfecto. Me está dando náuseas tanta dulzura, ¿sabes? Parece la trama de las novelas que lee mi abuela. Bueno, quizá un poco más banal todavía.

Sus palabras no me ofendieron mucho, estaba acostumbrada a su estilo mordaz. Pero, al parecer, aún no había terminado de expresar su perplejidad.

—La librera soltera y el cliente fascinante. ¿Cómo se llama ese príncipe vestido de frac?

Esta vez el cinismo de Rachele no tenía razón de ser. No había un solo defecto en...

Abrí la boca para contestar y la cerré enseguida. ¿Era posible que en toda la velada no le hubiera preguntado su nombre?

—Ay, chicas, no sé cómo se llama. Anoche hablamos de todo, pero al final estaba tan alucinada con nuestra cita que se me olvidó preguntarle su nombre.

Me ocurría a menudo con los clientes de la librería, charlábamos varias veces y no nos presentábamos hasta el quinto o sexto encuentro. En las tiendas es bastante normal, tampoco es que uno entre y diga enseguida cómo se llama.

Giulia ya no pudo contenerse más y soltó:

—Pues sí que estamos buenos. ¿Me has dado plantón uno de los pocos findes que me quedo en Florencia por un tío que no sabes ni cómo se llama?

—Perdona, pero ¿cómo has grabado su contacto en el móvil? ¿Como Mister X?

Muy bien, ¿y ahora cómo les decía que tampoco tenía su teléfono? No había sido una cita convencional, más bien una especie de encuentro de almas que llevaban mucho tiempo buscándose. Pero, si se lo hubiera dicho a Rachele, creo que me habría vomitado encima. Suspiré y confesé la verdad.

—En realidad no tengo su teléfono —murmuré y, armándome de valor, añadí—: Pero ha encargado un libro y el martes pasará a recogerlo. Hemos quedado, así sin más, en vernos dentro de dos días.

Tenía delante tres caras perplejas mirándome fijamente, hasta mi nueva amiga Sery me había abandonado para pasarse al bando enemigo. Maldita, me las pagaría.

Traté de argumentar mejor.

—No sé explicároslo, pero la velada fue tan perfecta que no pensamos en esos detalles técnicos.

Intercambiaron una mirada desconcertada y de nuevo fue Rachele quien habló, pero esta vez se mostró menos antipática.

—Bluette, cariño. No quiero ser negativa ni chafarte el entusiasmo, pero es que tú también, joder, después de millones de citas con tíos impresentables, conoces al hombre de tu vida, pasas la velada con mayúsculas, ¿y vas y no se te ocurre pedirle el teléfono? ¿Sabemos al menos a qué se dedica?

Hombre, por fin una pregunta a la que sabía contestar.

Levanté la cabeza, como un boxeador sonado al límite de sus fuerzas, pero que no quiere tirar la toalla.

—Sí, es bróker en una gran multinacional americana.

Rachele me dedicó una sonrisa indulgente.

—Bien, dime cómo se llama la empresa y a ver si puedo hacer una búsqueda con los potentes medios de Reska.

Traté de recordar si me lo había dicho, pero no me venía nada a la memoria. Mi púgil interior levantó la pancarta del ko, y con él me rendí yo también.

—No me lo dijo, no tengo ni idea.

Giulia intervino en mi auxilio:

—Bueno, pero nosotras no nos rendimos por tan poco, ¿verdad, Ra?

—Por supuesto que no, danos algún otro dato, venga... Tenemos que ponerle nombre. Me niego a llamarlo Príncipe Azul. ¿Bróker? ¿Rubio? ¿Cupido? ¿Se os ocurre algo menos horroroso?

De repente recordé un detalle:

—¡Gatsby! Tenía en la mano *El gran Gatsby* mientras hablábamos.

Rachele asintió satisfecha.

—Me gusta Gatsby.

—Y pensar que fue el primer personaje del que me enamoré de niña cuando empecé a leer clásicos...

Y era cierto, Jay Gatsby había sido mi primer amor literario.

—Bueno, el martes, cuando venga a recoger el libro, le diré que mis compañeras de piso son acosadoras profesionales y necesitan nombre, apellido, fecha y lugar de nacimiento para averiguar sus datos fiscales. ¿Contentas?

—Estamos deseando conocerlo.

—¿Conocer a quién? —Carolina acababa de entrar en la cocina—. Y, sobre todo, ¿quién quiere un rico café?

—A Gatsby —contestó Giulia echándose a reír—, el nuevo novio de Blu.

Mientras Carolina se afanaba con la vieja cafetera, relaté por tercera vez la historia de mi velada de amor, pero con menos convicción que antes. Rachele y Giulia —y en realidad también Sery, cuya mirada se había vuelto huidiza de repente— me habían hecho dudar bastante. A lo mejor Gatsby no me había dejado su número porque no tenía la más mínima intención de volver a quedar conmigo; quizá lo había aburrido o no le gustaba lo bastante y quería librarse de mí. O pensaba que una librera debía ser más culta y lo había decepcionado. Mi baja autoestima empezó a enumerar todas mis carencias con total precisión.

Como siempre, Carolina se mostró mucho más positiva que las demás y no le pareció raro que no me hubiera dado su teléfono. Enseguida me sentí mejor, y su expresión tranquilizadora hasta hizo desaparecer mis paranoias. Para mí, era como un vaso de leche caliente con miel, enseguida te hacía sentir muy bien. Había sido la última en unirse a nuestro trío, la habíamos conocido gracias a un anuncio que yo había puesto en el bar de la facultad de Letras: «Se busca inquilina». De origen calabrés, se había mudado a Florencia para estudiar Psicología. Siempre había hecho mil trabajos para ganarse la vida, desde camarera hasta clases particulares, y era una persona ordenada. Era la que llevaba la casa, las facturas y hacía un poco de madre de todas. También en el trabajo era muy aplicada, y las satisfacciones y los resultados llegaban uno después de otro. Yo la encontraba una mujer elegantísima,, incluso con esos kilitos de más que ella en cambio llevaba fatal, eternizándose en continuas dietas que solían naufragar a las pocas semanas, irremediablemente derrotadas por un plato de lasaña o de espaguetis. Era una *gourmet*, le gustaba comer pero también cocinar, un ejemplar único en nuestra villa.

—Me encantaría conocer a Gatsby, el martes por la tarde pasaré por la librería como por casualidad.

Lo dijo sin ninguna ironía, lo cual me hizo quererla un poquito más todavía.

—¿Qué te parece si le mando a Enrico algún libro de Rilke? Ahora está dando la vuelta a Sicilia en catamarán y...

—¡Basta ya de Enrico! Olvídalo y céntrate en el presente. Ahora tienes a Bobo, que es guapo, amable, simpático y bien educado. ¿Puedes dejar de pensar en ese zumbado que nunca te ha dado nada?

Cuatro rostros boquiabiertos se volvieron hacia Sery, que seguía acalorada después de cantarle las cuarenta a Carolina. Ninguna de nosotras pensaba que tuviera una opinión sobre la vida sentimental de su prima, pero tenía que admitir que estábamos todas de acuerdo con ella. Al final Caro había conocido a Bobo, un chico con la cabeza en su sitio con el que salía a menudo, y todas las demás pensábamos que Enrico debía pasar a la historia de una vez por todas.

El sonido del timbre quebró ese momento de desconcierto: el señor Tatini, el propietario del apartamento en el que vivíamos, ya debía de haber llegado.

Era un señor de unos cincuenta años, simpático y de aire deportivo, un casero muy discreto; no lo veíamos casi nunca, salvo el día que tocaba pagar el alquiler. Nos turnábamos para llevarle el dinero a su casa, situada a pocas calles de la nuestra. El hecho de que quisiera hablar con nosotras un domingo por la mañana, un día en el que estaba seguro de encontrarnos a todas allí, me intranquilizaba. Una vez despachadas las formalidades, nos sentamos alrededor de la mesa del comedor.

Juntó las manos como si rezara y empezó a hablar:

—Chicas, hace diez años que nos conocemos. No he tenido nunca un solo problema con vosotras y estoy muy satisfecho con nuestra relación. Por desgracia, hay otra relación que en este tiempo no ha ido tan bien, y es la mía con mi mujer. Hemos decidido divorciarnos.

En la cocina no se oía una mosca, ya habíamos entendido más o menos adónde quería llegar.

—La casa en la que vivís es de los dos, y para evitar discusiones hemos decidido venderla. He intentado pedirle más tiempo, pero ella quiere zanjar este tema lo antes posible. Mañana tendré que enviaros una carta certificada para la rescisión del contrato. Me temo que dentro de seis meses tendréis que dejar la vivienda.

El silencio era sepulcral. Nadie tenía el valor de romperlo.

Al cabo de unos segundos, durante los cuales debía de esperar alguna respuesta por nuestra parte, respuesta que no llegó, el señor Tatini prosiguió con su monólogo:

—También tengo que pediros un favor. Puede que ya haya compradores interesados, y necesitaría poder enseñarles la casa. Si no es mucho pedir, en esas ocasiones alguna de vosotras tendría que estar presente para recibir al agente inmobiliario.

Eso era ya el golpe de gracia. Pensar que vendrían desconocidos a ver nuestro hogar, que entrarían en nuestras habitaciones, que posarían la mirada sobre nuestras cosas, nos resultaba insoportable.

Ahora el silencio parecía vivo.

—Pero, chicas, decid algo. No es fácil estar hoy aquí, delante de vosotras, para contaros esto.

—El agente inmobiliario puede pasar por la librería a recoger las llaves —dije por fin—. Durante el día no hay nadie en casa, los posibles compradores podrán visitarla con calma.

En realidad, Sery estaría vigilando el fuerte, pero Tatini no sabía de su existencia, y aunque la hubiera descubierto, a esas alturas ya no tenía ninguna importancia. En ese momento me parecía que nada la tenía.

Nadie más aparte de mí había hablado, el señor Tatini empezó a agitarse en la silla.

Había roto el silencio solo para hablar de cosas prácticas, no de sentimientos. En los momentos dolorosos de mi vida siempre me había refugiado en un pragmatismo a veces perjudicial para mí. Cuando recibía un golpe en mi línea de flotación, solo pensaba en cómo caer sin hacerme demasiado daño, de manera que luego no me costara tanto levantarme. Siempre había sido una persona independiente, pero esa autonomía la había pagado cara, sacrificando mi parte más emotiva. Miré a la cara a mis compañeras de aventura: Rachele era una máscara de piedra, Giulia estaba casi a punto de llorar, mientras que Carolina tenía una expresión resignada que nunca le había visto. A Sery la habíamos mandado a la habitación, pues era una inquilina ilegal.

—Te agradezco tu comprensión, Blu. ¿Me apuntas la dirección de la librería?

Cogí un trozo de papel y anoté la dirección deprisa, pero con buena letra. Me temblaba un poco la mano.

Se despidió sin entretenerse y se marchó, se veía a la legua que no quería pasar ni un minuto más con nosotras.

Una vez solas, ninguna tenía todavía el valor de romper el silencio. El único sonido era el de la televisión como telón de fondo. Nada más oír cerrarse la puerta de entrada, Sery salió de la habitación de Carolina y volvió a su hábitat natural para ver *Las chicas Gilmore,* su serie preferida; no podía perderse un solo episodio. Si por casualidad alguien se atrevía a hablar en la misma habitación mientras ella estaba ocupada viendo el capítulo, ponía el sonido a un volumen que, en comparación, el día que nos despertó con *Unomattina* nos parecía poca cosa.

Giulia fue la primera en tomar la palabra.

—Visto que ha salido el tema, chicas, lo justo es que os diga una cosa. Hace ya un tiempo que estoy pensando en volver a Sarzana.

Zas, acababa de caer el primer trozo.

Como sucede a menudo en las familias, basta que falte un solo miembro para que, de forma inexorable, todo se venga abajo con un inexplicable efecto dominó. Nuestra convivencia llegó a su fin en el preciso momento en que Giulia pronunció esa frase.

Ella seguía hablando, pero yo apenas la escuchaba.

—Aquí la vida es cara —prosiguió—, y no me parece estar haciendo nada relevante. El curso de arte... Y la carrera la puedo terminar... No tendría muchas salidas profesionales, Paolo me presiona...

Rachele tomó aire ruidosamente. La miré, ya sabía lo que iba a decir.

Como he dicho antes, Giulia había abierto la falla, y Rachele se metió en ella.

—Yo también tengo a Lorenzo pidiéndome que nos vayamos a vivir juntos desde hace demasiado tiempo —murmuró—. Hasta ahora le he dado largas con el pretexto de que no podía dejaros así, de buenas a primeras, y obligaros a buscar otra compañera. Si cambio de casa y no me voy a vivir con él, se acaba la relación, seguro. Lo siento.

Lorenzo y Rachele llevaban juntos cinco años. Él estaba tan enamorado que resultaba casi patético, ella nunca hablaba de la relación y a menudo se comportaba como si él ni siquiera existiese.

—Es más, Blu, querría pedirte un favor. ¿Podrías quedarte tú a *Frodò?* Lorenzo odia los gatos y, total, ya es como si fuera tuyo, siempre quiere estar contigo.

Asentí, el hecho de que al menos *Frodò* siguiera viviendo conmigo era quizá la única noticia positiva del día. Miré a Carolina, suplicándole en silencio.

—¿Caro?

Ella me dedicó una de sus expresiones dulces y puso una mano sobre la mía.

—Blu, está bien que sea así. Llevamos demasiado tiempo alargando nuestra eterna adolescencia. Ha llegado la hora de crecer.

Hizo una breve pausa en la que tuve la nítida impresión de que estaba conteniendo las lágrimas.

—Voy a buscarme un estudio, es la mejor opción. Esto no significa que vayamos a dejar de ser amigas, nos seguiremos viendo y el cariño que nos tenemos quedará intacto.

Abrí la boca para protestar, encontrar una alternativa, una solución, qué sé yo, cualquier cosa que pudiera mantenernos juntas. Pero lo único que se me ocurrió decir fue: «Ok».

Nada más. Sabía que Carolina tenía razón, era una situación límite desde hacía demasiado tiempo. Yo sabía que no podíamos seguir así para siempre, que, más tarde o más temprano, alguna de nosotras se cansaría de compartir entre cuatro un piso de cien metros cuadrados con un solo baño. La tristeza y el desconcierto que sentíamos se debía a que concluía una época muy importante de nuestra vida.

Cuando me estaba levantando para irme a la habitación, Giulia dijo de pronto:

—Escribámoslo.

—¿El qué?

—Que esto nunca terminará. Escribamos en un papelito lo de este día y que dentro de diez años seguiremos siendo amigas. Hoy es tres de febrero, venga, pongamos quiénes somos hoy y quiénes queremos ser el día de mañana. Dentro de diez años nos veremos el tres de febrero y leeremos juntas si hemos llegado a ser lo que aspirábamos.

Se levantó de golpe y fue a buscar una vieja caja de galletas que teníamos en la cocina como objeto decorativo *vintage*.

—Meteremos aquí los papelitos, y Carolina los guardará y se encargará de llamarnos.

—¿Por qué precisamente yo?

—Porque eres la única que puede hacerlo.

Y en eso estábamos todas de acuerdo.

Giulia arrancó una hoja del bloc que teníamos sujeto en la puerta de la nevera con un imán, la rasgó en cuatro trozos y nos dio uno a cada una. Cogí el mío y me fui a mi habitación.

Ese domingo me lo pasé catalogando los objetos que pensaba conservar y los que tiraría antes de mudarme. ¿Cómo iba a vivir sin el café quemado de Carolina? ¿Y sin el tarot de Giulia? Ahuyenté esos pensamientos y me puse a buscar algo que pudiera distraerme de ese golpe que la vida me había asestado de repente. Podía imaginarme, por ejemplo, el encuentro del martes con Gatsby. No debía pasarme con el maquillaje ni el peinado, total, ya me había visto en mi peor versión, así que solo podía mejorar, pero debía evitar parecer una actriz de circo.

Mientras elegía entre una blusa blanca y otra verde agua con bordado inglés para combinar con un jersey fino, alguien llamó con suavidad a la puerta.

Asomó la carita redonda y siempre bronceada de Carolina.

—¿Puedo entrar?

—Claro.

Se sentó en la única parte de la cama libre de trastos —en casa, como en la librería, era de lo más desordenada.

—Antes no he querido abordar el tema delante de las demás porque era obvio que les costaba decirnos que ya habían tomado una decisión y que sus parejas tenían prioridad sobre nuestra amistad. Te conozco, y por eso sé muy bien que te ha molestado. Pero es normal, Blu. Quería asegurarme de que no te lo hayas tomado a mal.

Dejé las perchas con las blusas que tenía todavía en la mano y fui a sentarme a su lado.

—No, claro que no. Será difícil decir adiós a nuestra vieja vida juntas. No sé si estoy preparada para vivir sola. Me iré a la pequeña buhardilla de mi abuela Tilde. Desde luego no puedo permitirme alquilar nada por mi cuenta.

Me acarició la cara.

—Verás como todo irá bien. Tarde o temprano, todo se arregla siempre. Y tu encuentro de ayer me parece que pinta muy bien.

Así era Carolina, seguro que sufría tanto como yo, pero era siempre la más fuerte de todas nosotras. Dejaba a un lado sus sentimientos para distraerme de mis ideas tristes.

—A propósito —dije—, se me ha olvidado contar una cosa de la que quería hablar contigo en particular.

Me miró con aire interrogador, animándome a seguir.

—Ese chico se fijó especialmente en la etiqueta que le puse al libro de Neri, el ejemplar que manchó de tinta cuando Giulia fingió el desmayo.

Carolina se llevó las manos al rostro y se tapó los ojos.

—No me lo recuerdes, mi ética profesional todavía se resiente de esa farsa. Y el numerito en urgencias con esa loca de Premio Strega chillando...

Le conté por encima la historia de la etiqueta y le dije que, por suerte, Premio Strega no había vuelto a dar señales de vida.

—Resumiendo, que él me ha dado una idea buenísima: ponerle a cada libro una etiqueta que explique para quién está indicado y por qué. Como un fármaco, solo que en lugar del cuerpo cura el alma. ¿Tú sabes algo de biblioterapia?

—Sí, hice un curso en la escuela de Psicoterapia. En Italia no es una práctica muy extendida, pero me despertó mucho la curiosidad. Investigué un poco y leí libros, todos en inglés, claro.

Sabía que esa empollona de Carolina no me defraudaría.

—¿En qué consiste?

—Te lo resumo sin tecnicismos inútiles. La tesis principal sobre la que se asienta la biblioterapia es que leer novelas genera empatía. La lectura de una palabra, qué sé yo, un verbo, por ejemplo, activa en el cerebro los mismos estados mentales que se activarían si de verdad se realizara esa acción.

Ya estaba fascinada por aquella descripción, con o sin tecnicismos.

—¿Algo así como la realidad virtual?

Me imaginé esas atracciones en las que te zarandean hasta la náusea.

—En cierto sentido. Básicamente, leer viene a ser una simulación de lo real.

—Pero ¿hay pruebas de que de verdad funcione en un plano físico?

Mucha palabrería, pero yo quería saber si de verdad producía algún beneficio.

—Sí, dejo a un lado la parte psicofisiológica, porque no creo que te interese, pero está demostrado que leer libros estimula la esfera cognitiva y afectiva de un individuo.

Los engranajes de mi cerebrito se habían puesto en movimiento, pero necesitaba expresar el concepto en voz alta.

—De modo que si yo te cuento las tramas, las emociones y los comportamientos retratados en los libros, ¿tú podrías crearme categorías generales en las que poder inscribirlos para después recomendarlos en función de un estado de ánimo concreto?

—No creo que hubiera ningún problema. ¿De cuántos libros estamos hablando?

Le lancé una mirada traviesa mientras señalaba algo a su espalda.

—Pues de todos los que me he leído.

Carolina se volvió hacia mi librería, que llegaba hasta el techo y rebosaba de libros por todas partes, y palideció.

—¿Todos?

Estallé en una carcajada. Su expresión, a medio camino entre el horror y la desesperación, era de verdad cómica.

Me levanté de la cama de un salto.

—Mira, yo hago una lista y luego la comentamos juntas, ¿vale?

Ella también se levantó y se dirigió a la puerta.

—Vale. Me voy a estudiar, que mañana tengo el enésimo examen del máster. Ah, el martes ponte la blusa bordada, te resalta el verde de los ojos.

—¿Y tú cómo sabes que estaba eligiendo blusa para el martes?

Carolina no contestó y me mandó un beso antes de cerrar la puerta.

Empecé a escribir la notita para meterla en la caja de galletas. Describía la Blu que quería ser dentro de diez años, la cuarentona no muy ambiciosa que quizá lograra hallar algo de paz.

No me resultó nada fácil escribir esas pocas líneas, es curioso cómo poner negro sobre blanco los pensamientos les confiere esa cualidad tridimensional que de inmediato lo hace todo más inmanente, como diría mi querido Kant. Cuando terminé, doblé la hoja y la dejé sobre mi escritorio, quería empezar a trabajar en mi nuevo proyecto.

Llevaba un par de horas elaborando la lista cuando mi móvil vibró y desvió mi atención del montón de libros que había trasladado desde la estantería hasta la mesa.

Era un mensaje de Giulio Maria.

«¿Cena?»

Seguía un emoticono con la cara de un cerdito. Siempre me tomaba el pelo porque, desde que había abierto la librería y mi alimentación se había vuelto especialmente descuidada, había engordado algún kilito. En realidad, más que alguno. La culpa era suya también, que me ofrecía a menudo bollos, hojaldres y galletas a los que no sabía negarme.

Cogí el teléfono.

«¿Sushi?»

Dos emoticonos de morrito de cerdo.

«¡Hecho!»

Tres emoticonos de cerdo entero.

Esa noche no adelgazaría y no saldría con el hombre de mi vida, pero un poco de comida reconfortante y el amigo de siempre podían bastar para enderezar un día torcido.

7

> La lengua puede ocultar la verdad,
> ¡pero los ojos no!
>
> Mijail Bulgákov, *El maestro y Margarita*

Un mes después

Marzo era mi mes preferido desde siempre: empieza la primavera, los días se van haciendo más largos, va llegando el verano. Ese año, en línea con todo el malhumor que tenía encima, burlón como nunca, mi mes querido había decidido vestir un bonito y elegante traje gris y disfrazarse de noviembre. Frío más lluvia más ardiente desilusión igual a humor tan bajo como mis zuecos daneses que, en el momento de comprarlos, habían suscitado la desaprobación de la mayoría, que luego se había rendido a su encanto en cuanto se pusieron de moda.

Esa mañana llovía a cántaros, por lo que decidí dejar la bicicleta en casa y coger el bus para no llegar empapada al trabajo. Fui a pie a la parada del 23, que me dejaba justo detrás de la librería. Me había preparado para un viaje incómodo, pero el autobús estaba extrañamente vacío y silencioso. Me senté y seguí rumiando mis pensamientos.

Si había algo que odiaba, entre todas las cosas que odiaba en esa época, era admitir que me había equivocado.

Y admitirlo ante la sonrisita sarcástica de Rachele me sacaba de quicio. Porque, en efecto, había pasado un mes desde aquella magnífica velada y de mi ya exfuturo marido no había ni rastro. Me había puesto guapa cada día de la semana, pensando que quizá hubiera tenido un contratiempo en el trabajo y que vendría otro día a la librería, y así hasta el sábado. Pasaron cuatro fines de semana, y al final me cansé de ponerme pendientes y rímel todos los santos días. Me había dado de margen una semana más, después cogería el libro que me había encargado y lo tiraría a la basura. Como le había dicho a ese maldito cabronazo, era un libro descatalogado y sobre ese tipo de producto no se aplicaba el derecho de devolución.

¿Cómo era la expresión?

Burlada y apaleada.

En cinco meses tendría que dejar la que había sido mi casa durante los últimos once años y aún no había encontrado otro alojamiento que me agradara. La buhardilla de la abuela Tilde era mi plan de ultimísimo recurso. Me habría gustado pasar más tiempo con ella, pero trasladarme al campo y depender del transporte público no era a lo que aspiraba para mi futuro. Empecé a pasear la mirada por los pasajeros que me acompañaban en ese breve trayecto de vibraciones, vaho en las ventanas y una humedad que te apelmazaba el pelo.

Diez minutos después, solicité parada y me dirigí a la puerta. Un chico que tendría como mucho trece años se me acercó con aire furtivo. Me lanzaba tímidas ojeadas, pero no le presté mucha atención, faltaban dos minutos para las diez y también esa mañana tendría que saltarme el desayuno en el bar.

Bajé, y una ráfaga de viento me medio destrozó el pequeño paraguas, bastante maltrecho ya. Maldije en voz baja al tiempo que corría hacia el cierre metálico de la librería con el abrigo sobre la cabeza para defenderme de la lluvia.

No conseguía abrir el candado con una sola mano y me rendí ante la evidencia: aunque no había ido en bicicleta, había llegado al trabajo calada hasta los huesos.

Cuando entré en la librería, el teléfono ya estaba sonando, como siempre, pero decidí hacer como si nada: tenía que secarme cuanto antes si no quería pillar una pulmonía. Aún no había encendido la luz cuando noté una silueta que se movía en la oscuridad.

Era el chico del autobús, que ahora se escondía detrás de los estantes.

Seguramente estaba haciendo novillos, ningún menor de diecinueve años debía estar en la calle a esa hora un día lectivo.

Fuera pasó un grupo de chicos, y él se hizo aún más pequeño detrás de los estantes.

—¿Te buscaban a ti? —le dije, sobresaltándolo.

—Sí, pero si te molesto, me voy.

—No, qué me vas a molestar. ¿Por qué te buscan?

Él suspiró y se colocó mejor la mochila a la espalda.

—Son mayores que yo. Me han robado la merienda y el móvil. Se burlan de mí porque dicen que parezco un cerdo y que soy un empollón.

Encendí la luz y lo miré con atención. Mi huésped era el clásico tipo que de mayor seguramente sería alguien importante pero que, entre los doce y los veinte años, no iba a tener una vida fácil. En efecto, parecía un cerdito, llevaba unas grandes gafas y el pelo cortado a tazón. Un desastre total, visto que a esa edad el índice de popularidad se mide con parámetros que están a años luz de la inteligencia y la perspicacia.

Suspiré y contemplé cómo caía la lluvia, estaba claro que los clientes no se pegarían para venir a comprar libros esa mañana.

—Ven, vamos al bar de al lado y te invito a desayunar.

Tras pronunciar la palabra «desayunar», vi un destello de alegría en sus ojos tristes.

—Pero ¿tú eres la librera?

—¿Ves a alguien más aquí?

—No. Quería preguntarte si tienes dos libros. Uno es *Fausto*, de Goethe, y el otro *El maestro y Margarita*.

—¿Cuántos años tienes?

—Casi catorce.

—¿Y te mandan leer esos libros en el colegio?

Él me miró impasible.

—No, los leo por gusto.

Me quedé con la boca abierta. Yo también leía mucho a su edad, pero me centraba más en novelas de terror y de amor.

Mi joven amigo era extraordinariamente precoz.

—De todas maneras, me leí los dos cuando tenía doce años, los saqué de la biblioteca. Me llamo Ivan, como el poeta de *El maestro y Margarita*.

—Y entonces, ¿por qué quieres comprarlos?

—Porque no tienes pinta de que te vayan muy bien las cosas.

No sabía si reír o llorar. Estaba tan desesperada que hasta un chaval víctima de acoso escolar de catorce años se compadecía de mí.

—¿Has leído *La historia interminable*, de Michael Ende?

—No, ¿de qué va?

Fui hasta el estante, cogí el libro y lo metí en la bolsa junto con los otros dos.

—Este es como si lo hubieras cogido prestado de la biblioteca. Te lo lees sin estropearlo y luego me lo devuelves.

—Vale.

Sacó una billetera de Batman con el cierre de velcro y se me encogió el corazón al pensar en todo lo que le quedaba todavía hasta que llegara por fin a la universidad.

—Ahora vamos a comer algo, para invitarte a desayunar sí me llega el dinero.

Mientras cerraba la librería, volví a oír el timbre del teléfono, pero hice caso omiso una vez más. Pasé una estupenda media hora hablando de libros con Ivan, que de verdad parecía salido de las páginas de *El maestro y Margarita*, de tan intuitivo como era en la crítica y el análisis del texto. Nos despedimos, sabiendo que nos veríamos pronto: no tenía ninguna duda de que volvería a la librería a visitarme. Le había aconsejado que le contara a algún profesor lo que le estaba pasando en el colegio y que leyera *La historia interminable* para encontrar alguna idea interesante. Como hacérselas pagar a esos abusones a lomos de Fújur, el cariñoso dragón de la suerte de la novela de Ende.

A mi regreso a la librería, el timbre del teléfono me obligó a abandonar la fantasía para volver al mundo real.

—Librería Novecento, buenos días.

—Hola, Blu, soy Gennaro, ¿cómo estás?

Por lo general, el representante del distribuidor que me abastecía rezumaba vitalidad por todos los poros. Hoy, sin embargo, parecía muy apagado, ¿sería él también meteorópata?

En realidad, me imaginaba el motivo de su llamada: estábamos a finales de febrero y no había podido pagar el recibo.

—Hola, Gen, todo bien, ¿y tú?

—Bien, no puedo quejarme. —Vaciló un momento antes de proseguir—. Blu, me imagino que ya sabes por qué te llamo. No hemos recibido el pago del mes pasado. Y me temo que has sobrepasado el límite de crédito. Administración aún no se ha percatado de tu situación, pero tengo la obligación de comunicar este dato. Y, una vez comunicado, no tendré más remedio que bloquearte los pedidos.

Esas palabras fueron aún peor que las duchas frías que había tenido que darme durante un mes el invierno de 2016, cuando se nos había estropeado la caldera y no había ningún técnico disponible para repararla porque era Navidad.

La cuenta bloqueada significaba *game over*, fin, *kaputt*. No sabía qué decir, me había quedado helada.

En ese momento, como un milagro, entró un cliente, por lo que cogí la ocasión al vuelo y me despedí de Gennaro, prometiéndole que lo llamaría al cabo de unos minutos.

—Buenos días, señorita, ¡qué día más espléndido!

No había duda, era la mañana de las cosas extrañas. Acababa de entrar un tipo al que definir como excéntrico habría sido quedarse de verdad muy corto. En comparación, el pobre y maltratado Neri Venuti era un chico casi corriente. El hombre de sonrisa burlona que tenía delante vestía de negro de pies a cabeza: el traje, la camisa, la corbata, el cinturón y los zapatos. De no haber estado en mitad de un drama existencial me habría entrado la risa. Iba de una estantería a otra con un aire vagamente interesado, pero no me perdía un segundo de vista. No era capaz de afrontar una conversación en esas condiciones, me habría gustado esconderme debajo del mostrador y desaparecer en otra dimensión.

—Si puedo ayudarlo en algo, aquí me tiene.

Se imponía la pregunta de cortesía, pero esperaba con toda mi alma que la respuesta fuera: «No, gracias, solo estaba echando una ojeada».

Me miró con curiosidad y no contestó.

Me enfrasqué en el ordenador con una mezcla de concentración y tensión tremendas, como si la suerte del universo dependiera de lo que estaba leyendo en esa pantalla. En realidad, estaba escrutando el archivo Excel de las ventas, que ese día solo incluía los dos libros que había comprado el pequeño Ivan. Al cabo de unos minutos, al no recibir ninguna respuesta, estaba bastante segura de que me dejaría en paz. Tenía que pensar en cómo resolver la situación con el distribuidor, quizá podía intentar dirigirme a otro, pero no haría más que acumular deudas y no quería acabar en una situación imposible de gestionar.

—Yo te conozco, ¿sabes?

Toma ya, disparo a bocajarro.

Levanté la mirada del monitor, tratando de mostrarme lo más cordial posible.

—¿De verdad? Pues creo que yo a usted no lo he visto nunca.

—En realidad no nos hemos visto nunca en persona, pero el señor Tatini me ha dicho que tienes algo para mí —dijo mientras hacía tintinear unas llaves con los dedos.

Me lo quedé mirando boquiabierta, ¿ese tipo que parecía tan loco como la Liebre de Marzo en *Alicia en el país de las maravillas* era nuestro agente inmobiliario? Había transcurrido un mes entero sin que nadie se presentase para recoger las llaves, y en lo más hondo, o quizá no tanto, de mi corazón alimentaba la esperanza de que el casero hubiera cambiado de idea y el piso ya no estuviera a la venta. Pero estaba claro que ese era el Día Internacional de Todo Sale Mal. Después de enterarme de que el distribuidor me había bloqueado la cuenta, lo que casi seguro llevaba al fin de la actividad dentro de poco tiempo, también mis más frágiles esperanzas de seguir unida a algo de lo que había sido mi vida hasta ese momento se me estaban haciendo pedazos delante de los ojos.

Traté de fingir indiferencia.

—Ah, vale. En realidad, lo esperaba mucho antes. El señor Tatini me dijo el mes pasado que había unos compradores interesados.

—Esta tarde tengo cita con una pareja de enamorados que justo quieren visitar ese delicioso apartamento. En mi opinión, hay buenas posibilidades de una oferta inmediata.

No sé por qué, tuve la clara sensación de que el empalagoso agente inmobiliario me había leído el pensamiento y me hablaba de esa manera para hacerme daño deliberadamente. No había ninguna razón en el mundo para hacerlo, pero sorprendí en sus ojos un destello casi malvado, como un aviso de que tenía que mantenerme lejos de él.

—Bien, me alegro mucho. Voy a traerle las llaves.

Aparté con estrépito el taburete en el que estaba sentada y descorrí con fuerza la cortina para pasar a la trastienda.

Entré en el almacén en busca del bolso, el raro que tanto odiaba Rachele, donde guardaba una copia de las llaves de nuestro piso. Empecé a rebuscar, pero no conseguía encontrarlas en medio de todos los cachivaches que tenía dentro. Quería darme prisa, me angustiaba dejarlo solo en la librería. Nada, no encontraba las malditas llaves, me colgué el bolso en bandolera para poder buscarlas con toda tranquilidad apoyada en el mostrador de caja. Cogí el teléfono y mandé un mensaje al chat de la casa para decirles a las chicas que salieran para que el agente inmobiliario pudiera enseñar el piso. Mientras descorría la cortina, noté que algo se enganchaba en la cremallera exterior del bolso y luego oí un golpe sordo. ¿Qué se había caído? Al volverme lo vi en el suelo.

Era el libro que me había encargado el imbécil en el que había confiado. Me había ilusionado pensado que él podría salvarme de Tinder, de las veladas con whisky de turba y de una vida encerrada en un minúsculo estudio. Soy melodramática, lo sé, pero era más que comprensible que estuviera afectada por toda aquella situación, en ese preciso instante hasta una uña rota habría sido un drama imposible de afrontar. El puñetero libro me miraba desde el suelo como lo había estado haciendo en las últimas cuatro semanas. Cada vez que iba al almacén con el rímel o la blusa verde agua me lanzaba miradas de auténtica compasión.

En ese momento, sin embargo, tuve una sensación extraña, como de un dique que se rompe. Y yo, que siempre había sido una persona impermeable a las emociones, empecé a llorar, estallando en fortísimos sollozos que no alcanzaba a controlar. Sabía que el agente inmobiliario estaba al otro lado de la cortina y me estaría oyendo seguro, pero me sentía del todo indefensa, y esa sensación tan nueva para mí me daba muchísimo miedo.

Un instante después la cortina se descorrió y apareció su rostro anguloso y bigotudo.

—Señorita, ¿se encuentra bien? ¡Oh, Dios santo, pero si está llorando! Venga, siéntese aquí.

Obedecí como una muñeca de trapo, me senté en el taburete y esperé mientras me preparaba un vaso de agua con movimientos ágiles detrás del mostrador. Los sollozos ya se habían calmado, pero seguía llorando como una niña que se hubiera hecho una herida.

Murmuré una palabra de agradecimiento mientras bebía con avidez.

—Si es mal momento, puedo volver más tarde a por las llaves. Discúlpeme si la he hecho llorar, a veces soy algo desagradable, pero no lo hago a propósito. Me sale así, digamos... natural.

Me alargó un pañuelo impoluto.

—No se preocupe, no lloro por usted —dije enjugándome las lágrimas—, bueno, sí, claro, la cuestión de la casa es parte del problema, pero hay más.

—Si quiere hablarme de ello, señorita, soy todo oídos.

Empecé a reír, primero con reserva y luego cada vez con más desenfreno.

—Discúlpeme, pero no creo que usted pueda ayudarme en absoluto.

Apoyó la cara en la mano, mirándome con mucha concentración.

—Igual se sorprende.

Sus ojos seguían pareciéndome malvados y astutos, pero en el fondo entreveía también algo más.

Suspiré, después de todo, ¿qué podía perder? Empecé a contárselo: primero solo retazos pequeños, y luego iba añadiendo más y más detalles. Ese día los diques rotos eran más de uno, de modo que le conté a aquel desconocido los problemas que no era capaz de contarle a la abuela Tilde ni a las chicas. Le dije lo trágica que era la situación de la librería y que no sabía cómo salir airosa.

Él me escuchó en silencio todo el rato, de vez en cuando hacía preguntas muy precisas sobre los suministros. Cuando por fin me liberé del peso que llevaba cargando desde hacía demasiado tiempo, me sentí muy ligera.

—Gracias por escucharme —dije con sinceridad—, disculpe que haya hablado tanto. Pero no creo que haya muchas maneras de solucionar esto.

—A veces los callejones sin salida lo son solo si los miramos siempre desde la misma perspectiva.

Empezó a andar de un lado a otro con sus extraños andares fluctuantes.

—Sí, tiene usted razón, pero los recibos bancarios impagados, se miren por donde se miren, siguen así cuando no se tiene dinero para pagarlos.

Se paró y me señaló con un dedo para hacerme entender que había aludido al quid de la cuestión.

—Exacto, consiga usted el dinero.

Vale, el tipo era tonto. Todo un detalle por su parte el escucharme, ¿eh?, pero igual se le había escapado el punto principal del problema: no tenía dinero. No sabía cómo hacérselo entender.

—¿Y si el dinero fuera la búsqueda en sí?

Oh, Dios mío, ¿qué clase de pregunta era esa? Acababa de tener un bajón emocional y ahora me hacía preguntas existenciales con voz nasal. Este sería, con toda seguridad, el año de mi derrumbe psicológico definitivo.

Decidí darle la razón para quitármelo de encima lo más rápido posible. Le había prometido a Gennaro que lo llamaría al cabo de unos minutos y ya había transcurrido casi media hora.

—Sí, igual le pido un préstamo a alguien —dije de manera evasiva—, gracias por el consejo, ahora creo que se le está haciendo tarde...

Alzó un dedo para hacerme callar.

—No he dicho que tenga que tener el dinero físicamente. Solo tiene que tomarse algo de tiempo. Hasta que la Administración no sepa que ese dinero no existe, en realidad existe.

Y empezó a hablar sin parar. Era increíble cómo, después de mis escasas explicaciones, genéricas y resumidas, había entrado en la cuestión con suma profundidad. Su estrategia era muy simple, pero requería la colaboración total de Gennaro. El primer paso consistía en hacer una devolución de inmediato para volver a la línea de crédito y pedirle a Gennaro que la autorizara enseguida, sin decir nada del recibo no pagado. De esta manera, se creaba una ventana en la que yo podía tratar de recuperar un poco de terreno. Era una estrategia aproximada, un poco chapucera, pero podía funcionar. Estaba ensayando el discurso en mi cabeza para convencer al representante de que me otorgara ese trato de favor cuando el agente inmobiliario prosiguió.

—Me parece evidente, hermosa señorita, que las cosas no van como debieran. —Levantó las manos y en su rostro apareció una expresión inocente—. No me malinterprete, solo quería decir que es necesaria una idea genial para poder cambiar el rumbo.

Vaya, pero si yo tenía esa idea para levantar el negocio, ¡la farmacia del libro! Estaba tan ocupada en regodearme en mi malhumor que se me había olvidado por completo la historia de los prospectos medicinales y los remedios literarios.

Me disponía a hablarle de mi idea cuando añadió:

—Estoy seguro de que una muchacha despierta como usted tiene ya alguna idea en la cabeza.

Una muchacha despierta.

Una muchacha despierta.

De repente recordé una frase de aquel famoso sábado por la tarde.

«Déjate de falsa modestia, Blu, sabes perfectamente que eres una chica muy despierta.»

¿Cómo podía saber mi nombre? Estaba segura de no habérselo dicho, y en la librería no lo ponía en ningún sitio. Estaba más confusa que nunca, ¿quizá lo conocía de algo y no me acordaba? No, eso lo excluía de forma categórica.

Pero ahora tenía que concentrarme en cómo salvar la librería, ya pensaría después en Gatsby y en por qué sabía mi nombre.

Con tanto reflexionar sobre lo que tenía que hacer, casi había olvidado el motivo de su visita.

Había encontrado las llaves en un bolsillito escondido del bolso y se las puse delante con amabilidad.

—Aquí tiene las llaves de casa.

—Estupendo, ¿me las puedo quedar mientras las necesite?

—Por supuesto, el único favor que le pido es que me avise si tiene que visitar el apartamento, para que se ausenten mis compañeras.

—Así lo haré.

—Coja una tarjeta de la librería y llámeme a este número. ¿Tiene usted una tarjeta suya?

Lo vi vacilar un momento y luego dijo:

—Sí, me las he dejado en mi obsoleto medio de transporte. Se la traigo dentro de cinco minutos.

—No hay problema, siempre estoy aquí.

Él hizo una especie de inclinación y dio media vuelta para marcharse.

—Mil gracias por todo. No sabe cuánto me ha ayudado hoy.

—No hay por qué darlas, señorita, al fin y al cabo, no he hecho nada. Soy parte de esa fuerza que siempre quiere el mal y eternamente obra el bien. Cuídese.

¿Dónde había oído esa frase? No conseguía recordarlo. Bueno, igual era que él se expresaba así.

Poco importaba, tenía un montón de llamadas que hacer. Lo primero, tenía que convencer a Gennaro a toda costa, de otro modo no podría poner en marcha el plan de salvamento. Con no poco esfuerzo y muchas artes de seducción femeninas, conseguí arrancarle las condiciones que había pensado para salvarme en los *play-off*. A cambio él me sacó una cita para un aperitivo, pero era poca cosa, le daría largas de forma indefinida hasta que se cansara. La segunda llamada fue para la abuela Tilde, de la que, con mucha menos dificultad, obtuve un préstamo de mil euros. La tercera fue para mi asesor fiscal, apodado Pilón, como el personaje de Popeye el marino, por su costumbre de comer bocadillos sin parar. Le pregunté si podía mantener la razón social cambiando el nombre de la librería.

—Claro, Blu, no hay problema.

Estupendo.

Luego llegó el turno de Carolina y Rachele: a la primera le pedí que me reservara la tarde, y a la segunda que llamara a un viejo amigo suyo, colaborador en varios periódicos florentinos, para pedirle que publicara un comunicado de prensa. Mi cuarto y último objetivo era Simone, el aparejador de Giulio Maria.

—Muy bien, ¿y cómo quieres llamar ahora a la librería?

—Farmacia del Libro. ¿Qué te parece?

—A mí todo me parece bien, solo tengo que comunicar la gestión. ¿Estás segura del nombre?

—Sí. Bueno, no. Mejor La pequeña farmacia literaria.

—¿Decidida?

—Decidida.

Y así quedó.

En todo ese jaleo de llamadas telefónicas no me di ni cuenta de que el agente inmobiliario no había regresado a dejarme su tarjeta de visita.

8

> Estabas tan distante
> que olvidé que seguías ahí.
>
> Rupi Kaur, *Otras maneras de usar la boca*

Ese mismo día

Esa tarde, cuando llegué a casa después de un viaje terrible aplastada contra la ventanilla del bus, me esperaba un equipo de asalto altamente cualificado para hacer despegar mi pequeña farmacia literaria. Me sentía Steve Jobs en Cupertino, y mis Steve Wozniak y Ronald Wayne estaban listas para hacer la gesta del siglo.

Ahí las tenía. Sentada a la mesa del comedor, Carolina me esperaba con un gran bloc en la mano y su *look* casero por excelencia: su pijama de Tambor, el conejo nervioso amigo de Bambi, el cabello recogido en un moño y las gafotas de rigor. A su lado estaba Giulia, con su atuendo de baile, tomándose una espantosa infusión biológica y diurética de abedul que yo había comprado en la tienda de una amiga de Giulio Maria. Esta me había asegurado que me ayudaría a drenar el exceso de líquidos y a reducir la hinchazón, pero en realidad lo único que me había reducido era la billetera, mientras mi culo, orgulloso e inmutable, mantenía su redondez.

La invitada especial de la gesta era Sery, sentada como siempre delante del televisor. Hablando de traseros, estaba convencida de que el sofá había tomado ya la forma de sus glúteos. Estaba viendo un programa en el que unos chicos trataban de encontrar novia. Sery había hecho una especie de algoritmo para dar con el hombre perfecto, con una cantidad de requisitos tal que, en comparación, la criba de Eratóstenes era una tontería. Obviamente eran todos unos cardos según el algoritmo, pero quizá alguno tuviera un pase. *Frodò* dormitaba, tumbado a su lado.

—Estamos listas —dijo Giulia con su atuendo de bailarina *fitness*.

Arqueé las cejas.

—¿Giulia es licenciada en Psicología y yo no lo sabía?

Ella, haciéndose la ofendida, me contestó enseguida:

—Mira, sabelotodo, si aconsejas como libros terapéuticos solo aquellos que te has leído tú, me parece que no llegarás muy lejos. Hace falta también un poco de ligereza en La pequeña farmacia literaria, no solo tostones o clásicos. ¡Soy tu consultora en materia de libros contra la tristeza, para viajar o para encontrar el amor!

Tenía en la recámara una pulla y no se la ahorré, además no era del todo verdad que no les guardara rencor por su gran traición al decidir dejar de compartir casa conmigo.

—Pues si alguien que busca el amor encuentra al pesado de Paolo, estamos apañados.

—¡Mira que eres tonta, mi querida Blu Rocchini! —Rachele, con la taza de infusión en una mano (ella también le daba al abedul diurético) y el ordenador en la otra, acababa de hacer su entrada en el salón—. Venga, Giulia la Romántica te ayuda a elegir los libros y yo te echo una mano con el diseño gráfico. Me parece que soy la única persona que conoces capaz de utilizar Illustrator e InDesign.

—¿Y para qué necesito todo eso, perdona que te pregunte?

Ella se sentó y abrió el ordenador, mirándome desde detrás de sus gafas de tortuga.

—¿Pensabas hacer el logo con Word?

—¿Y eso qué tiene de malo, vamos a ver? El logo de la librería Novecento lo hice así.

—Y, de hecho, da pena —soltó con un gesto irritado—. Perdona, no te lo quería decir de manera tan directa pero, visto que estamos en un nuevo principio, vamos a ver si podemos empezar como Dios manda. Mientras vosotras habláis de libros de Psicología y tal y cual, yo me pongo a currar en el diseño del logo y en el comunicado de prensa.

No tenía ganas de discutir con ella, porque de verdad necesitaba que me hiciera un logo digno de ese nombre.

—Dejando a un lado tus críticas a mi trabajo con Word, hay una cosa que me urge mucho. Tendrías que crear unas etiquetas para ponerlas en los libros: en la parte de delante tienen que poner aquello que curan, qué sé yo, «pastillas de alegría contra la tristeza», con el color apropiado, el logo de la librería y el título del libro. Detrás tiene que haber tres espacios: indicaciones, efectos secundarios y posología.

Ella se paró en seco y me miró por encima de los cristales de las gafas.

—¿Me estás diciendo que quieres poner prospectos farmacéuticos en los libros?

—Exactamente.

—No sé si es la idea más estúpida o más genial que he oído en mi vida, pero vamos a intentarlo.

Era lo que quería oír, las chicas estaban muy motivadas y me daban la fuerza necesaria para llevar a término mi proyecto. Pero había algo de lo que quería hablar antes de empezar a trabajar.

—Chicas, dado que estamos aquí todas juntas, tengo que contaros un detalle que he recordado de esa tarde.

—¿Qué tarde? —Sery estaba concentrada escribiendo en su cuaderno, pero de vez en cuando intervenía distraída en la conversación.

—Cuando conocí al tío de la cita. En un momento dado me llamó Blu. Pero estoy segura de que no pronuncié mi nombre en toda la velada.

—¿No dijiste que estaba Michele contigo en la librería cuando entró? —preguntó Rachele sin apartar la mirada de la pantalla del ordenador.

—No, Michele ya se había ido cuando él llegó, tenía la música puesta y estaba bailando.

—¿Estabas bailando? ¡Ese detalle no nos lo habías contado! —A la palabra «bailando», Giulia había extendido todas las antenas. Y ahora la veía reírse por lo bajini, seguramente se estaba imaginando mis movimientos poco gráciles.

—Sí, bueno, a lo mejor podemos obviarlo.

—¿Crees que, si alguien busca la librería en internet, no aparecen tu nombre y apellido?

—No, lo estoy comprobando y, efectivamente, tu nombre y tu apellido no aparecen por ninguna parte —dijo Rachele, tecleando a gran velocidad.

—Os lo dije, chicas. Me encantaría saber por qué conocía mi nombre.

—Te repito la pregunta que te hice la otra vez. ¿De verdad estás segura de no haberlo visto nunca antes?

—Te aseguro que de un tío tan guapo como ese me acordaría. Y ni siquiera creo que tengamos amigos comunes. Parecía tan, no sé cómo explicarlo, atemporal. No me lo imagino yendo al Caffè degli Artigiani a tomarse un Spritz.

—Pero ¿qué más da? Total, es agua pasada. ¿Nos ponemos a trabajar?

Con esa afirmación lapidaria, Carolina puso fin a nuestra conversación. Se veía que no quería perder tiempo.

—Venga, me pongo ya con el logo.

Mientras Rachele conectaba el ratón al portátil, se recogió el largo cabello con un rápido gesto y, al hacerlo, se le vio la camiseta que llevaba puesta.

Me quedé con la boca abierta.

—¿De dónde has sacado esa camiseta de las Spice Girls?

—¿Mola, verdad? La he encontrado en casa de mis padres. Era de mi hermana, de cuando se aclaraba el pelo con agua oxigenada.

—Pero en esa época tendría unos doce años. ¿Cómo es que te cabe una camiseta de una niña de doce años? A mí no me cabría ni en el meñique. ¿Por qué tienes un metabolismo tan eficiente? Tienes que contarme tu secreto.

—No tengo la culpa de que no conozcas bien las vocales y hayas sustituido el dogma «tres raciones de fruta al día» por «tres raciones de fritos al día». El caso es que he pensado que esta camiseta era la adecuada para nuestra velada de *girl power*.

—Yo, más que en las Spice Girls, había pensado en Steve Jobs en Silicon Valley.

—Déjate de Steve Jobs, somos perfectas: Caro es Scary Spice, tiene más o menos la misma tez; Giuly es Sporty Spice, esta noche con tu atuendo de gimnasia estás que ni pintada; tú eres Baby Spice, la ingenua que se sigue enamorando de desconocidos que se encuentra por la calle, y yo soy Posh Spice, porque acostarme con David Beckham es el sueño de mi vida.

—Sí, pero falta la pelirroja.

Nos volvimos hacia Sery, que fumaba con avidez mientras tomaba apuntes delante del televisor. Creo que las cuatro nos la habíamos imaginado con un vestido ceñido con la bandera inglesa estampada y unas botas lacadas rojas, porque estalló una carcajada general que hasta consiguió distraerla de su algoritmo del príncipe azul.

—¿De qué os reís?

Su mirada interrogadora al otro lado de las gafas de culo de vaso aumentó desmesuradamente nuestra hilaridad.

Rachele lloraba de risa, Giulia se había escondido debajo de la mesa, mientras Carolina y yo tratábamos de calmarnos para justificarnos con la pobre Sery, que había entendido a la perfección que ella era el objeto de nuestra burla.

—No se lo tengas en cuenta, Sery, han debido de añadirle alguna hierba rara a la infusión de abedul.

Ella siguió mirándonos un largo rato antes de volver a sus quehaceres.

—Chicas, no nos distraigamos del objetivo principal: el catálogo de la librería y las categorías generales —dije para volver a imponer el orden y calmar la guasa general—. Pensaba no incluir los clásicos. Son el pan de cada día para mí, pero se trata de libros que más o menos todo el mundo conoce y los habrán recomendado miles de veces. Solo quería narrativa contemporánea, algo más fresco, cosas nuevas.

—Vale, pues narrativa contemporánea, decidido. ¡Vamos allá!

Giulia y yo sacamos todas nuestras ideas y las historias de los libros en los que habíamos pensado, y Rachele intervenía de vez en cuando con una de sus propuestas para almas atormentadas.

Carolina escuchaba con atención, pero seguía rechazando uno tras otro los libros que habíamos empezado a sugerir.

Al cabo de un par de horas, aún no teníamos nada, estábamos todas muy nerviosas y en más de una ocasión casi habíamos acabado discutiendo.

En un momento dado, Carolina explotó.

—Chicas, no habéis entendido de qué se trata —dijo dando golpecitos con el bolígrafo sobre la mesa—, los objetivos de la biblioterapia son muy precisos, no podemos meter libros al azar solo porque nos han gustado. El fin de este proyecto tiene que ser que el lector desarrolle una mayor conciencia de sí mismo, no se puede prescindir de este concepto fundamental.

Nos miró una a una y prosiguió.

—Aumentar la autoestima, la asertividad —algo que a ti te falta por completo, Blu—, mejorar la capacidad de comunicación —Giulia, tú de esto nada de nada—, potenciar las capacidades de adaptación a las situaciones —aquí podríamos abrir un capítulo aparte para Rachele— y el enriquecimiento cultural del lector, esas son las características necesarias para poder incluir un libro en el catálogo de La pequeña farmacia literaria.

Cogió una hoja y empezó a garabatear muchos circulitos unidos entre sí.

—Independientemente del argumento y de cómo se trate en el libro, quien acuda a tu librería debería poder llevar a cabo un proceso de crecimiento personal mediante las páginas que le propongamos. ¿Os queda claro?

Nuestra insolente psicoterapeuta estaba diciendo que no habíamos entendido nada de lo que hacía falta y, de una forma velada, aunque no demasiado, estaba resaltando nuestros defectos.

Quería a Carolina con todo mi corazón, pero esa vez se estaba pasando de verdad, me disponía a replicar cuando una voz nos hizo callar a todas.

—Leed esto.

En el jaleo general no nos habíamos dado cuenta de que Sery había abandonado su búsqueda del alma gemela televisiva para ir a su cuarto y volver con un libro.

Nos lo alargó. La cubierta era completamente negra, con letras y dibujos blancos. El título del libro era *Otras maneras de usar la boca*. Había tenido algún ejemplar en la librería porque me lo habían encargado más de una vez, pero nunca había leído una sola página.

—Son poemas. Los escribe esta joven poeta india de nacionalidad canadiense. Hablan de mujeres, de derrotas y de renacimientos.

Abrí el libro y leí una página al azar.

No quiero tenerte para llenar los vacíos que hay en mí quiero ser plena por mí misma quiero ser tan completa como para iluminar una ciudad entera y luego quiero tenerte porque tú y yo juntos podríamos incendiarla.

Empezamos a leer muy cerca unas de otras, como los Goonies en la escena en que consultan el mapa del tesoro.

Eran de verdad poemas.

Y eran preciosos.

—Están todos escritos en minúsculas —prosiguió Sery—, como en el alfabeto gurmují. No hay puntuación, precisamente para subrayar la igualdad de las letras, un estilo que refleja la visión del mundo de Rupi Kaur.

Hizo ademán de sentarse y, como si hubiera olvidado algo, sacó otro libro pequeño y blanco, este de Livia Chandra Candiani, y lo dejó sobre la mesa sin decir nada.

Hecho esto, volvió a sentarse cómodamente en el sofá y subió el volumen para darnos a entender que la estábamos molestando con nuestras banales conversaciones.

Siguieron unos segundos de silencio en los que Carolina se dedicó a leer los poemas de Livia Chandra Candiani.

Rachele me acercó el ordenador para que echara un vistazo al comunicado de prensa que acababa de redactar:

¿Estás triste? ¿Acabas de salir de una desastrosa historia de amor?

¿Tienes que superar un momento difícil? Encontrarás la cura a todos tus males en la nueva librería La pequeña farmacia literaria, en el barrio de Gavinana. Una librería que, a través de un catálogo seleccionado, propone soluciones literarias para problemas reales. Como en una farmacia de verdad, los libros se acompañan de un prospecto ilustrativo con indicaciones, posología y efectos secundarios, y los títulos se dividen en más de sesenta categorías, entre estados de ánimo y males físicos.

Surgida de una idea de la propietaria, Blu Rocchini, una joven treintañera con una larga trayectoria en el mundo de la edición, esta pequeña realidad de unos 35 m² propone una nueva manera de concebir el mundo de los libros. También es muy interesante el «juego de la oca», en el que por cada libro se proponen otros tres que buscar entre los estantes en función de lo que al lector más le haya gustado: la ambientación, el género o el autor.

Un pequeño café, en colaboración con el bar Dal Mago, contiguo a la librería, donde se puede leer un libro tomando una consumición, completa la oferta del espacio cultural que le faltaba a un barrio animado y pintoresco como Gavinana.

La pequeña farmacia literaria te espera en *via* di Ripoli 7/R.

—¡Es perfecto!

—Se lo mando a Leo, que conoce a un montón de gente en Florencia, para que lo incluya en varios periódicos.

—Mil gracias, Ra.

—Espera, mira también el logo. Por ahora es solo un boceto, pero si me das luz verde, lo trabajo más en serio. Me gusta la sencillez, el nombre tiene ya mucho impacto de por sí. Hagamos algo claro y reconocible.

Por segunda vez en pocos meses tuve la sensación de encontrar por fin lo que había buscado durante mucho tiempo.

El logo era redondo, con un círculo exterior negro y otro gris, una serie de puntitos y «La pequeña farmacia literaria» escrito con dos fuentes distintas. Debajo, un libro abierto que parecía caer del cielo.

Era ese el logo adecuado, estaba segura.

—No se me habría ocurrido nada más apropiado.

Carolina, que hasta ese momento había estado absorta en su lectura, se aclaró la voz y empezó a hablar.

—¿Sabéis qué, chicas? En estos poemas hay *girl power* para dar y tomar. Fuera las Spice Girls y empecemos por la poesía, es el camino.

Y, así, los poemas de Rupi Kaur y Livia Chandra Candiani nos tomaron de la mano, indicándonos el rumbo para curar el alma con los libros.

9

DE ENCUENTROS PROVIDENCIALES,
FENÓMENOS DE MASAS Y *SMOKEY EYES*

Quizá no haya amigos buenos o malos, quizá
haya solo amigos, personas que se ponen de
tu lado cuando estás mal y que te ayudan a no
sentirte solo. Quizá por un amigo valga siempre la pena tener miedo y esperanza y vivir.
Quizá valga la pena incluso morir por él, si así
ha de ser. Nada de amigos buenos. Nada de
amigos malos. Personas y punto, personas
que quieres que estén cerca de ti, personas
con las que necesitas estar; personas que han
construido su morada en tu corazón.

STEPHEN KING, *It*

Un mes después

—MIRA EN Google Maps dónde están exactamente los estudios de la Rai de *via* Teulada.

—Nos queda una hora para llegar. Tienes que salir por
Roma Norte.

—Blu, está al teléfono un periodista de *La Repubblica* que
quiere que intervengas en Radio Capital.

—Pero que voy a ciento treinta por la autopista, ¿cómo
quieres que haga una entrevista a la vez?

—No lo sé, pero tiene que ser ya, dentro de cinco minutos estás en directo.

—Vale, dame los auriculares, voy a intentarlo.

Mia, mi *social media manager* y responsable de comunicación en funciones, me alargaba los auriculares y el móvil, mientras Carolina, sentada a su lado, trataba de colocármelos en las orejas. Me había convertido ya en una experta en entrevistas radiofónicas: nada de manos libres, llamada de número desconocido, voz fuerte y clara y, en la mayoría de los casos, ninguna pregunta previamente concertada.

Sí, tenía una responsable de comunicación, porque lo inesperado se había convertido en realidad: La pequeña farmacia literaria no había sido un éxito, sino todo un triunfo.

—La pequeña farmacia literaria, dígame.

—Sí, hola, quería hablar con la propietaria.

—Soy yo.

—Buenos días, llamo de la redacción de *Il Fatto Quotidiano*, queremos hacer un reportaje sobre su librería, quería saber si está disponible este sábado.

—Pues... Sí, claro. Cuando quieran.

—Perfecto. Entonces se pondrá en contacto con usted la periodista que se encargará del reportaje. Adiós.

Todo ocurrió a raíz de aquel sintético comunicado de prensa que Rachele le envió a un viejo conocido del mundo del periodismo. Tuvo un efecto avalancha: primero llegaron los diarios locales, después los blogs y las páginas web, seguidos de los semanarios nacionales, la televisión e incluso los periódicos internacionales.

—La pequeña farmacia literaria, dígame.

—Hola, buenos días, disculpe mi italiano —perfecto, dicho sea de paso—, quería hablar con Blu Rocchini.

—Soy yo.

—Buenos días, Blu, me llamo Alba y soy periodista de la BBC. La llamo porque queremos hacer un reportaje sobre su librería.

—...

—¿Oiga?

—...

—Buenos días, somos de la RSI, la televisión suiza, queríamos hablar con la propietaria.

—Buenos días, soy Micaela, periodista del TG1, quería hablar con Blu Rocchini.

—Buenas tardes, llamo de la redacción de *El Mundo*, ¿está Blu?

—Hola, Blu, soy Patrizia, del TG3, ¿podemos hablar un momento?

Evidentemente, un interés mediático tal hizo que montones de lectores se presentaran en mi pequeña librería, que no hacía ni un mes había estado al borde del cierre definitivo, para llenarla de calor y alegría. Todos querían su prospecto, las prescripciones médico-literarias que Carolina y yo habíamos elaborado.

—La pequeña farmacia literaria, dígame, soy Blu.

—Sí, hola, Blu, soy Francesca. Te llamo porque he oído hablar de este fantástico proyecto tuyo y quería saber si te apetecería contarlo en una Ted Talk.

—...

A la abuela Tilde casi tienen que ingresarla de pura emoción la primera vez que me vio en televisión. La pequeña vitrina donde guardaba la cristalería buena estaba tapizada con un *collage* de artículos de periódicos y revistas en los que destacaba triunfante mi cara de pan.

—Tesoro, qué desenvuelta se te ve en las entrevistas, tienes un talento natural. Siempre estás a gusto.

A decir verdad, estaba cualquier cosa menos a gusto.

Sí, porque, aunque sonriera mucho y hablara aún más, en realidad me sentía perdida en medio de tanto interés.

El éxito es un animal famélico y muy exigente. Tienes que estar siempre preparada, disponible y brillante. No se puede perder pie ni estar cansado. No sabes a qué concurso de baile te has inscrito, solo sabes que tienes que seguir bailando para no abandonar la pista, para que no se olviden de ti, para llevar a buen puerto los sueños que en la vida parecían no pertenecerte. Porque tú eres una persona normal y las cosas tan bonitas nunca les pasan a las personas normales, ¿no es así?

Estás acostumbrada a que las cosas no salgan nunca como tú quieres, y aunque aprendas a contentarte con poco, ese poco a veces no es para ti.

Para ti es la camiseta acrílica de 5,99 euros, esa que, si alguien enciende un cigarrillo a menos de ochenta centímetros, tienes que apagar el fuego con un extintor; el chico al que te obligas a apreciar porque, bueno, en el fondo tampoco está tan mal; un trabajo en el que o tienes que levantarte a las cuatro y media de la mañana, o tienes que chuparte sesenta kilómetros de coche al día ida y vuelta, o uno en el que curras veintinueve días al mes porque tus jefes creen que la palabra «descanso» es para la gente que ya se ha muerto. Y, entonces, cuando por fin llega algo tan bonito, piensas que es un error, que el destino se ha equivocado al echar a suertes las papeletas y que has recibido un premio que en realidad no era tuyo. Lo aferras y no lo sueltas, pero estás convencida de que, tarde o temprano, te lo reclamarán y tendrás que pagar una indemnización por habértelo quedado un tiempo.

—Discúlpenos, señorita, ha habido un error en la base de datos. Este éxito no es suyo, tiene que devolverlo. Lo siento, a veces también nosotros nos equivocamos, ¿sabe?

Cuando estás acostumbrada a las derrotas, desconfías siempre de la felicidad. Es como alguien que te encanta, pero hace demasiado poco que lo conoces como para poder fiarte del todo.

—Tenemos con nosotros en Radio Capital a la creadora de La pequeña farmacia literaria, Blu Rocchini. Blu, ¿nos oyes?

Esa tarde, Geo me había invitado a una entrevista en directo sobre la librería. Estaba muy nerviosa, mientras conducía tenía taquicardia y sentía un nudo en la garganta, un nudo que, por desgracia, conocía bien. Mi querida amiga la ansiedad había vuelto a visitarme. Pese a mi alegría superficial, mi despreocupación y mi ironía perenne, lo que se agitaba dentro de mí era algo muy distinto.

Sufría ansiedad desde hacía tanto tiempo que para mí se había convertido casi en una compañera de vida. Desde hacía diecisiete años para ser exactos, más de la mitad de mi existencia; desde cuando, una fría tarde de febrero, había tenido mi primer ataque de pánico. Parecía un día como tantos otros, pero habría de marcar un antes y un después en mi vida. Estaba en casa, haciendo ejercicios de flauta para el examen de música, y empecé a sentirme muy rara, como si alguien me apretara la garganta. En un momento dado noté mucho calor y un peso en el corazón. Me faltaba el aire, me ahogaba, literalmente. Llamé a Clarissa con un hilo de voz, ¿de verdad estaba al borde de la muerte?

Pasé los veinte minutos más terribles de toda mi vida, entre taquicardia, sudores fríos y los músculos de las piernas totalmente agarrotados, sacudidos por temblores incontrolables. Al final llegó el médico y me mandó hacer una serie de pruebas. Pero, nada, estaba sana como una manzana, solo había una explicación posible: había tenido mi primer ataque de pánico. Quien nunca lo ha experimentado no puede entender la sensación de miedo, vacío y confusión que se tiene en esos momentos. Lo único que el cerebro alcanza a formular es: «Oh, Dios, me estoy muriendo, oh, Dios, como siga así me muero».

Luego uno no se muere, pero he pensado muchas veces que igual habría sido lo mejor. El después fue quizá más traumático que el episodio en sí. No era capaz de ir al colegio y tampoco podía quedarme sola en casa, me arrastraba de una habitación a otra tratando de entender por dónde volver a mi vida de antes. Consigues ver y tocar abismos de tu alma que sinceramente esperabas no llegar a conocer; experimentas sensaciones tan terribles que a veces, como he dicho, preferirías con mucho estar muerta. Gracias a la terapia conseguí poco a poco salir de eso, pero desde aquel día, mi trastorno de ansiedad generalizada acompañado de agorafobia marcó numerosos momentos de mi vida. Incluido este.

—Chicas, ¿hacemos una paradita en un área de servicio? Necesito beber un poco de agua.

Mia seguía utilizando el móvil a una velocidad impresionante.

—Blu, tienes que contestar cuarenta y cinco mensajes en Facebook y veinte en Instagram. Han llegado todos esta mañana.

—Sí, esta tarde cuando vuelva a casa los contesto.

En cuanto vi la primera área de servicio, puse el intermitente y aparqué.

—Voy al baño.

Consulté el móvil. Recorrí la vista previa de un correo de Norwegian Air Lines e Easy Jet, me preguntaban que cuándo podía concertar una cita con su fotógrafo para el reportaje sobre mi librería que saldría en sus revistas de a bordo.

Mientras bajaba las escaleras, me temblaban las piernas por la sensación de irrealidad que provoca la hiperventilación. Empujé la puerta del baño, por suerte no había nadie. La titilante luz de neón y el olor a desinfectante empeoraron mi malestar.

Tenía que conservar la calma.

No pasaría nada.

Podía gestionarlo todo sin perder el control.

Si no me encontraba bien, siempre podía echarme atrás.

Pero en realidad sabía que eso no era posible. El directo ya estaba acordado, si no lo hacía, sería un auténtico problema. Y cuando sufres de ansiedad, te da tanta vergüenza que a veces acabas fingiendo dolor de tripa o de cabeza, cuando sería mucho más sencillo decir: «Perdonad, tengo ansiedad, no soy capaz de hacer esto». Las pocas veces que había confesado mi malestar, los demás se habían mostrado tan comprensivos que a veces me preguntaba si de verdad no era mejor no ocultar nada de lo que sentimos en realidad. Pero es difícil ser vulnerable, o al menos lo era para mí, incluso cuando se trataba de amigas muy queridas.

El ruido del grifo que goteaba pautaba el ritmo de mi respiración, cada vez más afanosa. Estaba aferrada al lavabo, lo apretaba tan fuerte que los nudillos se me habían puesto blancos. Probé a mojarme el cuello, pero seguía encontrándome mal. No iba a ser capaz de salir en directo en la tele, me dije, sería un desastre. Saqué el teléfono para llamar a Maria, la periodista con la que había hablado para organizar mi intervención. En el baño no había cobertura, tenía que subir para llamar.

—Ho-hola.

Di un respingo de susto. A mi derecha había surgido de la nada un niño rubio. Tenía unos doce años más o menos y me miraba fijamente con unos grandes ojos azules. Por un momento me recordó a Ivan, mi compañero de desayuno amante de los clásicos, él también parecía un niño muy solitario.

No tenía ganas de hablar con él, pero si cabía la posibilidad de que se hubiera perdido, tenía que ayudarlo.

—Hola, ¿qué haces en el baño de señoras?

Él hizo caso omiso de mi pregunta y me contestó con otra.

—¿T-te encuentras m-mal?

Quería decirle que estaba bien, que no podía estar mejor, pero puede que hasta un niño de cinco años se hubiera dado cuenta de que mentía, por lo que decidí contarle una media verdad.

—Bueno, he estado mejor.

Hubo un momento de silencio durante el que mi interlocutor buscaba las palabras para expresarse, pero parecía que no querían salir de su boca.

No era mi intención mirarlo fijamente, seguro que la tartamudez no le hacía la vida muy fácil. Me apresuré a cambiar de tema para asegurarme de que no necesitaba mi ayuda.

—¿Te has perdido? ¿Estás buscando a tu madre?

—N-no.

—¿Estás bien, necesitas algo?

—N-no, g-gracias.

Silencio otra vez. Visto que no necesitaba mi ayuda, decidí alejarme para llamar por teléfono. Quería quitarme ese peso de encima lo antes posible.

—Vale, pues si no te has perdido, entonces me voy.

Lo dejé atrás sonriendo, con el móvil en la mano para comprobar la cobertura.

—N-no llames.

Me detuve, estupefacta por lo que acababa de oír.

—Perdona, ¿qué has dicho?

Empezó a hablar muy alto, probablemente para tartamudear lo menos posible.

—A los m-monstruos se los derrota, ¿sabes? Aunque tengas m-miedo. Ellos solo pueden hacerte d-daño si tienes m-miedo y si estás s-sola. Si los miras de frente y les m-muestras que no t-te dan m-miedo, no p-pueden hacerte nada. Y, si t-tienes amigos, no p-puedes sentirte sola.

Se había puesto muy colorado por el esfuerzo. Yo estaba bastante desconcertada, no entendía lo que decía, ¿de qué monstruo hablaba?

—¿Te dan miedo los monstruos?

—Blu, ¿estás aquí?

Me llegaba la voz de Carolina desde las escaleras.

—Sí, Caro, estoy aquí —grité en esa dirección—, sube conmigo, así te llevo con tu mad...

Cuando bajé la mirada para cogerle la mano al niño, descubrí a mi pesar que parecía haberse volatilizado.

Me puse a abrir todas las puertas para ver dónde se había escondido, pero el baño estaba desierto, no había un alma.

—¿Qué haces? ¿Jugar al escondite? ¡Venga, que llegamos tarde!

—¿Has visto a un niño? Rubio, de unos doce años...

—No, no he visto a nadie. ¿Estás bien? Antes te he notado rara.

Suspiré y me apoyé en el lavabo al que, solo unos minutos antes, me aferraba como a un salvavidas en medio del mar.

—Sí, bueno..., no. La verdad es que creo que me está entrando un ataque de pánico.

Carolina se acercó y me rodeó los hombros con el brazo.

—Pero ¿por qué no me lo has dicho antes? ¿Soy o no soy tu psicóloga de confianza?

Su voz era tan calmada y me infundía tanta seguridad que enseguida me dio un poco de ánimo.

—Sí, pero ya sabes cómo soy. No quería deciros que estaba mal. Iba a llamar a la Rai para decir que no iba.

Me soltó los hombros y se me plantó delante. Aunque le sacaba veinte centímetros, en ese momento me pareció un gigante.

—De ninguna manera. Ahora conduzco yo, tú te sientas tranquilita a mi lado y, si te encuentras mal, hacemos una sesión de control de la respiración. Blu, es un momento de locos, sé que estás estresada, pero tienes que concentrarte y no dejar que te invada el pánico. Te mereces todo esto, has trabajado duro por esta librería y ahora es justo que disfrutes de las cosas buenas que te pasan. Vamos a centrarnos en llegar a Roma, si luego ves que no tienes ánimo, damos media vuelta y regresamos a casa... Pero al menos inténtalo.

Asentí y contesté sonriendo:

—¡Intentémoslo!

Carolina me abrazó fuerte y me dio un beso en la mejilla.

Subimos y en el bar me compré un paquete de gominolas Polka de Haribo, mis preferidas.

Nos reunimos con Mia, que nos esperaba en el aparcamiento, sentada en el banco del McDonald's, ocupada en actualizar la página de Instagram de la librería con las fotos de nuestro viaje.

A su lado, sonriente y con el brazo extendido sobre el respaldo del banco, estaba el muñeco de Ronald McDonald vestido de payaso.

A Carolina le dio un escalofrío.

—¿Cómo se llamaba esa serie...? Creo que era de dos episodios nada más, no me acuerdo bien, salía un payaso que mataba niños... Me pasé meses sin poder dormir.

—Era *It*, es la adaptación de una obra magnífica de Stephen King. Fue la primera novela para adultos que leí el verano de mis trece años. Me ayudó a superar un momento de soledad muy duro, cuando los ataques de pánico me tuvieron encerrada en casa durante meses... Me hizo compañía. Fue un libro terapéutico para mí, tendríamos que incluirlo en La pequeña farmacia literaria.

—Por encima de mi cadáver. No pienso traumatizar a otra generación de niños —dijo Carolina y, dirigiéndose a Mia, añadió—: tú, Redes Sociales, deja ese teléfono y vámonos, que en la Rai pasan de ti y de Instagram.

Mientras me abrochaba el cinturón sentada en el asiento del copiloto y Carolina metía primera, me quedé mirando el muñeco que me sonreía desde el banco.

«Golpea exhausto el poste tosco y recto e insiste infausto que ha visto espectros.»*

CUANDO LLEGUÉ A los estudios de la Rai me llevaron a la sala de maquillaje, donde dos simpáticos profesionales hablaban de lo idiota que era y lo operada que estaba una famosísima *vedette* italiana.

—¿Cómo sueles maquillarte, cariño?

No tenía el valor de decirle a ese hombre, que lo más seguro es que hubiera dedicado su vida a las brochas y el rímel, que para mí el maquillaje era algo tan inútil que tranquilamente podría abolirlo.

Me limité a un prudente:

—Pues la verdad es que no me maquillo mucho.

—Bien, entonces te hago algo ligero.

Algo ligero según él era un *smokey eyes* extremo, siete capas de base, pintalabios color natural y un quintal de rímel.

---

* Cita que pertenece a *It*, de Stephen King.

—No te preocupes, con los focos este maquillaje es casi invisible.

Lo miré con recelo, pero ese era el día en que todos los demás tenían razón: en la tele el maquillaje apenas se notaba, el directo salió genial, como había previsto Carolina, y el miedo quedó derrotado en el momento exacto en que ya no tuve que afrontarlo yo sola, como había tratado de explicarme el niño del cuarto de baño. Había superado de forma brillante la prueba de la televisión, en Roma hacía una tarde preciosa y estaba a punto de ir a comerme un plato de pasta *alla gricia* gigante.

—Chicas, sacadme muchas fotos con este maquillaje tan guay. Necesito una para ponerla en mi lápida, no volveré a estar tan bien maquillada nunca más en la vida.

Empecé a recibir un aluvión de llamadas al móvil, era como si esa tarde todos hubieran sintonizado Rai 3 para ver mi entrevista. Más tarde, cuando abrí el correo electrónico, encontré un e-mail de una editorial importantísima, me habían visto en la tele y querían concertar una cita conmigo: tenían una propuesta para mí.

Se lo leí a las chicas y nos pusimos a gritar de alegría y de emoción.

Decidimos comprar una postal a orillas del Tíber para recordar ese momento perfecto.

Tarde o temprano, lo que es tuyo vuelve a ti.

10

DE ASTUTAS VIEJITAS,
ACOSO SALVAJE, VIEJOS AMORES
Y NUEVOS RENCORES

> Una vez más, Miss Marple había
> dado en el clavo.
>
> AGATHA CHRISTIE,
> *Miss Marple y los trece problemas*

Dos semanas más tarde

—EL CLUB DE lectura yo creo que podemos organizarlo para dentro de dos semanas. El sábado por la tarde puede que sea el mejor día, total, en mayo nadie se va a la playa. Lo apunto en la agenda.

Una agenda que en realidad no existía, y que consistía en una serie de pósits que pegaba en el mostrador de caja para luego perderlos. Citas para entrevistas olvidadas, e-mails que no recibían respuesta, solicitudes de presentaciones, encuentros que se acumulaban. Mia me estaba dando a entender de forma bastante abierta que ya no podía gestionar esa mole tremenda de trabajo, tenía que estudiar, y ocuparse de mis relaciones le quitaba demasiado tiempo. Buscaba cómo organizarme de otra manera, pero estaba sepultada en trabajo y compromisos.

—Buenos días, señorita, ¿puedo echar una ojeada?

Una simpática viejita acababa de entrar en la librería y me sonreía.

—Claro, señora, pase, y si necesita algo, no tiene más que pedirlo.

¿Dónde narices había puesto el pósit en el que había apuntado el número de Francesca, la del club de lectura?

—Hola, buenos días.

Entró otro cliente en la librería y se acercó con decisión al mostrador de caja.

—Hola, tengo este libro para devolver. ¿Puedo cambiarlo por otro?

Un chico alto y delgado me alargaba un ejemplar del libro de Neri Venuti.

—Claro, puedes cambiarlo por el que tú quieras.

Sonreí al mirar la vieja etiqueta de la difunta librería Novecento pegada detrás.

Quizá había venido a la presentación, me parecía haberlo visto antes, pero no recordaba haberle vendido el libro. Ahora me sonaban todas las caras, veía una cantidad impresionante de gente y trataba de acordarme de todo el mundo, aunque no era nada fácil.

Dejé a los clientes curiosear entre los estantes y volví a mis preocupaciones.

A saber dónde habría metido el dichoso pósit. La frenética situación agravaba mi desorden natural. Tenía dos ordenadores en el mostrador de caja, uno con el que escribía los prospectos y otro que utilizaba para la librería. También había libros que reseñar, libros que fotografiar, papeles, papelitos y papelajos.

¡Ahí estaba el maldito pósit! Debajo de un montón de cachivaches varios. Empecé a tirar de él despacio, tratando de imitar a los prestidigitadores, esos que quitaban manteles sin que se movieran ni un milímetro las vajillas colocadas encima. Como era de esperar, el montón se tambaleó, se inclinó hacia la derecha y todo lo que lo componía se vino abajo con gran estruendo. Levanté la cabeza y vi que tanto el chico como la anciana me miraban pasmados.

—Disculpen, soy un poco torpe.

La señora me sonrió con indulgencia, mientras tanto se había sentado a leer en el rinconcito junto a la caja, muy cómoda en un silloncito de diseño danés comprado en una tienda de segunda mano. Su cabello plateado destacaba sobre el azul de las paredes.

El chico miró a su alrededor como buscando a alguien y luego volvió a concentrarse en los estantes.

Me incliné a recoger los libros que se habían caído y por poco me da algo. El libro que me había devuelto ese chico tenía una dedicatoria de Neri Venuti con una inconfundible mancha de tinta. No había ninguna duda, era justo el libro que le había dado al misterioso desconocido que me había robado el corazón aquella fría noche de febrero. Había pensado mucho en él, pese al período intenso que estaba viviendo. Me habría gustado volver a verlo, no solo por lo muchísimo que me había enamorado de él, sino también para darle las gracias. La idea de la farmacia literaria había sido suya. Y en lo más hondo de mi corazón también había cierta preocupación: sí, era posible que no hubiera vuelto a dar señales de vida porque yo no le gustaba un pimiento, pero ¿y si era porque le había ocurrido algo? Y estaba lo del libro que me había pedido, parecía importante para él conseguirlo, y esa vieja edición era bastante difícil de encontrar.

Ocurre con cierta frecuencia que la gente encarga libros que luego nunca va a recoger. Y yo me tenía por una bastante buena conocedora del alma humana, solía captar al vuelo a estos malquedas. Los malquedas son los que preguntan si tienes un libro determinado, y cuando después de comprobarlo en el ordenador, les dices que no pero que si quieren pueden encargarlo, tienen como un destello en la mirada. No quieren esperar, pero les fastidia irse con las manos vacías después de que te hayas molestado en buscarlo. Entonces lo encargan, poco convencidos, y tú sabes que será otro cadáver que se quedará en la estantería.

Pero con él no había sido esa mi sensación. De modo que, ¿y si de verdad le había pasado algo? ¿Por qué tenía ese chico su libro? Si lo hubiera estrangulado y arrojado a un foso, supongo que no habría venido tan tranquilo a cambiar un objeto que había pertenecido a un muerto. Pero, claro, él no podía saber que yo reconocería la mancha en el libro. ¿Entonces?

Empecé a estudiar al chico/potencial asesino en serie. No se parecía en nada a Gatsby, no tenía su elegancia innata ni el pelo rubio, por lo que podía excluir con bastante seguridad que fueran parientes. ¿Qué edad tendría? Tal vez la mía, ¿o unos años menos? ¿O puede que unos cuantos más? ¿Cómo podía entablar conversación con él?

Probé mentalmente algunas frases.

«Perdona, ¿de dónde has sacado este libro?». No, parecía una actitud acusadora.

«¿Te ha gustado, lo has leído o te lo ha prestado alguien?» Eso tampoco servía, lo estaba tildando del clásico gorrón que se lee los libros y luego los devuelve sin comprarlos.

«¿Vienes mucho por aquí?» Madre mía, eso sí que era patético.

Podía acercarme y, con la excusa de recomendarle algo, pegar la hebra. ¿Pensaría que lo estaba acosando?

Observé su rostro con disimulo. No parecía una persona capaz de hacer daño a nadie, su expresión era tan dulce... El cabello, ondulado, le llegaba hasta los hombros, tenía facciones regulares y ojos oscuros. Por segunda vez en unos pocos minutos, me pareció que su rostro me era familiar, pero ¿dónde narices lo había visto? Parecía incómodo, me lanzaba de vez en cuando miradas nerviosas, ¿se habría dado cuenta de que lo estaba observando?

Recogí los demás libros del suelo, me puse a colocarlos en su sitio y me fui acercando a él como quien no quiere la cosa. Cambiamos alguna sonrisa incómoda al cruzar la mirada, pero, nada, no me dirigía la palabra. No pensaba cometer el error de la otra vez, ¡no le dejaría salir de ahí sin saber su nombre y su apellido!

Volví detrás del mostrador, derrotada en ese primer *round,* mientras pensaba en otra manera de abordar al dichoso cliente.

—Querida.

La señora se había acercado al mostrador y me indicaba con un gesto que me acercara yo también. Llevaba unos guantes de encaje negros que me arrancaron una sonrisa. ¿Quién llevaba ya guantes como esos?

—Diría que estás interesada en ese joven. —Sus ojos azules mostraban ahora una expresión astuta.

—Sí, en cierto sentido. Quisiera preguntarle una cosa, pero no sé cómo hacerlo, aunque por ahora me contentaría con saber cómo se llama.

Intenté hablar lo más bajo posible.

—Oh, si es por eso, es muy sencillo, querida. ¿Tienes tarjeta de puntos de la librería?

—Sí, pero...

¡Caray, la señora tenía razón! Con el pretexto de la tarjeta, podía sonsacarle el nombre.

—Ya que estás, pregúntale también la dirección, querida, nunca se sabe.

Volvió a sentarse en el sillón, junto a la sección de novela negra y policiaca que había sobrevivido a la selección de libros para La pequeña farmacia literaria, que ocupaba una de las dos salas de la librería y donde los títulos estaban ordenados según un mapa emocional. En la otra, donde estaba también la caja, los libros estaban organizados por géneros, como en cualquier otra librería. Cogió un libro de Agatha Christie, uno de los que había comprado Sery en su primera visita a la librería, me guiñó un ojo y se enfrascó en la lectura.

—He elegido este —dijo el chico, y me entregó *Tan poca vida*, de Hanya Yanagihara.

—No podrías haber elegido un libro mejor, es uno de mis preferidos. Durísimo, pero seguro que te encanta.

Lo recomendaba como «Pastillas de afecto para relaciones especiales», la manera en la que describía la amistad y las relaciones humanas era única. Para Carolina rozaba la pornografía del dolor y había mostrado cierta reserva en incluirlo en nuestro catálogo, pero yo había insistido mucho. Junto con *Klaus y Lucas*, de Agota Kristof, estaba entre mis títulos indispensables.

—Sí, lo conozco, ya lo he leído. Pero lo he prestado y, como ocurre a veces, no me lo han devuelto.

Probé a hacerme la simpática.

—Uy, un error imperdonable, todo el mundo sabe que los libros no se prestan...

El chico me dedicó una sonrisa indecisa pero luminosa.

Era ahora o nunca.

—¿Y este de Neri Venuti te ha gustado? He oído opiniones muy diversas al respecto, personalmente lo he encontrado bonito.

La sonrisa se apagó enseguida.

—No, este no lo he leído.

Y se quedó callado. Nada, ya no tenía pie para seguir la conversación. Le eché una ojeada a la señora, repantingada en el sillón, pero estaba enfrascada en la lectura o, mejor dicho y como descubriría más tarde, fingía estarlo.

—Vale, ¿quieres bolsa?

—No, gracias, lo llevo en la mano.

—Son veinte euros.

El sonido de la tos seca de mi ayudante acosadora me recordó que, también esta vez, me estaba olvidando la pieza fundamental del puzzle.

—¡La tarjeta!

Se lo grité prácticamente a la cara. Él me miró desconcertado, sin saber a qué me refería.

—¿Quieres que pague con tarjeta?

—No, no me refería a eso. —Ay, Dios, ¿por qué cuando me ponía nerviosa parecía siempre tonta perdida?—. Quería preguntarte si quieres tener nuestra tarjeta de fidelidad.

—Pues... A lo mejor la próxima vez.

La señora levantó la mirada del libro y se puso a gesticular. No podía fracasar, aunque solo fuera para no sufrir la mirada reprobadora de mi cómplice.

—Mira, no compromete a nada, basta con que me des tu nombre, apellido y número de teléfono, con cada compra acumulas puntos, y cuando llegues a treinta...

La señora me hizo un gesto que no entendía, parecía que estuviera escribiendo algo en el aire.

El pobre cliente hizo ademán de volver la cabeza. Tenía que decir algo antes de que la viera gesticular así.

—Como te iba diciendo..., treinta puntos y un descuento por cada cinco euros..., los puntos. Y ya está.

Sus ojos, ya bastante redondos, se iban agrandando cada vez más. Con toda seguridad estaba pensando que me faltaba un tornillo, pero me daba igual, tenía que dar con Gatsby como fuera.

—Bueno, vale. Me llamo Filippo Cipriani.

Lo dijo más para que me callara que por verdadero interés en la tarjeta de mi librería.

Escribí rápidamente el nombre.

—Muchas gracias. Vuelve pronto a visitarnos.

Pareció relajarse un poco.

—Gracias a ti, ¡y enhorabuena por la bonita iniciativa!

Me dedicó otra de sus sonrisas imperfectas mientras salía de la librería.

—A ver, en Facebook hay tres Filippo Cipriani. Creo que ya he encontrado a nuestro joven, mira a ver si lo reconoces, querida. Yo sin gafas no veo muy bien.

La señora, que seguía sentada en el sillón, había abandonado el libro y estaba consultando un *smartphone* último modelo que utilizaba con una maestría de la que yo no habría sido capaz. Tendría unos setenta años y escribía en el teclado como un adolescente nativo digital.

—Pero, señora, es usted una fuerza de la naturaleza.

—Y tú, querida, te has olvidado de preguntarle la dirección. Muy mal.

Ah, era eso lo que quería decirme con aquellos gestos que no entendía.

Prosiguió decidida con la información.

—He comprobado en Instagram, LinkedIn y Twitter, pero nuestro joven solo tiene perfil en Facebook.

Miré para asegurarme de que Filippo no volvía a entrar, habríamos quedado fatal con su página abierta en la pantalla de veinte pulgadas del móvil de mi investigadora privada.

Cogí el teléfono y dije, dirigiéndome más a mí misma que a la señora:

—Vale, vamos a ver. Estoy buscando a otra persona, hay que encontrar cualquier cosa que tenga que ver con ella.

—Ah, ¿no era él quien te interesaba? Pues mira que es un chico guapo.

—Sí, pero tengo que encontrar a esta otra persona. Le debo un favor.

Le conté por encima el encuentro, la velada increíble que habíamos pasado juntos y el único y enorme fallo: no haberle pedido ningún dato de contacto.

También ella me hizo la pregunta a la que no quería responder.

—¿Y nunca volvió a recoger el libro?

—No, por desgracia no, sigue ahí esperándolo en el almacén, con un gran signo de interrogación en lugar del nombre.

Se le iluminó el semblante, parecía estar divirtiéndose mucho.

—Bien, querida, me gustan los retos imposibles —dijo poniéndose unas gafas con una cadena decorada con brillantitos de colores.

Me senté a su lado en el pequeño sofá y nos pusimos a examinar su perfil de Facebook.

—Empecemos mirando uno por uno a todos sus amigos, solo tiene trescientos cincuenta y ocho. Mira las fotos de perfil a ver si reconoces a nuestro hombre.

De trescientos cincuenta y ocho amigos, doscientos cincuenta eran varones. Comprobamos cada foto y cada detalle, pero nada, ni rastro de Gatsby.

—No nos desanimemos, pasemos ahora al tablón.

Tenía un perfil privado lamentable, por lo que, aparte de las fotos de perfil y de fondo y algún detalle más, no había gran cosa en la que encontrar algo interesante. Seguí desplazándome deprisa por la pantalla hasta que algo captó mi atención. Volví atrás y observé con detenimiento una foto en la que lo habían etiquetado: abrazaba a un chico y a una chica. A ella la conocía de vista, estaba en mi curso en la facultad, pero no era eso lo que me había llamado la atención. En la etiqueta, la chica había escrito una frase que había atraído mi mirada: «Looking for Romanov».

Me vino un *flash* de esa tarde de febrero.

«Si fuéramos amigos, esta noche te invitaría a tomar un Long Island Ice Tea en el Romanov.»

—Quizá tengamos una pista —dije volviéndome hacia mi nueva cómplice—, también Gats... o sea, el chico misterioso, me habló de ese sitio.

—Bien, querida, entonces diría que puede que tengamos una pista probable. Yo aún no lo llamaría indicio. Es demasiado circunstancial.

Tenía más o menos una idea de qué hacer para conseguir información, si la memoria no me fallaba, pero necesitaba que me lo confirmara alguien que frecuentara el Romanov. Me parecía recordar que, de entre todos mis amigos, Michele había ido una o dos veces. Cogí el teléfono y le mandé un mensaje rápidamente. Solo tenía que esperar la respuesta para saber qué hacer a continuación.

—Pero una cosa sí me gustaría preguntarle, señora. ¿Por qué quería que le pidiera también la dirección?

Ella me miró con una expresión que quería decir algo así como: «¡Vamos, vaya tontería de pregunta!».

—Querida, hoy en día hay ciertas tecnologías que, a partir de una dirección, te dicen muchas cosas sobre la persona que buscas. Las agencias de detectives y de gestión de cobro emplean varias distintas.

¡Reska! Podía preguntarle a Rachele si conocía alguna de esas misteriosas tecnologías.

—Creo que ya sé a quién preguntar.

—No me cabía la menor duda, querida.

Se levantó del sillón sin dejar de aferrar un bolsito en el que había guardado su potentísimo teléfono.

—Querida, hoy no voy a comprar nada, pero volveré pronto. Gracias por tu compañía y por haber hecho sentirse joven de nuevo a esta anciana.

—Soy yo quien le da las gracias, de no ser por usted, nunca habría reunido tanta información que para mí es tan valiosa. ¿Puedo invitarla a un café aquí al lado?

—Oh, te lo agradezco mucho, pero solo bebo té. Hasta pronto.

Me hizo un gesto a modo de saludo, agitando la mano enguantada, y desapareció por la puerta.

Qué maravilloso personaje. La abuela Tilde también era lista, pero esta se llevaba la palma.

ESTABA ANALIZANDO LA página de Facebook del joven del libro para averiguar más cosas cuando entró un chico en la librería. Ya me había acostumbrado al continuo ir y venir de clientes, pero, aun así, para mí cada persona que entraba por la puerta representaba una inmensa alegría. «Mucha humildad y gratitud» era mi mantra cotidiano.

—Hola, ¿puedo echar una ojeada?

—Claro, si necesitas algo, me preguntas.

Empezó a mirar las estanterías distraídamente hasta que llegó al tablón de los «*Best of*». Era una de mis últimas ideas para compartir el placer de la lectura y dar a conocer cuantos más autores y títulos mejor. Aunque tenía un conocimiento profundo del mundo de los libros, en algunos géneros reconocía tener grandes lagunas, y los clientes me hacían sugerencias muy interesantes. Para el tablón de los «*Best of*», les pedía que escribieran su propia clasificación personal de los libros más significativos para ellos, de aquellos que los habían ayudado a salir de períodos difíciles, o de los que habían marcado su vida de alguna manera. La mía, por supuesto, estaba bien a la vista en el tablón.

—Perdona, ¿esto qué es?

Le expliqué al chico cómo funcionaba la lista de los «*Best of*» y le pregunté si quería contribuir.

—No, gracias —contestó con bastante brusquedad—. Pero ¿se puede saber el nombre de quien ha hecho estas listas?

—En realidad no, son listas anónimas. Salvo la mía, que es la que está arriba del todo.

Mi respuesta pareció desilusionarlo mucho, y siguió estudiando el tablón.

Al cabo de cinco minutos me lo volví a encontrar delante. Empecé a pensar que tenía alguna dificultad en la que yo no había reparado.

—¿Necesitas algo?

—Sí, gracias. Querría un libro para este verano.

—Vale, ¿algún género favorito?

—No, pero querría un libro ligero, divertido. Y también una novela policiaca, si puede ser. Así que querría dos libros.

Dirigí la mirada hacia el estante llamado «Gotas de alegría contra la tristeza», donde estaban los libros más divertidos, los que te arrancaban una sonrisa hasta en los peores días.

—De ese estilo podría proponerte a De Silva, su libro *Terapia de pareja para amantes* está bien escrito y es muy...

Puso una cara como si le hubiera mencionado a Satanás.

—No, De Silva no, lo leía mi ex y prefiero que no.

Uyyy. Si alguien menciona a su ex sin venir a cuento después de cinco minutos de conversación solo significa una cosa: que todavía no ha pasado página. Vaya, ¿conque no puede leer los mismos libros que ella? Más que remedios contra la tristeza, me parecía que necesitaba algo para el amor no correspondido. Por supuesto, no le dije nada y seguí proponiéndole títulos del estante que había escogido para él. Pero rechazaba cada una de mis sugerencias.

Al final se decidió por *La segunda venida*, de John Niven, que, a mi juicio, era de los libros más divertidos entre los seleccionados para la categoría de «Gotas de alegría contra la tristeza». Y todavía tenía que proponerle una novela policiaca, no íbamos a acabar hasta la noche. Por suerte su ex no leía ese género, por lo que no tenía ninguna limitación, pero también en este caso elegir un título no resultó nada fácil. Le propuse no menos de veinte novelas, todas bien construidas y con desenlace sorpresa, pero nada parecía satisfacerlo.

—En realidad buscaba algo más clásico.

Bajé la mirada para buscar el mejor punto en el que romper el suelo y hundirme hasta el centro de la tierra, cuando vi un libro de Agatha Christie sobre el sofá. Mi exigentísimo cliente se declaró satisfecho con *Miss Marple y los trece problemas* y, tras echar una rápida ojeada a la contracubierta, me siguió hasta la caja.

Mientras tecleaba los códigos en el ordenador, volvió a la carga sacando a colación a su ex.

—Perdona si no he querido llevarme el de De Silva, pero me recordaba demasiado a ella.

Como si para mí cambiara algo que eligiera a De Silva o a Niven, por suerte hacía mucho que habían pasado los tiempos de LeggereInsieme y sus libros objetivo. En La pequeña farmacia literaria recomendaba solo libros que de verdad hubiera leído y apreciado.

—No te preocupes, ya ves, por mí no hay ningún problema.

Me parecía que vacilaba, como si quisiera decirme algo pero se estuviera conteniendo.

—Por otra parte, he venido aquí a comprar el libro porque he visto en Instagram una *story* de mi ex en la que hablaba de esta librería.

Aaah, ahora sí estaba todo claro. Había muchas probabilidades de que yo la conociera, si no para qué meterme esa chapa inútil sobre De Silva.

—¿Ah, sí? Pues me alegro.

Se quedó callado y se puso a doblar las esquinas del libro de Miss Marple.

Ahora que me fijaba, ¿tenía la mirada un poco vítrea o era solo impresión mía?

Lo miré.

Él me miró a mí.

—¿No me preguntas cómo se llama mi ex?

Venga, Blu, pregúntale cómo se llama y terminemos de una vez con esto. Él te contará que lo dejó en la más tremenda desesperación, tú le darás una palmadita en el hombro y quizá logres terminar esta conversación sin una navaja clavada en la carótida.

Había decidido que ese sería el Día Mundial del Psicópata Asesino.

—¿Cómo se llama tu ex?

—Mia Sacchetti.

Por poco se me cae al suelo la bolsa con los libros.

O sea.

Él.

¿Justo él era el ex del que me había hablado Mia?

El que la había engañado y dejado por otra negando la evidencia.

¿El que, al cabo de tan solo dos meses, había celebrado la Navidad en familia con su nuevo amor? Mia se enteró solo porque él se olvidó de bloquear a una amiga común el acceso a sus fotos en Facebook.

O sea, ¿ese tío tenía el valor de venir aquí a lloriquear y a quejarse de que ya no podía leer a un autor por culpa de Mia?

Un momento, igual era otro ex, no aquel del que me había hablado.

—Ah, sí, claro. Mia es una buena amiga mía, además de mi responsable de comunicación.

—Pero ¿no lo había dejado para volver a estudiar?

No sabía qué responder, no quería darle demasiados datos, pero tenía que salir de ese berenjenal como fuera.

Él me miraba con ojos hambrientos de información.

—Hola, guapa, ¿quieres merendar?

Mi queridísima Rachele acababa de hacer su entrada en la librería con una bolsita en la mano que seguramente contenía alguna porquería rica en grasa, azúcar e hidratos de carbono.

—Sí, ven y nos tomamos un café también. Tú ya lo tenías todo, ¿no? Si quieres darme tu nombre y apellido, te hago la tarjeta de fidelidad.

Era tonta, sí, pero aprendía deprisa después de que la señora me hubiera enseñado el abecé del refinado arte de la investigación.

Anoté sus datos y me despedí de tan inquietante individuo. Hice una nota mental para que no se me olvidara mandarle un mensaje a Mia en cuanto se hubiera alejado lo suficiente.

—¿Quién era ese?

Rachele se sentó en el sillón que poco antes había ocupado la viejita, mientras se comía una *cookie* y lo llenaba todo de migas. Pero en ese momento tenía tantísimas cosas que contarle que pasé por alto sus habituales malos modales.

—No te imaginas qué mal rato.

Le conté lo del ex de Mia y de cómo había entablado conversación conmigo para sonsacarme información sobre ella.

—¡Ese tío está mal de la cabeza!

—Espera, que aún no sabes lo más increíble.

Empecé a contarle lo del libro y lo del chico que me lo había devuelto.

—Total, que he concluido que el primer sitio en el que empezar a investigar puede ser el Romanov.

Le hablé también de la señora y de la sugerencia que me había hecho sobre los programas que utilizaban las agencias de gestión de cobro.

Rachele se quedó mirando un punto situado más allá de mi cabeza mientras seguía masticando pensativa.

—Desde luego, existen sistemas muy sofisticados y totalmente ilegales para reunir información, incluso sobre personas que nada tienen que ver con la gestión de cobros. En la Reska utilizamos el REDI, pero creo que está fuera de toda regulación. Solo se puede utilizar bajo supervisión, el tiempo máximo de conexión son cinco minutos y te consigue el número de identificación fiscal de las personas que viven en un edificio, de todas las personas.

—Toma ya. Sin importar que se viole la privacidad.

—Bueno, si piensas en las empresas que nos venden los números de teléfono combinados con los de identificación fiscal, la legalidad en este terreno no ha existido nunca. Y en los últimos años son más severos, pero hace diez los empleados no tenían ningún problema en contar por ahí todos los líos de deudas de los morosos a sus vecinos y familiares.

—Qué pena que, aparte del Romanov, no tengamos ni la más mísera pista. Ojalá tuviera su NIF para dar con su número de móvil.

Levantó los ojos y se me quedó mirando sin pestañear, tenía una expresión que nunca le había visto. Estaba acostumbrada a su carácter, pero en sus ojos siempre había una punta de alegría. Esa tarde no había ni rastro.

—Me parece que estás totalmente ida, ¿sabes? —Hablaba despacio, poniendo énfasis en cada palabra—. Con todo lo que tienes que hacer, ¿te dedicas a perder el tiempo buscando a un tío que encima te dejó un libro sin pagar? Piensa más bien en ordenar ese jaleo que tienes ahí o en contestar a los correos antes de que pasen siglos.

Hice caso omiso de su tono, polémico a propósito, y contesté sin alterarme:

—No me preguntes por qué, pero tengo la sensación de que, si no volvió, no fue porque no quiso, sino porque no pudo. ¿Y si le ha ocurrido algo?

—¡Qué paciencia hay que tener contigo! —Dejó caer los brazos sobre los reposabrazos del sillón en un gesto teatral—. Me parece a mí que, de tanto ver *Se ha escrito un crimen* con Sery, a ti también se te está yendo la olla.

—Tú piensa lo que quieras, pero yo estoy decidida a dar con él. Se lo debo prácticamente todo, La pequeña farmacia literaria nació gracias a él.

Rachele arrugó con violencia la bolsita de papel que tenía en la mano, apoyó ambos codos en las rodillas y empezó a hablar, con una mirada que echaba chispas.

—No, querida, no estoy de acuerdo. La farmacia literaria nació porque todas nosotras nos dejamos la piel en ello, trabajando día y noche. El mérito es todo tuyo, ni se te ocurra creer que la esencia de lo que has creado haya que atribuírsela a un desconocido que pasaba por aquí por casualidad. El problema, como suele ocurrir, es el de siempre. Como de costumbre, esperas que un hombre te resuelva la vida, lo has hecho siempre, desde pequeña. Los príncipes azules no existen, Blu, métetelo en la cabeza.

Ya estaba bien. Era demasiado. Sentí que en el estómago se me agitaba un sentimiento que nunca había tenido hacia ella. Me aguijoneaba, aunque me costara reconocerlo, de tanto tiempo como había pasado desde su última visita.

Rabia.

Simple, cristalina y pura rabia.

La sentía con fuerza, como una piedra caliente en el diafragma. Empujaba desde el fondo y empezaba a subir. Notaba un hormigueo en los brazos, una oleada de calor había coloreado mis mejillas exangües. Abrí la boca para contestar y la volví a cerrar enseguida para no decir cosas de las que me pudiera arrepentir.

Cuenta hasta diez, Blu.

Uno, dos, tres, cuatro...

—Venga, habla. No te quedes ahí boqueando como un pez fuera del agua.

Era de verdad demasiado, incluso para mi infinita paciencia.

—Sí, desde luego, estoy tan convencida de necesitar a un hombre que llevo más de un año sin pareja —empecé a decir bajito, y luego fui subiendo el tono—. Si de verdad queremos decir las cosas como son, aquí la colgada eres tú, querida. ¿Quién es la que dijo hace dos meses que tenía que dejar la casa porque su novio quería irse a vivir con ella? Y sé de sobra que tú no querías, tú te habrías quedado encantada en *via* del Campuccio para seguir trayendo a casa a quien te dé la gana sin que se entere Lorenzo. Pero, para eludir conflictos, te sometes a su voluntad. Pero que no lo quieres es algo tan evidente como el hecho de que el bufé libre de sushi de los chinos del barrio nos matará tarde o temprano de una intoxicación alimentaria. ¿Y por qué motivo? ¿Para no estar sola? ¿Quién necesita aquí a un hombre para estar bien consigo misma?

Por la expresión de su cara comprendí que la había tocado y hundido. Nunca le había dicho nada sobre las innumerables traiciones a su novio, porque me daban igual. Era adulta y, si había decidido estar con alguien y buscar emociones de una noche en otra parte, desde luego yo no era quién para juzgarla. Pero me había hecho daño, y ahora yo le había hecho daño a ella.

Lo feo de discutir en serio con alguien a quien quieres y a quien conoces de siempre es que sabes a la perfección dónde apuntar cuando quieres hacer daño. Y yo sabía que se lo había hecho, y mucho. Sabía también que, al no tener una familia que la apoyara, se aferraba a Lorenzo con todas sus fuerzas para no caer en ese agujero negro que nosotros, los huérfanos de padres vivos, tenemos que afrontar antes o después. Yo lo había hecho mucho antes que ella y había salido del trance con una sólida coraza, pero ¿cuánto había tenido que sacrificar a cambio de mi nueva piel? Solo quería que entendiera que estar con alguien a quien no amaba no era la solución a los problemas. Pero estaba enfadada y le había asestado un golpe demasiado duro.

No dijo nada, recogió sus cosas, se levantó del sillón, salió por la puerta y la cerró con un portazo tan fuerte que por poco se viene abajo todo el edificio.

No habían transcurrido ni treinta segundos cuando Giulio Maria asomó por la entrada.

—¿Qué ha pasado? ¡He oído un golpe tremendo!

Le conté brevemente la discusión que acababa de tener con Rachele.

—Se le pasará, al fin y al cabo no has dicho nada que no fuera cierto.

Dichosa ingenuidad masculina. Mi amigo camarero ignoraba el hecho de que acababa de abrir una crisis que, comparada con la de los misiles nucleares cubanos que apuntaban a Estados Unidos en octubre de 1962, no había sido más que una riña de colegiales.

—Pero no he entendido por qué habéis empezado a discutir.

En ese momento vibró mi móvil. Era la respuesta de Michele, y era justo lo que quería escuchar.

Necesitaba un cómplice para esa noche. Me puse a mirar a Giulio Maria como se mira a un chuletón después de meses de ayuno.

—¿Qué haces esta noche?

—Nada, ¿por?

—Entonces tengo un plan para ti. `

—No me gusta cómo me miras, pareces el gato Silvestre justo después de zamparse a Piolín.

—Te voy a llevar a los años veinte, *baby*.

11

De locales inencontrables,
viejos conocidos, retratos
y peleas de bar

> Si no se ve con ánimos para poner
> los medios, es que no está tan con-
> vencido como yo de que debe hacer
> este esfuerzo.
>
> Jane Austen, *Emma*

Esa misma noche

—Rachele tiene razón. Te has vuelto loca. ¿Cómo se te ocurre hacer algo tan estúpido? Y olvídate de que te acompañe en este disparate.

Acababa de explicarle mi plan a Giulio Maria, y él estaba expresando tranquilamente sus objeciones.

El Romanov era un bar clandestino, es decir, un bar del que no había ni rastro en las guías telefónicas ni en las redes sociales, y en Google no venía la dirección. Era un local al que solo podías ir si alguien te explicaba dónde estaba, creado a imagen de los clubs americanos durante la ley seca de los años veinte. Solo se le permitía la entrada a quien tuviera carné del establecimiento, y se accedía llamando a una puerta que parecía la de un portal normal y corriente. En mi imaginación, era algo como la película *¿Quién engañó a Roger Rabbit?*, no me habría asombrado encontrar un gorila de verdad en la puerta y pingüinos camareros sirviendo whisky *on the rocks* con rocas en lugar de hielo.

Lo que más me había animado a ir al Romanov esa noche era su naturaleza de club privado. Y, en su mensaje, Michele me había confirmado un detalle esencial para mi investigación: para obtener el carné era necesario un documento de identidad, del que el local conservaba una copia.

Mi plan, bastante arriesgado a decir verdad, presuponía una serie de circunstancias que tendrían que irse confirmando sobre la marcha.

Punto número uno: ni Giulio Maria ni yo teníamos carné; era, pues, posible que nos llevaran a una sala aparte, dedicada a la elaboración de dicho documento. De no ser así, mi plan fracasaría.

Punto número dos: se presuponía que el Romanov tenía un archivo en papel; en el caso de que hubieran digitalizado y protegido el archivo con contraseña, mi plan fracasaría; si el archivo era en papel, pero aun así no era accesible, mi plan fracasaría.

Punto número tres: si no me daba tiempo a entrar en la sala en cuestión, encontrar el archivo y consultarlo sin que nadie me viera, mi plan fracasaría.

Vista así, mi misión era más desastrosa que la campaña en Rusia de Napoleón, pero con todo quería intentarlo. Estaba muy animada pese a las vehementes protestas de Giulio, que, en la puerta de la librería y con su bonito delantal negro, negaba con la cabeza.

—No puede salir bien, no estamos en una película americana. Ni yo soy Diabolik*, ni tú eres Eva Kant, es más,

---

* Serie policíaca de historias gráficas muy popular en Italia creada por Angela y Luciana Giussani en el año 1962.

ahora que lo pienso te pareces más a Cattivik. No pienso ir contigo.

Media hora después, íbamos en su moto hacia un lugar no precisado del barrio de Santo Spirito. Siempre me las apañaba para convencer a Giulio de que hiciera lo que yo quería.

—No sé por qué me meto siempre en estas situaciones por tu culpa. Si nos pillan colándonos en ese despacho, se nos cae el pelo. Tú, además, ahora eres famosa, quedarías fatal.

—No te oigo, habla más alto.

Obviamente, el Romanov era más difícil de encontrar de lo que había previsto en mi endeble plan. Ah, punto número cuatro: si no conseguíamos encontrar el local, mi plan fracasaría. Y gracias a mi pésimo sentido de la orientación, llevábamos casi cuarenta minutos dando vueltas en vano. Sabía que tenía que estar ahí, en alguna parte. Estábamos en *piazza* Santo Spirito, detrás de mi casa. En teoría, para mí debía ser un juego de niños dar con él, pero esos malditos portones me parecían todos iguales y no encontraba el que Michele me había descrito con tanto detalle.

—Aparca y vamos a pie.

—¿Qué?

—Vamos a pie.

—Vale, pero no grites.

—¿Qué?

—Que no grites.

—Estás gritando tú.

Giulio Maria paró la moto con un brusco frenazo que me catapultó sobre sus hombros.

—Bueno, vamos a calmarnos. Si por fin encontramos ese maldito bar y nos presentamos así de nerviosos, ni siquiera nos van a dejar entrar. Como para llevar a cabo tu plan disparatado. Esto parece *Misión imposible*.

—Venga, Tom Cruise, baja de la moto y vamos a buscarlo.

Mientras nos quitábamos los cascos y los guardábamos en el maletero, Giulio seguía negando con la cabeza para expresar una vez más toda su contrariedad, por si aún no me había quedado lo bastante clara.

—Luego me explicas por qué te has obsesionado tanto con ese tío.

—Tiene narices que digas eso precisamente tú. Hace seis meses que no me hablas de nada más que de Mia.

—¿Qué tendrá que ver? Esto es distinto. Yo a Mia la veo todos los días.

—Sí, pero para lo que te sirve... No veo yo que hayas avanzado mucho.

Se paró y me miró con aire solemne.

—Escúchame, he tomado una gran decisión.

—A ver esa decisión, Tom.

—¿Quieres dejar de cachondearte de mí? He decidido invitarla a salir y declararme. Así, si me dice que no, al menos me quedo tranquilo. Si antes estaba con esa especie de imbécil patentado, entonces tengo alguna esperanza, ¿no? Aunque charlando el otro día me dijo que ahora solo quiere pensar en ella y que no tiene tiempo para los hombres, así que estoy un poco dudoso.

—Para los hombres siempre encontramos tiempo, cariño. Y yo diría que le gustas. Es solo que no ha entendido tus verdaderas intenciones. Mira, mañana es su cumpleaños, puedes aprovechar y matas dos pájaros de un tiro.

—¿Tú crees? Delante de ella me siento la mar de torpe, se me caen las cosas de las manos, no me salen las palabras, me quedo paralizado. Un desastre.

—No te preocupes, yo me encargo. Tengo incluso el regalo perfecto para su cumple.

—¿Qué tipo de regalo?

—¡Pues un libro, qué pregunta! Se titula *Cuando un elefante se enamora*. Es la historia de un elefante enamorado que hace de todo para llamar la atención, pero es torpe como tú. Se pone de punta en blanco pero, cuando ella pasa, se esconde detrás de un árbol; se pone a dieta y luego se levanta de noche para comerse un *cheesecake*; le gustaría declararse, pero luego nunca se decide. Vamos, que el libro habla justo de ti.

Giulio Maria estaba perplejo.

—No sé si es buena idea, ¿sabes?, la veo un poco extrema.

—Pues yo creo que sí lo es, al menos coges el toro por los cuernos. Piensa que ella no se ha dado cuenta de nada en absoluto. Varias veces he tanteado el terreno, y nada.

Su expresión pasó de perpleja a aterrorizada.

—¿Cómo se te ocurre tantear el terreno? ¿Y no me has dicho nada en todo este tiempo?

Creo que no confiaba mucho en mis capacidades como investigadora.

—No le he dicho que estás enamorado. Le he hecho algunas preguntas para ver si había intuido que te gusta, nada más.

—No tienes dos dedos de frente, ¿qué crees, que no te ha visto el plumero?

—Vaya, esta noche no me echas más que piropos, muchas gracias. No, no se ha dado cuenta de nada en ningún sentido, confía en mí.

Giulio empezó a andar de un lado a otro, gesticulando nervioso.

—Perfecto, ahora nunca voy a tener el valor de pedirle salir. Si me dice que no, de verdad será el final de todas mis esperanzas.

Estaba haciendo un drama tremendo.

—Venga, no te pongas tan trágico.

—Tú te crees que es muy fácil. Qué sabrás tú de lo que significa enamorarse a los cuarenta años. ¿Te has enamorado alguna vez en tu vida? Eres la persona más huraña que conozco.

Ese día ya había discutido con Rachele, no quería hacerlo también con él. Traté de calmar los ánimos cerrando del todo el tema de Mia.

—¿Confías en mí?

Él vaciló un momento y luego sonrió.

—Mmm... digamos que sí.

—Pues entonces déjame hacer a mí. Creo que lo tienes fácil, yo estas cosas las noto. Llámalo intuición femenina.

Giulio vio unos escalones bastante anchos y se dirigió hacia ese portón. —Vamos a sentarnos, anda. Total, me parece que no hay forma de encontrar ese garito. Me fumo un cigarro y luego seguimos buscando.

Aunque no quería reconocerlo, yo también estaba cansada, y mi plan hacía aguas por todas partes; como me había dicho la señora, tenía indicios circunstanciales, no una prueba de verdad.

—Sí, tengo los pies molidos, necesito descansar.

Sacó papel y tabaco y se puso a colocar el filtro.

—Pero hay algo que no me cuadra. Mia no es exactamente tu tipo, me refiero a su físico, ¿cómo es que te gusta tanto? Siempre te he considerado muy superficial en cuanto a mujeres y relaciones.

Las raíces de la amistad entre Giulio Maria y yo se hundían en el pasado, justo once años atrás, cuando, recién terminado el instituto, había llegado a Florencia cargadita de bonitas esperanzas. Nos habíamos conocido en una de mis tantas vidas laborales anteriores. Precisamente en el *call center* de Creditosuper, una conocida financiera italiana en la que trabajamos tres meses durante el verano del lejano 2008. Nos contrataron por un período determinado para cubrir las vacaciones de los empleados sénior y nuestra tarea consistía en vender contratos y tarjetas *revolving*.

El proceso de selección fue durísimo: test de lógica, entrevista de grupo e individual. Lo conseguimos cuatro: Giulio Maria, Luigi, Nino y yo. Luigi era un tío simpatiquísimo, pero ignoraba por completo las dinámicas de un puesto de subordinado. En esa época estaba convencida de que se le había metido entre ceja y ceja batir el récord Guinness de cigarrillos fumados en el lugar de trabajo. Nino, en cambio, venía de Nápoles y estaba decidido a no regresar nunca. El primer día apareció vestido con un traje con chaleco de mil euros, un día que hacía treinta y ocho grados con una sensación térmica de cuarenta y dos, y se puso a currar sin parar, sin levantar los ojos de la mesa.

En medio de esa desolación me crucé con la mirada de Giulio Maria y nos reconocimos: dos náufragos en un mar de desesperación. Estábamos tan fuera de lugar allí que enseguida hicimos piña. Ambos éramos incapaces de vender nada, pero el contrato bancario y el salario que lo acompañaba nos llevaron a cerrar los ojos y a acallar nuestra conciencia mientras tratábamos de endilgarles tarjetas *revolving* a clientes que creían poder utilizarlas como tarjetas de crédito normales. Mi conciencia gritaba cada vez que engañaba a alguien omitiendo verdades evidentes —por desgracia, casi nadie se lee esos larguísimos contratos que te agitan en las narices y desaparecen treinta segundos después de que los hayas firmado. Y hay menos gente todavía que se lee las cláusulas escritas en letra pequeña, donde pone el tipo de interés de estas tarjetas, que en esa época era ligeramente inferior al tipo de usura establecido por el Ministerio de Hacienda.

Pasamos esos meses como soldados en una trinchera, tachando los días que pasaban y pidiendo expresamente que no nos renovaran el contrato. Yo estaba a punto de empezar la universidad y no podía con un trabajo a tiempo completo. Cuando por fin terminó, hicimos una fiesta que pasó a la historia, ninguno de los dos se había alegrado nunca tanto de abandonar un trabajo seguro y tan bien remunerado como ese.

—No lo sé. Veo en ella algo que va más allá de la apariencia física. Me gusta lo que dice, cómo se aparta el flequillo de la frente, cómo me mira. Siento de verdad como si me estallara el corazón.

Se puso a cantar *Tu sei l'unica donna per me* de Alan Sorrenti, con una voz que imitaba el falsete y que me hacía sangrar los oídos. En el momento del agudo se apoyó en el portón del edificio. Descubrimos, a nuestro pesar, que solo estaba entornado, y caímos de espaldas. El zaguán estaba invadido por una luz roja, y a ambos lados de la entrada destacaban unos grandes candelabros de cristal con cabos de vela rojos que despedían tenues destellos de luz. Dos mueblecitos bajos de madera, de nogal o algo así, completaban la escena.

—Pero ¿qué narices...?

Giulio Maria se incorporó y siguió observando el zaguán, que parecía sacado del siglo pasado.

Al fondo se veía una única puertecita verde con una apertura a la altura de los ojos, cerrada con una hoja de hierro.

—No me lo puedo creer, esto es de película. Anda que no tienes suerte tú ni nada.

Se volvió a mirarme y le dediqué mi sonrisa más burlona.

—Vamos, querido. Tenemos una misión que cumplir.

Me levanté, sacudiéndome la parte de atrás de la falda con las manos. Lo último que quería era volver a ver a Gatsby con un lamparón en el trasero.

Giulio Maria me siguió y golpeé con el puño la pesada puerta de madera verde. Dos ojos aparecieron en la apertura, y durante un largo momento pensé que me iban a pedir la contraseña. En lugar de eso fue todo muy cordial e informal.

—Hola, chicos, ¿tenéis el carné?

—No, pero nos lo queremos hacer.

—Vale.

El sonido de cerrojos descorriéndose me hizo retroceder unos pasos para agilizar la apertura de la puerta que, en realidad y como era lógico, se abría hacia el interior.

Entramos en un pasillo que era una copia del zaguán: también allí destacaban unos candelabros de cristal, pero en las paredes había colgados dibujos con retratos de personas que llevarían muertas por lo menos cien años.

—Venid por aquí.

El chico que nos conducía hacia una puerta al fondo del pasillo parecía cualquier cosa menos el gorila que había visto en *¿Quién engañó a Roger Rabbit?* Era muy delgado, bajito y vestía camisa, pantalón y chaleco. Llevaba un cómico bigote con las puntas hacia arriba.

Entramos en una especie de despacho.

—Lleváis encima la documentación, ¿verdad?

—Sí, claro —contesté convencida, echando una rápida mirada a Giulio Maria, que hizo un gesto afirmativo.

—Bien, sentaos. Enseguida viene la chica a tomaros los datos. Ah, tenéis que entregarme los móviles, os los devolverán al salir. Está prohibido hacer fotos aquí.

Le entregamos el móvil a nuestro amigo bigotudo y nos acomodamos en unos sillones acolchados de color beis, colocados delante de un escritorio.

Estaba yendo todo mejor de lo previsto: me había imaginado entrando en una habitación con una persona ya sentada ante el escritorio, pero en lugar de eso disponíamos de unos minutos a solas para curiosear en paz. El techo, abovedado y de ladrillo, combinaba a la perfección con el rojo de la suave alfombra persa que cubría el suelo. Parecía que estábamos en un episodio de *Twin Peaks*, edición años veinte.

El bigotudo nos hizo un gesto de despedida al entornar la puerta antes de volver a su tarea de recepcionista. En cuanto salió, me levanté de un salto y me puse a mirar a mi alrededor.

—Yo vigilo que no venga nadie. Por favor, no desordenes nada —susurró Giulio Maria apostándose en la puerta, sin saber que yo ya estaba abriendo uno por uno todos los cajones del viejo escritorio de caoba que ocupaba el centro de la habitación.

—Sí, tranquilo.

En el tercer cajón encontré una carpeta en la que ponía «Socios 2018/2019».

¡Bingo!

Desde luego, menuda suerte estaba teniendo esa noche.

Me desdije de todo en cuanto saqué la carpeta y vi sus verdaderas dimensiones. Era demasiado voluminosa, necesitaría al menos media hora para hojearla entera. Y estaba claro que no tenía tanto tiempo. Observé un momento a Giulio, que seguía mirando hacia fuera y no se había dado cuenta de lo que estaba haciendo. Dejé la carpeta sobre la mesa, quité la goma con cuidado y descubrí que contenía una serie de hojas grapadas: una era el formulario para rellenar, y detrás estaba la copia del documento.

—Viene alguien, lo veo desde lejos —murmuró Giulio, y añadió con un tono de voz que rayaba en la histeria—: ¿Qué estás haciendo? ¡Guárdalo todo!

Tenía que colocar esas hojas a la velocidad de la luz.

—Date prisa, joder.

Me puse a guardar lo más rápido que pude los formularios que ya había consultado, pero ahora yo también oía un sonido de tacones amortiguado por la moqueta que cubría el pasillo.

La carpeta era tan voluminosa que tenía que sujetarla con ambas manos. Mientras la soltaba de un lado para abrir el cajón, la muy puñetera se inclinó hacia el otro, esparciendo todo su contenido por el suelo.

Miré a Giulio Maria, que a su vez me lanzó una mirada de desesperación, una mezcla de *El grito* de Munch y los grandes ojos brillantes del gato con botas de *Shrek*.

Esa vez no estaba Giulia con su desmayo fingido para salvarme del horror más absoluto en el que estaba a punto de sumirme.

Me tiré al suelo y recogí con las dos manos la enorme cantidad de hojas que cubría tres cuartos de la superficie debajo de la mesa.

No tenía la más mínima posibilidad de conseguirlo.

Tac, tac, tac.

Ni la más remota.

Tac, tac, tac.

Los pasos sonaban cada vez más cerca.

Giulio Maria estaba inmóvil, resignado, ni siquiera había intentado ayudarme. Simplemente se cubría los ojos con la mano a la espera de la bronca monumental que estaba a punto de caernos.

El ruido de pasos cesó delante de la puerta, que se abrió con decisión.

Cerré los ojos, esperando lo inevitable, cuando oí una voz femenina llamarme por mi nombre.

—¿Blu? Pero ¿qué narices estás haciendo?

Levanté la mirada, tratando de poner la expresión más inocente que pude.

La rubia que tenía delante en ese momento no me sonaba de nada, su cara no estaba en mi base de datos. Entonces aparté la mirada y vi que el vestido dorado de charlestón le quedaba tirante en la tripa.

«¿Te lo pongo para regalo?»

«No, es para mí.»

—¿Vanessa?

Ella, que estaba claramente embarazada, asintió con la cabeza y miró las hojas esparcidas por el suelo.

—Esto me lo vas a tener que explicar. ¿Qué haces aquí rebuscando entre los documentos personales de nuestros socios? No te vas a librar con una simple excusa solo porque me recomendaste un libro que me robó el corazón.

Me olvidé de las hojas y me levanté del suelo, mi incomodidad era palpable aunque la mirada de Vanessa fuera benévola. Volví a sentarme en la butaca beis y le conté toda la historia. Jugué la carta de enfatizar las partes más románticas, pues sabía que tenía delante un corazón tierno.

Giulio Maria no había dicho una sola palabra, pero apretaba los reposabrazos con tanta fuerza que sentía que de un momento a otro iba a arrancarlos de su sitio. Su boca era ya solo una línea en su rostro, como si estuviera reteniendo un torrente de palabras, y yo sabía bien la que me iba a caer en cuanto Vanessa nos dejara solos. Era la expresión universal de «Luego arreglamos cuentas tú y yo», la que ponen tus padres cuando la armas en público. Les gustaría estrangularte ahí mismo, de inmediato, pero delante de todo el mundo se contienen para no quedar mal, y te miran con esos ojos, con esa cara.

Vanessa escuchó toda mi historia, repantingada en el sillón-trono de madera dorada que dominaba la habitación desde detrás del escritorio.

Cuando terminé, se masajeó los párpados con delicadeza y empezó a hablar con mucha calma, casi como si estuviera tratando con alguien que no hablaba su lengua.

—Ahora voy a haceros el carné, rellenáis estas hojas y las firmáis —dijo sacando dos formularios en blanco de otro cajón de la mesa—, después de lo cual yo me ausentaré durante media horita, tengo que fotocopiar vuestros documentos. Y tú, querida Blu, naturalmente, no podrás consultar la carpeta de socios porque contiene datos a los que, por la ley de datos personales, nadie puede acceder. ¿Me he expresado con claridad?

—Desde luego.

Y añadí de inmediato:

—Mil gracias.

—No hay de qué. Espero que te ayude a encontrar lo que buscas.

—¿Y tú al final encontraste lo que buscabas?

—Yo diría que sí. Es una niña —dijo tocándose suavemente la tripa, y su rostro se dulcificó de pronto al pensar en la criatura que llevaba en su seno.

—Media hora, no más —añadió poniéndose seria de repente.

Dicho esto, se levantó y se dirigió a la puerta.

Cuando nos quedamos solos, busqué a Giulio Maria tímidamente con la mirada.

Estaba a punto de abrir la boca para hablar, pero me adelanté.

Junté las manos en señal de súplica y bajé la cabeza en un gesto de arrepentimiento total.

—Mañana es el cumpleaños de Mia. Te juro que te consigo la cita más romántica jamás vivida sobre la faz de la tierra. En comparación, los de *Amor a primera vista* eran unos principiantes. ¿Te acuerdas de esa película?

No contestó a mi pregunta, se limitó a decir:

—Lo espero por ti, Blu. Estoy muy cabreado.

El tono seguía siendo calmado y controlado, pero los ojos eran ascuas.

Recogí deprisa las hojas esparcidas por el suelo y me acomodé en el trono dorado donde unos minutos antes había estado sentada Vanessa. Con un gesto rápido me puse el pelo detrás de las orejas y empecé a ojear rostros desconocidos, semiconocidos y conocidísimos. Estaba Michele, con sus gafitas de montura negra; estaba mi excompañera de la universidad, a la que había visto en la foto de Facebook con el chico que me había devuelto el libro de Neri Venuti; y por último estaba también Rachele, la muy caradura.

Me sentó un poco mal, no sabía que conociera el Romanov. Aquella tarde, cuando le había hablado de ello, no me había dicho que era socia, ni se había ofrecido a acompañarme, y eso que aún no habíamos empezado a discutir. Era tan rígida, estaba siempre tan a la defensiva, incluso cuando no había necesidad. De verdad me había sacado de quicio, pero eso no había cambiado en nada el cariño que le tenía. Esa noche, nada más volver a casa, intentaría hablar con ella, le pediría disculpas por lo que le había dicho. Eran cosas que pensaba, pero estaba claro que tendría que haberlas expresado mejor. Era un gran defecto mío: o no decía nada y tragaba con todo, o estallaba en manifestaciones de ira, incapaz de contenerme.

—¡Mira quién está aquí! ¡El bueno de Nino!

Giulio Maria se me había acercado por detrás en silencio y curioseaba entre las fichas que yo iba pasando.

—A saber si todavía presume de su traje de mil euros.

—¿Sabes que ha llegado a ser un pez gordo de la Creditosuper? Una especie de gerifalte.

—Fíjate, igual si nos hubiéramos quedado allí, habríamos hecho carrera nosotros también.

Giulio se encogió de hombros.

—Bueno, yo diría que nos ha ido bastante bien. Aunque, caray, si no te hubiera conocido, mi vida habría sido mejor seguro.

—Qué dices, hombre, si no sabrías qué hacer sin mí.

Y ahí estaba, por fin, la ficha de Filippo Cipriani. En la foto salía serio, como lo recordaba de la librería, donde parecía casi irritado por mi presencia. En ese momento lo había achacado al hecho de que me traía de vuelta un libro que no había comprado él mismo, pero, ahora que lo pensaba mejor, quizá era por otra cosa que en aquel momento no acertaba a comprender. Obviamente, él no podía saber que yo reconocería la mancha al primer vistazo, y si el libro no se hubiera caído, era muy probable que ni me hubiera dado cuenta; lo habría puesto en el sitio de los libros devueltos, como otro cualquiera, y cuando lo echara en falta habría sido demasiado tarde para pedir su devolución. Aparté la ficha y volví a mirar la foto del carné de identidad. El sello decía que el documento había sido expedido en 2009, cuando era estudiante.

También decía que Filippo tenía ahora treinta y cuatro años, ya no era ningún jovenzuelo, pero seguramente no estaba casado. Lo sabía porque mi ojo avizor había caído sobre sus manos y no llevaba anillo —era lo básico en cualquier soltero digno de ese nombre. Y me parecía demasiado desenfadado para tener compromisos a largo plazo. O esa impresión me había dado—. Miré con atención la foto, ese rostro serio me recordaba tanto algo.

O a alguien.

Estaba abriendo todos los cajones de mi memoria, pero no conseguía ubicarlo, como cuando la pieza de un puzle no encaja en ningún sitio. En los últimos dos meses había estado al borde del agotamiento varias veces, y tenía experiencia en lo que significaba apartar algo de la mente por completo. El trabajo había llenado cada rincón de mi vida, era lo primero en lo que pensaba cuando abría los ojos por la mañana y lo último cuando los cerraba por la noche. Lo que los demás no eran capaces de entender, como Rachele ese mismo día, era algo muy sencillo: la búsqueda de Gatsby no era más que una manera de hacerme creer a mí misma que aún tenía una vida aparte del trabajo.

Seguí examinando un rostro tras otro para luego pasarle las fichas a Giulio Maria, que comentaba una expresión aquí, un corte de pelo allá. Me sonaban muchas caras, pero nada, de mi futuro marido no había ni rastro. Cerré la carpeta y me apoyé en el respaldo de terciopelo, al tiempo que me masajeaba el cuello dolorido.

—Fracaso total.

—Ya te había dicho yo que tu plan, aparte de atrevido, estaba un poco cogido por los pelos.

—Era el único elemento que los relacionaba a ambos. No tenía otras pistas.

—¿Y ahora qué hacemos? No querrás irte a casa enseguida, ¿no? Creo que me merezco un *gin-tonic*.

—Sí, venga, una copa y a la cama. Invito yo.

—Y tanto que invitas tú.

Me levanté de un salto del trono y seguí a Giulio Maria por el estrecho pasillo que desembocaba en una sala con el mismo estilo que el despacho del que veníamos.

Delante de nosotros, bajo las bóvedas de ladrillo, estaba la larga barra del bar, de color caoba muy brillante. En un extremo había dos lámparas de latón con pantalla negra; iluminaban, pero no demasiado, en armonía con la tenue luz de unos grandes candelabros repartidos por toda la estancia. A la izquierda brillaba un imponente piano; junto a este había otra barra, que parecía la copia en miniatura de la que teníamos enfrente. Sonaba una maravillosa pieza de jazz que me provocó una sensación de bienestar inmediato. Me parecía que era la de Sidney Bechet que había estado bailando la tarde en que vi por primera y última vez a Gatsby. Aunque no había encontrado lo que buscaba, ese sitio me estaba conquistando por completo.

—Hola, Giulio.

Giulio Maria y yo nos volvimos a la vez y nos encontramos de frente a su amigo Fernando, un personaje que no paraba de decir tonterías y al que yo no soportaba.

—Anda, Ferra, ¿qué tal?

Fernando se lanzó a una larguísima disquisición sobre los arrestos domiciliarios de los que acababa de librarse, sobre lo mucho que se aburría viendo la televisión todo el día, sobre que su novia, de treinta y nueve años, tenía el culo de una veinteañera, y otras lindezas por el estilo. Lo saludé deprisa y me despedí enseguida con el pretexto de ir al cuarto de baño. Me refresqué las muñecas y la cara con un poco de agua, y enseguida recordé el baño del área de servicio y a aquel niño tan extraño.

«A los monstruos se los derrota, ¿sabes? Aunque tengas miedo. Pero ellos solo pueden hacerte daño si tienes miedo y si estás sola. Si los miras de frente y les muestras que no te dan miedo, no pueden hacerte nada. Y, si tienes amigos, no puedes sentirte sola.»

En ese momento no había sido consciente de lo mucho que me había ayudado, y de que me había sincerado con Carolina por la oleada de emoción que me habían suscitado sus palabras. Lo apunté mentalmente en la lista de personas a las que tenía que dar las gracias. Esa lista cada día se hacía más larga, y era del todo consciente de la suerte que había tenido.

La gratitud era un sentimiento que frecuentaba con agrado desde siempre.

Pero cuando volví del baño, ahí seguía Fernando, dándole la tabarra a Giulio, que ya estaba harto.

No me apetecía tragarme sus quejas sobre los arrestos domiciliarios, pero tampoco quería sentarme sola ante una de las largas mesas de la sala.

«Habría una excelente música de jazz, y nos reiríamos juntos, sentados a una larga mesa demasiado grande para nosotros.»

Me apoyé en un taburete de la pequeña barra junto al piano y saqué la agenda. Al día siguiente me hacían una entrevista telefónica para Radio 1 a las seis de la mañana, tenía que acordarme de poner el despertador del móvil a las 5.45 en cuanto me lo devolvieran. ¡Qué voz más sexy tendría a esa hora!

Y una cosa más importante todavía, la editora que me había contactado el día del programa en la tele acudiría desde Milán por la tarde para verme en la librería. Estaba muy nerviosa, no sabía a qué atenerme.

Al cabo de unos minutos de estar concentrada en la agenda —los ratos de espera en la vida sin un *smartphone* en la mano se hacían terriblemente largos—, reparé en que a mi derecha había una pequeña estantería con libros. Por supuesto, no podía dejar pasar la oportunidad de echarles una ojeada, bajé del taburete y me fui directa a lo que a todas luces parecía una estantería de *bookcrossing*. Recorrí los títulos con la mirada y encontré uno con mi etiqueta de libro vagabundo. Era una vieja edición de *Emma*, de Jane Austen, que había comprado por cuatro perras en un puesto callejero. Era un libro al que le tenía mucho cariño, era el primero que había cogido prestado de la biblioteca del colegio. En realidad, quería llevarme *Un amor*, de Dino Buzzati, pero a la profesora no le había parecido apto para mi edad. Cogí el libro y volví a sentarme en el tabu-rete. Empecé a leer y cambié los Estados Unidos y la ley seca del Romanov por la Inglaterra de la época georgiana.

Emma Woodhouse, bella, inteligente y rica, con una familia acomodada y un buen carácter, parecía reunir en su persona los mejores dones de la existencia; y había vivido cerca de veintiún años sin que casi nada la afligiera o la enojase.

Mi lectura se vio interrumpida por una hoja con el esbozo de un perfil que planeó justo sobre las páginas del libro. Al cabo de unos segundos, me di cuenta de que el contorno retratado era el mío. Había tardado en reconocerlo porque era yo, pero al estilo años veinte. El cabello, suelto, largo hasta los hombros y con un flequillo hasta la mitad de la frente ligeramente abierto en el centro, era ondulado. Llevaba, además, una especie de cinta con una pluma. Levanté la mirada asombrada y me encontré con la expresión despierta de una chica muy guapa.

—¡Hola!

—Hola, ¿lo has hecho tú? —Blandí el dibujo para enseñárselo.

Ella asintió con brío.

—¡Bravo! Menuda artista.

—Qué va —contestó ella con una breve mirada al piano situado a nuestra izquierda—, ¿quieres beber algo?

—En realidad estoy esperando a un amigo.

—¿Solo amigo? —me preguntó guiñándome un ojo.

—Sí, más vale. Andamos siempre como el perro y el gato.

—Te entiendo, yo también tengo un amigo así. ¿Es la primera vez que vienes?

—Sí, pero es todo tan bonito que ya me he enamorado del sitio. Volveré a menudo. ¿Llevas mucho tiempo trabajando aquí de camarera?

Ella me miró con unos ojazos de cervatillo, como si hubiera dicho que acababan de aterrizar unos extraterrestres bailando la lambada.

—Pero si no soy camarera.

—Uy, perdona.

La miré mejor, en efecto no llevaba el uniforme de camarera, pero con todo parecía disfrazada de algo.

—Yo me ocupo de los retratos y de vez en cuando sirvo alguna copa, pero en realidad me dedico a organizar bodas.

—Guau, entonces eres una profesional del matrimonio.

—Sí, algo así.

—¿Dónde van a parar los retratos que haces a los clientes?

Ella abrió los brazos en un gesto teatral.

—Los tienes todos a tu alrededor, los hago y luego se cuelgan en las paredes.

Agarró el retrato.

—¿Estás casada? —me preguntó mientras añadía detalles al dibujo.

—No, me falta la materia prima.

—Si necesitas ayuda, no dudes en pedírmela. Además de organizar las bodas, también creo las condiciones ideales para que estas ocurran. O, si todo va de verdad mal, puedo ponerte una ginebra fantástica —dijo volviendo a guiñarme un ojo.

Se apoyó en la barra mientras bebía a sorbitos un líquido transparente que podía ser cualquier licor de alta graduación.

Esperaba que no estuviera bebiendo ginebra sola, con lo delgada que estaba, dentro de poco acabaría cayéndose redonda al suelo.

Le sonreí y me puse a mirar a mi alrededor. La búsqueda en la carpeta de los carnés había sido un fracaso, pero eso no quería decir que no pudiera ser de verdad afortunada y encontrarme a Gatsby en persona allí esa noche.

—Tú no buscas una ginebra fantástica, pero sí otra cosa, ¿verdad?

—En cierto sentido, sí.

Reparé en que Fernando se alejaba, había llegado el momento de coger por banda a Giulio y proseguir nuestra velada.

—Muchas gracias —le dije a la chica—. Me voy con mi amigo, que ya está libre. Si vuelvo dentro de diez minutos, ¿podré ver cómo ha quedado mi retrato?

—Claro que sí. Aquí estaré.

En ese momento oí mucho bullicio, me di la vuelta y vi como a cámara lenta a Fernando, con el rostro desfigurado de rabia, abalanzarse sobre otro hombre, más bajo que él, que llevaba una camiseta violeta demasiado ajustada. Pero el bajito, que era más rápido, le dio un puñetazo en el costado.

Entonces se desencadenó un infierno, Giulio Maria trató de intervenir para separarlos, pero Fernando lo apartó y, con todo su tonelaje, se lanzó como en un placaje de rugby sobre el hombre que acababa de golpearlo y lo tumbó sobre una de esas grandes mesas que apenas unos momentos antes yo había tomado en consideración para beberme una copa tranquilamente. Veloces como el rayo, surgieron de la nada tres bestias que de verdad parecían los gorilas de *¿Quién engañó a Roger Rabbit?* Agarraron a Fernando, al de la camiseta violeta, que gritaba blasfemias e insultos, y a Giulio Maria, culpable tan solo de haber tratado de separarlos.

—No, esperad, yo no he hecho nada.

Lo oía tratando de explicarse con los tres gorilas, pero ellos no querían saber nada y lo arrastraban hacia la salida.

Tenía que reunirme fuera con él. Me lancé por el pasillo a paso rápido, y ya había recorrido tres cuartas partes cuando algo llamó mi atención. Me paré en seco delante del retrato de un chico rubio con los ojos azules que me miraba. Me acerqué tanto que distinguía los detalles a lápiz que daban vida a aquellos rasgos. Los había buscado tanto que, ahora que los tenía delante, casi no los reconocía.

Era Gatsby, sin la menor duda, lo había encontrado. Tenía que volver atrás: si había la más remota posibilidad de descubrir algo sobre él, debía preguntar a la chica del bar. Total, Giulio Maria me esperaría, y, aunque no lo hiciera, estaba solo a cinco minutos de mi casa. Quité el retrato de la pared y regresé corriendo, convencida de que no encontraría a la camarera retratista en la barra del bar, pero, cuando volví a la sala, ahí seguía, garabateando en su bloc.

—Perdona, ¿puedo hacerte una pregunta?

Ella levantó los ojos del cuaderno y dijo:

—Claro, estoy terminando el dibujo, en unos minutos estará listo.

Hice un gesto con la mano para indicarle que no me interesaba un pimiento mi retrato.

Le puse delante el que había quitado de la pared del pasillo.

—¿Lo conoces?

Ella me escrutó con los ojazos de cervato y se llevó una mano distraída a la barbilla mientras se concentraba en el retrato.

—Ah, sí, claro, me acuerdo de él.

¡Bingo! Lo había encontrado.

—¿Viene mucho por aquí?

Ella negó con la cabeza.

—La verdad es que no. Me acuerdo de él solo porque me lo cruzo a menudo, vive cerca de mi casa.

—¿Cómo se llama?

Ella apretó los párpados y se concentró aún más, pero negó con la cabeza.

—No lo frecuento, es mucho más joven que yo, ¡tendrá cien años menos! Vive en una calle paralela más hacia el sur, en un edificio a la derecha. Lo siento, pero no sé decirte más.

¿Mucho más joven que ella? Igual no se había enterado de quién era. Gatsby tendría mi edad más o menos, quizá unos años más, mientras que la camarera retratista tendría como máximo unos veinticinco, veintiocho como mucho.

Le repetí la descripción, pero ella dijo que estaba segura de que hablábamos de la misma persona.

—Vale. ¿Me podrías dar tu dirección? Tranquila, no quiero plantarme en tu casa, pero encontrar a este chico es muy importante para mí.

Cogió una servilleta de detrás de la barra y empezó a escribir con una letra preciosa. La dobló en dos y me la dio. Yo la desdoblé, leí deprisa la dirección y me la guardé en el bolsillo.

—Disculpe, señorita, pero tengo que acompañarla fuera. Su amigo la espera.

Detrás de mí estaba uno de los gorilas que se había llevado a Giulio Maria, y me indicó con un gesto que lo siguiera.

—Sí, claro, un momento. —Y, dirigiéndome a la chica, añadí—: muchísimas gracias. Me has sido de gran ayuda. ¿Estás aquí todas las noches?

—Claro.

—Perfecto, te debo una copa de esa ginebra fantástica.

—Cuento con ello.

Movida por la euforia del momento, la abracé con fuerza. Al principio la noté rígida, hasta que se relajó y me devolvió el abrazo.

—¿Señorita?

El gorila no se separaba de mí y me miraba con aire interrogador.

—Ya voy.

Me volví una última vez hacia mi nueva amiga y le hice un gesto de despedida con la mano, ella me contestó con la que tenía libre.

En el pasillo, escoltada por mi guardaespaldas, le eché una última ojeada al retrato de Gatsby. Por un instante, algo en él me pareció raro. Aflojé el paso para pararme a mirar mejor.

—Me parece que tiene algo que nos pertenece —dijo el gorila arrebatándome el retrato.

También ladrona, esa noche desde luego había quedado fatal.

A la salida, el chico del bigote con las puntas hacia arriba me devolvió los móviles, el mío y el de Giulio Maria, pero su mirada era mucho menos benévola que al recibirnos. ¿Le habría contado Vanessa mi expedición delictiva en sus archivos? Bueno, no pensaba volver a poner un pie en ese sitio, así que me daba igual que lo supiera o no.

Nada más salir, Giulio Maria vino hacia mí.

—Vámonos, hoy desde luego no es mi noche. Espero que no te haya gustado este sitio, porque creo que nos han proscrito para siempre.

—Ahora sé dónde vive Gatsby.

Le conté por encima que había conocido a la camarera y todo lo que ella me había dicho.

—Pero ¿estás segura de que era él?

—Sí, era un retrato, pero lo he reconocido, y cuando se lo he descrito a la chica, me lo ha confirmado.

De pronto nos cayó encima una tromba de agua.

—Pero ¿qué demonios...?

Estaba empapada de pies a cabeza, levanté la mirada y me crucé con la de una señora en moño y camisón.

—Así aprenderéis a no armar jaleo, idiotas.

Me volví hacia Giulio Maria, milagrosamente intacto, y este, pese a todo el esfuerzo del mundo, no pudo contener una carcajada. Se rio hasta que se le saltaron las lágrimas. Esa noche llevaba mis míticos zuecos daneses, transformados en dos estanques, una falda de rayas blancas y verdes, que ahora se me pegaba al culo como la cola de una sirena, y una blusa blanca de cuello Mao que se había vuelto del todo transparente.

También me había entrado un poco de agua en el bolso, y maldije para mis adentros esperando que no se hubiera mojado la servilleta, fina como papel de fumar. No la encontré, pero vi que sí que me había llevado algo del Romanov, y sin ni siquiera darme cuenta. El ejemplar del libro vagabundo de *Emma* había ido a parar a mi bolso como por arte de magia. Bueno, a fin de cuentas, era mío. Lo abrí y en la primera página escribí la dirección, pues aún la recordaba.

Levanté los ojos para mirar a Giulio Maria.

—Aquí estoy, calada hasta los huesos.

Él seguía riéndose.

—Venga, vámonos a casa. Me parece que hoy tampoco es tu noche.

—No hace falta que me lleves en moto, prefiero andar un poco. Nos vemos mañana por la mañana.

Me despedí de Giulio con un rápido beso en la mejilla y me encaminé a casa.

Chaf, chaf.

Aunque llevaba pinquis, los pies se me resbalaban dentro de los zapatos mojados.

Hacía una noche preciosa y, pese al madrugón que me esperaba al día siguiente, no tenía ganas de volver a casa.

Me senté en un banco de *piazza* Santo Spirito. En el bolso, todo estropeado, seguía el manuscrito de Rachele. Lo saqué para leerlo, pero me di cuenta de que no me apetecía lo más mínimo. Después del primer capítulo, aún no había encontrado tiempo para leer el segundo, ¿eso me ponía en la categoría de pésima amiga?

Miré mi pequeño reloj de pulsera, regalo de mi padre cuando terminé la carrera, y vi que era tardísimo. Me había entrado sueño con el rumor del agua de la fuente que tenía detrás, pero estaba aterida por la ducha fría que me había caído encima a mi pesar.

Me puse a pensar en la increíble coincidencia de esa noche y en cómo las piezas del puzle parecían ir encajando. Recordé la escena de *Lolita*, de Nabokov, cuando Charlotte Haze descubre que Humbert está secretamente enamorado de Dolores y que solo se ha casado con ella para estar cerca de la joven. Todo parece acabado, perdido, pero, ¡zas!, un coche atropella a la gran Haze justo cuando iba a denunciarlo. El destino se ríe de ti, pero a veces te hace un guiño. Y conmigo esa noche había sido muy indulgente, a pesar del ridículo que habíamos hecho el inocente de Giulio Maria y yo.

Había llegado el momento de volver a casa. Tenía una entrevista que hacer, un regalo que entregar, una amistad que salvar y una calle que patrullar.

Era sin duda una chica muy ocupada, pero también muy afortunada.

12

DE DECLARACIONES EQUIVOCADAS,
EJERCICIOS DE ASERTIVIDAD
Y SUEÑOS CUMPLIDOS

> Cuando un elefante se enamora, hace
> lo que sea para llamar la atención.
>
> DAVIDE CALÌ,
> *Cuando un elefante se enamora*

Al día siguiente

«GRACIAS A VOSOTROS por invitarme. Que tengáis un buen día.»

Eran las seis y cuarto de la mañana y acababa de terminar la entrevista en la radio. Pese a haberme entretenido leyendo *Emma* hasta las dos de la mañana y haber dormido apenas cuatro horas, estaba de lo más despierta. *Frodò* me miraba irritado desde el fondo de la cama, había interrumpido su siesta matutina por esa estúpida, a su juicio, entrevista telefónica. Se filtraba una luz por debajo de la puerta, al parecer no era la única madrugadora de la casa. Me levanté y fui a la cocina, esperando encontrarme allí a Rachele, pues aún teníamos que aclarar la discusión del día anterior. En su lugar vi a Carolina, que estudiaba con atención unas hojas esparcidas por la mesa.

—Buenos días.

—Blu, ¿estás loca? ¿Qué haces despierta a estas horas?

—He hecho una entrevista para la radio muy temprano y no puedo volver a dormirme. ¿Tú qué estás haciendo?

Escondió deprisa las hojas que tenía delante. Intenté echar un vistazo, pero no alcanzaba a leer nada.

—Estudiar, hoy tengo un examen. ¿Quieres café?

El café de rigor, incluso con las primeras luces del alba.

—No, gracias, ya desayunaré luego. Tengo que contarte lo que me pasó anoche.

Le relaté un resumen de mi encuentro con la camarera y lo del retrato en la pared.

—Pero ¿estás segura de que de verdad era él?

—Claro que sí. Hace meses que lo busco, como para equivocarme.

Carolina estaba extrañamente taciturna.

—¿Qué pasa, Caro?

—No lo sé, esta historia me da mala espina. Estamos en 2019, la época de Facebook y del correo electrónico; en internet se encuentra todo, pero este chico parece no existir. Das con él en un retrato colgado en un bar clandestino y, en lugar de un móvil, un e-mail, un perfil en una red social o un simple nombre y apellido, ¿qué tenemos? Solo una dirección.

Me quedé un poco descolocada, Carolina solía ser muy positiva.

Intenté contraatacar con algo que respaldara mi tesis.

—Si lo piensas, yo tampoco he estado nunca en ninguna red social, si alguien me buscara, sería un fantasma. Pero ahora sabemos que vive ahí. Yo diría que no es poco, ¿no te parece?

—Si tú lo dices.

—Esa chica me dijo una cosa un poco rara sobre su edad.

—¿Qué te dijo?

—Ella tendrá unos veinticinco años, y me dijo que él era mucho más joven, pero te aseguro que ese chico no podía tener menos de treinta y cinco. Aunque el estilo clásico te hace parecer mayor, no puede echarte quince años más. Y me niego a creer que me enamorara tanto de un chavalín de veinte años. Al final va a resultar que soy una asaltacunas.

—Qué dices, mujer, sabes que aquí, en esta casa, la asaltacunas soy yo. —Carolina sonrió y solo entonces me fijé en sus ojeras.

—Caro, pero ¿tú estás bien? Perdona la franqueza, pero no te veo muy en forma.

—Sí, no pasa nada. Es solo que ayer discutí con Bobo. Era su cumpleaños y decidí mandarle su tarta preferida. Le escribí un mensaje a su compañero de piso para saber si podía estar en casa para recibir la tarta, y Bobo se cabreó un montón porque nadie tiene que saber de nuestra relación. Está obsesionado con ser reservado, lo sé. Pero su compañero sabe lo nuestro, y no me pareció que estuviera haciendo nada malo.

Carolina se había juntado con el enésimo tío inútil, malvado y paranoico. Y pensar que a nosotras nos había parecido tan bien... Yo coleccionaba tíos raros, y ella, imbéciles.

—Caro, ¿puedo decirte una cosa? Me parece que Bobo, el caballero sin mancha de armadura resplandeciente, en realidad no es más que un pollo envuelto en papel de aluminio. Yo en su lugar habría dado saltos de alegría, es un detalle muy bonito y para nada invasivo.

—Sí... No lo sé. Parecía alguien tan equilibrado...

—Pues sí, a mí también me lo parecía, pero me da la sensación de que las dos nos equivocamos. Olvídalo, te mereces mucho más, eres joven, guapa e inteligente. Puedes estar con quien quieras, tienes toda la vida por delante.

Ella sonrió con amargura, se levantó, cogió la taza y los folios que estaba estudiando y se dirigió al fregadero.

—¿De verdad crees que hay tanto tiempo? —Sin esperar mi respuesta, prosiguió—: Apúntame la dirección en una hoja. A mí también me tiene fascinada esta historia, quizá si lo buscamos las dos tendremos más posibilidades de encontrarlo.

—Vale, te la dejo en la mesa.

—¿Le hiciste una foto al retrato? Porque por tu descripción no sé si sabría reconocerlo.

—Qué va, te confiscan el móvil en la entrada porque no quieren que subas fotos del local.

—Debe de estar muy bien ese sitio, vamos una noche.

—Mmm, no creo que pueda volver a presentarme ahí hasta que no pase un tiempo.

Le conté la cazada de Vanessa y la pelea de Giulio Maria.

—Madre mía, al parecer fue una velada intensa la vuestra. Pero estoy contenta. Aunque me da que no lo vamos a encontrar, al menos esta historia te distrae del trabajo. Estás currando demasiado, ¿eres consciente?

—Sí, claro. Pero ¿qué puedo hacer?

—Por ejemplo, ¿no podrías encontrar a alguien que te supla unas horas en la librería? Así no tendrías que trabajar doce horas seguidas todos los días.

—No sé si puedo permitirme contratar a alguien.

—¿Que te ingresen en una clínica psiquiátrica te parece una alternativa válida? Hazme caso, empieza desde ya a buscar a alguien que te ayude.

—Veré qué puedo hacer.

—Hazlo y punto.

Su tono era tan perentorio que se me quitaron las ganas de decir nada más, asentí sin mucha convicción y me apresuré a volver a mi cuarto.

Tal y como me había pedido, apunté la dirección y el NIF en un bloc de notas que dejé bien a la vista sobre la mesa del comedor. Eran las siete, pero seguía sin tener sueño. Mejor, así me prepararía con calma mientras esperaba a que se despertara Rachele para hablar con ella.

Me planté delante del armario media hora por lo menos. Vestirme se había convertido en toda una empresa. Las prendas me observaban inmóviles, colgadas en las perchas, perfectamente ordenadas. Los vaqueros rosa fosforito de la talla cuarenta me miraban con desdén, estaba segura. Los descolgué y me los puse sobre el regazo. Mmm, si tenía intención de convertirme en una grulla y utilizar una sola pierna, igual podían quedarme bien. Los devolví al armario con tristeza y dejé vagar la mirada en busca de algo que todavía me cupiera. Cogí otros vaqueros y me puse a examinarlos. Probé a ponérmelos, pero me estaban tan ceñidos que parecía un embutido envasado al vacío. Si, al sentarme, reventaba el botón de cierre, podía herir de gravedad a algún cliente. Me decanté por la falda, que también me quedaba estrecha, pero si me la ponía por encima de la cintura, podía valer. Dentro de uno o dos kilos, tendría que ponérmela directamente debajo de las axilas. Pensaba con horror en cuando tocara llevar manga corta. O, peor, vestido. Tenía que ponerme un poco morena si no quería parecer una mozzarella, deliciosa, pero blanca y fofa. Si engordaba uno o dos kilos más, además de la falda por las axilas me pasaría lo que a Mina, la cantante, que en un momento dado había decidido no mostrarse más en público. Tenía que ir al baño a pesarme, el susto que me iba a dar me decidiría a ponerme a dieta. Llevaba semanas evitando la realidad con la misma precisión con la que se evita a alguien a quien no se quiere saludar por la calle. Y, gracias a Dios, el peso era de esos que a su vez fingen no verte.

Alabados sean.

Con tan funestos pensamientos y mis prendas extragrandes bajo el brazo me dirigí al cuarto de baño.

Estaba pensativa, absorta en fantasías de meriendas de fruta fresca que saborearía sonriente, contenta, saciada y satisfecha, y giré el picaporte de la puerta del baño sin llamar antes.

Sery estaba sentada sobre la taza del váter, comiéndose un bocadillo de salami. No, de salami y jamón serrano. La primera vez que la había visto meter dos embutidos distintos en el mismo bocadillo me había quedado horrorizada, pero con el tiempo me había acostumbrado a sus extraños hábitos alimentarios.

—Perdona, Sery, pero ¿por qué comes en el baño?

Sery tenía un concepto muy personal de las dietas de adelgazamiento. En sus primeros tres días de convivencia con nosotras había seguido una muy particular: desayuno, café; almuerzo, plato de rúcula sin aliñar; y luego nada más hasta la cena. Yo me había preocupado, pese a que su complexión daba a entender que no era una persona al borde de la anorexia y a que lo había hablado con Carolina, que me había tranquilizado diciéndome que Sery comía, y lo hacía con gusto. Por la noche había cenado patatas fritas y atún empapado en aceite, todo ello aderezado con toneladas de mayonesa. Como había ayunado todo el día, estaba convencida de poder darse un atracón en la cena. Sin lugar a dudas, de todas las mujeres con las que había compartido mesa, Sery era la que podía tragar más comida de todas nosotras. Una vez, de vuelta de Apulia, había sido capaz de comerse medio kilo de espaguetis *allo scoglio* y una pizza. Y os aseguro que, de no haberlo visto con mis propios ojos, no lo habría creído.

—Estaba desayunando —contestó asombrada, como si desayunar un bocadillo de embutido sentada en el váter a las siete de la mañana fuera lo más normal del mundo.

—Ah, vale. ¿Puedo usar el baño?

Ella se encogió de hombros y se levantó muy despacio y a regañadientes. Pasó por mi lado con su cabello negro y muy liso, fruto de horas y horas de alisado con la plancha.

Casi había salido cuando volvió a entrar de repente.

—He oído que has conseguido la dirección de Gatsby.

Esta chica tenía un oído finísimo, podías estar segura de que oiría y recordaría cualquier conversación que se mantuviera en aquella casa.

—Sí, he conocido a una vecina suya que me ha dado una idea del edificio en el que podría vivir.

Ella recorría con la mirada los estantes abarrotados de cremas, lociones para el cabello, espumas, champús y todo lo que uno espera encontrar en una casa en la que viven cinco mujeres.

—Este sería un caso demasiado difícil de resolver hasta para Miss Marple. No creo que lo consigas. Los indicios que tienes son demasiado aproximados. Recuerda que hay que reunir tres indicios para formar una prueba.

Guau, esa mañana la positividad reinaba en *via* del Campuccio.

—Mil gracias, Sery, ya me lo han recalcado.

—De nada —contestó ella sin notar ni una pizca el deje sarcástico de mi voz.

Ya se iba cuando se me ocurrió que yo también tenía algo que preguntarle.

—Oye, ¿Carolina está bien? La he encontrado rara esta mañana.

Reflexionó un momento y luego contestó:

—Creo que sí.

—¿Me harías un favor sin decírselo a ella?

Sery se mostró recelosa de repente.

—No lo sé, depende del favor.

—¿Le preguntarías a tu madre si sabe de algo que la pueda estar preocupando?

Se lo pensó y luego me contestó, poco convencida:

—Vale, pero no creo que mi madre pueda saber algo que no sepamos nosotras.

—Pregúntale, anda, hazme ese favor. Ah, y, por supuesto, a ella no le digas ni mu.

Ella hizo el gesto de cerrarse la boca con cremallera y salió del baño con el bocadillo mordisqueado envuelto en una servilleta. ¿O era papel higiénico? En esa casa, el papel higiénico, el de cocina y las servilletas solían ser intercambiables, dependía de lo que antes se acabara. Y cuando el papel higiénico se sustituía por el de cocina, no nos gustaba a ninguna.

Sentí vibrar el móvil en el bolsillo de la bata.

Era un mensaje de Mia. El día anterior le había escrito que tenía que contarle algo, sin mencionar la visita del psicópata de su ex, y le había preguntado si podía pasarse por la librería durante el día. Ahora me contestaba que se acercaría a la hora de abrir.

Miré el reloj y vi que, pese a lo temprano que me había levantado, ahora iba a llegar tarde. Tenía que estar en la librería antes que ella para envolver el regalo de Giulio Maria y dárselo con la esperanza de que todo saliera como yo había previsto, y para que esa noche mi amigo pudiera tener una cita con ella.

—Lo siento, amigo, ya nos veremos otro día —le dije a la báscula, y le mandé un beso mientras me metía en la ducha.

Pedaleé con un brío desacostumbrado en mí y llegué a la librería a tiempo de hacer todo lo que tenía pendiente. Estaba empapada en sudor, y en la puerta me esperaba Giulio Maria visiblemente agitado.

—¿Has escrito a Mia?

—Sí.

—¿Y? ¿Qué te ha dicho?

—Que viene en un rato.

Empezó a lanzar ojeadas nerviosas por todas partes.

—¿Tan pronto? No estoy listo.

Intentaba enganchar la bici en el soporte, pero Giulio me estaba contagiando su nerviosismo y no conseguía atinar en el agujero del candado. Levanté la cabeza en un gesto de clara impaciencia.

—No seas pesado, qué más da a qué hora llegue. Este es el plan: yo le doy el regalo y, si todo va bien, tú la invitas a cenar esta noche. Es muy sencillo. Voy a envolver el libro.

Él no me contestó siquiera, volvió al bar presa del pánico y se puso a limpiar la barra, que ya estaba como los chorros del oro.

Después de despachar las gestiones rutinarias de apertura de la librería, cogí del estante *Cuando un elefante se enamora* y me dispuse a envolverlo en papel de regalo. En mi bolso tenía también mi propio regalo para ella, un colgante con un pez de bronce hecho por una artesana local fantástica. Me había costado una fortuna, pero decidí que se lo merecía por darme su apoyo, por todas las horas que había trabajado gratis en las redes sociales y por sustituirme en la librería cuando lo necesitaba.

Acababa de poner el lacito cuando, con una sincronía perfecta, Mia hizo su entrada.

La recibí con un aplauso y unos gritos histéricos que le provocaron una carcajada.

—¡Aquí está mi *comunity manager* preferida! Muchas felicidades, y felicidades también a mis tetas favoritas.

Ese día Mia cumplía veintiocho años, se la veía joven y esplendorosa, con una camiseta de flores que apenas podía contener su pecho exuberante. Creo que, como todas las mujeres no dotadas de glándulas mamarias desarrolladas, tenía una especie de veneración por los pechos grandes, y solía quedarme extasiada en la contemplación de los suyos. Cómo me habría gustado tenerlos así también y dar envidia a Pamela Anderson, la de *Los vigilantes de la playa*. La imagen en la que ella corría, con las tetas saltando arriba y abajo, había marcado mi infancia.

—Gracias, pero qué boba eres —dijo abrazándome.

Tenía que afrontar cuanto antes el tema delicado y contarle la visita de su ex. Decidí no perder tiempo y decírselo enseguida, aunque temiera aguarle la fiesta.

—Antes de abrir el capítulo de los regalos, tengo que contarte algo que pasó aquí ayer. Espero que no te afecte.

Obviamente, de todas las maneras en las que podía introducir el tema, había elegido la peor. Enseguida vi que se le ensombreció el semblante por la preocupación.

—¿De qué se trata?

—No te preocupes, no es nada grave. Voy a darte un nombre y veremos si te dice algo.

Empecé a rebuscar entre los archivos de la librería el que contenía el nombre de las nuevas tarjetas de cliente.

—¿Conoces a un tal... —recorrí las celdas con el ratón— Sebastiano Traini?

Solo de oír ese nombre, a Mia le cambió por completo la expresión. De pronto tuve bien claro que había sido un error por mi parte hablarle de él justo ese día.

—¿Qué quiere Sebastiano Traini, a ver? —dijo, aunque quizá ese no sea el término más exacto. Más que decirlo lo siseó, nunca había oído a Mia hablar con ese tono de voz.

Le conté sin muchos detalles lo del libro de Silva, su insistencia y sus preguntas, omitiendo con cautela las partes más patéticas. Me disponía a entregarle la declaración de amor de Giulio Maria y no quería irritarla más todavía.

Aunque parecía que ya era demasiado tarde, ¿cuándo aprendería a no hablar a destiempo?

Al final de mi relato, sus ojos eran rendijas, y no pude más que asentir ante el torrente de insultos que le salió por la boca. Cuando por fin se hubo desahogado, traté de distraerla con la historia del Romanov y la vigilancia que estaba poniendo en marcha debajo de la casa de Gatsby. Sus ojos de pronto lanzaron destellos, los seguimientos y las vigilancias entusiasmaban a cualquier chica curiosa.

—Cuenta con mi ayuda, me encantan estas cosas.

La distracción parecía haber funcionado, había vuelto la Mia de siempre.

—Tenía intención de ir hoy después de cerrar para hacer la primera batida.

—Esta noche no puedo ir contigo, mis compañeras de piso me han organizado una fiesta sorpresa.

Me contestó con tal precipitación que me dio la impresión de que era una excusa inventada sobre la marcha, pero yo ya tenía pensado ir sola. En mi plan perfecto, esa noche Giulio Maria y ella se irían a cenar, pero esa historia de la fiesta sorpresa acababa de estropearlo todo.

—No te preocupes, solo voy a dar una primera vuelta para tantear el terreno.

Hubo un instante de silencio, y decidí que había llegado el momento.

Saqué los dos paquetes de debajo del mostrador.

—¡Tacháááán! Felicidades, cumpleañera.

Se iluminó con una enorme sonrisa y dio unos saltitos de felicidad.

—¿Dos regalos nada menos? ¡Blu, te has pasado!

—Uno es mío y el otro de Giulio Maria. A ver si adivinas quién te ha regalado qué —dije guiñándole un ojo con malicia.

Sin dejar de reír, ella empezó a quitar el lazo que envolvía la declaración de amor de nuestro amigo común.

Tenía que hacerle una pequeña introducción para evitar que solo se fijara en la portada.

—Bueno, te aviso de que tienes que leerte el libro entero y sacar tus propias conclusiones; léete también el prospecto, te ayudará a entenderlo mejor.

Había empezado a quitar el papel cuando dejó el libro un momento y me miró muy seria.

—Esta noche no tengo fiesta con mis compañeras de piso, voy a cenar con Neri Venuti. La tarde de la presentación nos dimos los teléfonos, empezamos a llamarnos de vez en cuando y desde entonces no hemos parado. Nos hemos visto bastantes veces. Creo que estoy enamorada de él.

Mierda.

Mierda, mierda y mierda.

No solo la muy desgraciada se había enamorado de Neri Venuti, a quien le había presentado yo misma, sino que acababa de entregarle en mano la declaración de amor de Giulio, que ahora me iba a matar, despellejar, salar y colgar del techo como a un jamón. La idea del libro, la declaración, el elefante, el *cheesecake* era todo cosa mía. O, mejor dicho, de mi escurridizo instinto femenino que, visto lo visto, tenía seguro un defecto de fábrica.

Me quedé sin habla, Mia me apremiaba con la mirada, esperanzada, no tenía más remedio que contestar algo, pero solo alcancé a balbucear unas frases sin sentido.

—Pe-pero ¿enamorada en qué sentido?

Hizo un gesto de exasperación.

—¿Qué pregunta es esa? ¿Para ti cuántos sentidos hay?

Solo uno, en efecto.

¿Y ahora qué? ¿Qué podía preguntar para calibrar la gravedad de la situación?

—Pero... ¿habéis hecho cosas?

Mia me miraba con incredulidad, la veía bastante convencida de que esa mañana me había dado un buen golpe en la cabeza. Mis preguntas estaban claramente fuera de lugar.

—Tengo veintiocho años, soy una mujer hecha y derecha. ¿A ti qué te parece? Aunque, para serte sincera, todavía no hemos dado con la alquimia justa.

Se me escapó un suspiro de alivio.

Quizá, a fin de cuentas, Neri Venuti no fuera tan perfecto y con el paso del tiempo Mia se cansara de él. Pero el concepto de «con el paso del tiempo» chocaba con la promesa que le había hecho a Giulio Maria de darle resultados concretos al cabo de media hora. Había conseguido contener su cabreo de la noche anterior solo porque le había prometido una cita con Mia. Y nada iba como yo había planeado. En realidad, nada había indicado nunca que las cosas fueran a ir según mis planes.

Bravo, Blu, siempre en tu línea.

Mia me sacó de mis pensamientos y cogió de nuevo el libro.

—Basta ya de preguntas. La verdad es que aún no sé muy bien cómo definir nuestra relación, cuando lo sepa te lo cuento con más detalle.

Siguió quitando el papel y, en pocos segundos, vio el libro con el elefante en la portada. El prospecto decía así: «Grageas de sabiduría para amor no declarado».

Ella me miró perpleja sin dejar de hojear el libro, y yo, a cada página que pasaba, recitaba mentalmente el texto, que me sabía de memoria.

Hubo un largo momento de silencio, mientras Mia examinaba la contracubierta.

—Ah, qué bonito, es una declaración de amor en toda regla. —Risita incómoda—. Qué tierno el elefantito. Qué mono, qué lindo...

Mia no podía estar más incómoda, ya no sabía qué decir. Yo no tenía ni la más remota idea de qué inventarme, pero tenía muy claro que no pensaba contarle la verdad después del bombazo sobre Neri Venuti.

—Blu, pero Giulio Maria...

—¡No! El libro es de mi parte. —Lo dije con tal ímpetu que se quedó helada.

Era lo primero que se me había ocurrido, aunque no tuviera ningún sentido en absoluto que yo le regalara un libro así.

Su expresión pasó de la incomodidad a la angustia total.

—Blu, perdóname —dijo Mia poniéndose coloradísima—, no me había dado cuenta de nada. No pensaba que tú..., o sea, con toda esa historia del tío del libro, Dimitri y todos los demás... Vamos, que no había entendido que, en realidad, tú... Ahora mismo estoy un poco... no sé qué decir.

Mientras hablaba, cruzó los brazos sobre el pecho para ocultarlo a mi vista.

Ay, madre, ¿pensaba que le estaba tirando los tejos?

—No —dije con tono irónico, tratando de desdramatizar—, pero no en el sentido de estar enamorada de ti.

A las palabras «enamorada de ti» leí el espanto en sus ojos, clarísimo.

Como siempre, lo único que estaba consiguiendo era empeorar la situación. Primero el comentario sobre sus tetas, las preguntas a quemarropa sobre Neri y el sexo, y ahora la declaración de amor, era obvio que me había malinterpretado.

—Espera, no me estoy expresando bien —dije agitando las manos para hacerle ver que se había creado un enorme malentendido—, solo era una declaración de afecto. En el sentido de que quería darte las gracias por todo lo que has hecho por mí. Sin ti no habría podido gestionar el principio de todo esto, las entrevistas, los eventos y todo lo que hemos conseguido construir juntas. El mensaje que quería hacerte llegar era solo «gracias, te quiero mucho, eres una bellísima persona de la que todos deberían enamorarse».

Hice una pequeña inclinación con las manos juntas, al estilo japonés, esperando que se tragara mi justificación inventada.

Mia seguía perpleja, pero mi sinceridad resultó convincente y logró persuadirla del todo.

—Qué susto me has dado, Blu —dijo con un suspiro de alivio—, por un momento he temido que intentaras darme un beso apasionado.

Ante tan absurda imagen, las dos estallamos en una sonora carcajada.

Mientras agitaba la cabeza, sin parar de reír, cogió el otro paquete.

—Ahora voy a abrir este, pero te juro que si dentro hay un anillo de compromiso, salgo pitando de aquí.

Empezó a desenvolver el que en un principio era mi regalo y sacó el colgante del pez.

—¡Hala, es de Pesci Che Volano! ¡Es precioso, hace un montón que quería tenerlo! ¿Cómo ha podido saber Giulio que me gustaba?

—Alguien le habrá aconsejado bien —dije señalándome con un dedo.

—¡Qué maravilla! Voy a darle las gracias. ¿Quieres un café?

Mia se dirigía ya a la salida, tenía que detenerla antes de que se reuniera con Giulio Maria, que, como era evidente, no sabía que había intercambiado un regalo por otro. Creería sin más que su entusiasmo era a raíz de su declaración.

Recordatorio para la próxima vez: Blu, ocúpate de tus asuntos. Me lo tatuaría justo encima de mis pobladas cejas para no olvidarlo nunca más. Mi deseo de ser aceptada y de contentar siempre a todo el mundo me llevaba a meterme de manera sistemática en situaciones difíciles de manejar. Y los acontecimientos de los últimos meses eran un ejemplo más que evidente. Tenía que esforzarme en aprender el arte de la asertividad, es decir, afirmar con calma y de manera sosegada mi postura en las situaciones y aceptar que no podía gustarle a todo el mundo.

En este caso no era fácil. Podría haberle dicho la verdad a Mia y evitar así situaciones desagradables, pero habría traicionado la confianza que Giulio Maria había puesto en mí. Y no podía hacerlo, le habría sentado fatal.

Decidí seguir en mi huida hacia delante, aunque se estuviera volviendo cada vez más difícil.

—No, no te vayas ahora.

—¿Por qué no?

Buena pregunta, ¿por qué no?

—¿Que por qué no?

Me lo preguntó con un aire como de «si no lo sabes tú...».

—Porque está preparando un bufé para esta tarde, está muy ocupado.

Un pretexto improvisado que me había quedado fatal y, en efecto, Mia no vaciló ni un segundo.

—Qué tontería, si no tardo nada en darle las gracias.

Justo en ese momento vi con el rabillo del ojo que el propio Giulio Maria acababa de asomar la cabeza por la puerta. Cuando vio a Mia, intentó dar media vuelta sin que ella se diera cuenta, pero ella ya se había girado y lo había visto.

—¡Giulio! Ven aquí, no seas tímido. Mil gracias por el regalo, no sabes el tiempo que hace que quería algo así.

El rostro de mi inocente amigo se iluminó como un foco en un estadio durante un partido nocturno. Al principio no reaccionó, y así llevó la situación a un punto muerto de un par de segundos en los que estuve a punto de intervenir, pero solo fui capaz de balbucear dos palabras:

—¿D-de verdad?

—Claro que sí, hacía mucho que había reparado en él. Pero, claro, no pensaba que estuviera a mi alcance.

Las pupilas de Giulio Maria se dilataron hasta cubrir casi por completo el iris. Pensé que, si en el futuro alguna vez tenía que representar gráficamente el concepto de felicidad, lo haría dibujando los ojos de Giulio en ese momento. Se me partía el corazón de pensar que esa alegría se desvanecería en breve.

—¿Tanto se me ha visto el plumero?

—Si acaso a mí, diría yo, si no, ¿cómo ibas tú a saber que era el regalo que esperaba? Aunque me da a mí que en esto algo ha tenido que ver nuestra amiga Blu.

—Sí, por una vez he hecho bien fiándome de ella —dijo Giulio Maria lanzándome una mirada cómplice. Cuanto más seguía el malentendido, más corría el riesgo de meter la pata.

Intenté intervenir cuando Mia exclamó:

—¡Me lo pienso poner en mi cena romántica de esta noche!

Ea. ¡El desastre estaba servido!

Giulio me miró con aire interrogador, en nuestro acuerdo inicial era él quien propondría la cena; yo me ocupaba del libro y él, del resto.

—Nuestra Blu se ha tomado un poco de libertad en este punto, la cena era mi parte de la sorpresa. Pero, bueno, lo importante es el resultado.

Giulio era todo sonrisas y acogió con indulgencia mi supuesta intromisión.

Vi la confusión reflejada en la expresión de Mia.

—Pero...

—Buenos días, Blu. Enhorabuena, veo que te has hecho muy famosa.

Un rostro y una voz que conocía muy bien acababan de hacer una entrada triunfal en la librería. Había hablado tan deprisa que a mis oídos había llegado un sonido similar a «buenosdíasBluenhorabuenafigrufamosa».

Estaba en una situación tan complicada que casi me hizo ilusión encontrarme cara a cara con la que había sido la pesadilla de la librería Novecento: Premio Strega en todo su colorado esplendor.

—Hola, Beatrice, ¿cómo estás? Hace un montón que no nos vemos.

Para que conste, me había escrito varias veces en la página de Facebook de La pequeña farmacia. Mensajes a los que había evitado contestar.

—Sí, como te escribí en mis numerosos mensajes, que sé que has visto, he estado fuera de Florencia por trabajo, pero nada más volver he venido enseguida a felicitarte en persona.

—Tienes razón, perdona, he estado muy ocupada, como te podrás imaginar.

En realidad, los suyos eran los únicos mensajes a los que no había contestado, algunas noches me había quedado despierta hasta las tantas tratando de escribir a todos los que me contactaban en busca de consejo, información o solo para felicitarme. Mi proyecto había suscitado tanto cariño y tanta participación que quería dar las gracias uno por uno a todos los que lo habían hecho posible. La pequeña farmacia literaria no habría sido nada si la gente no hubiera empezado a visitar mi librería, de forma física o virtual, a través de las redes sociales.

—He visto que has puesto en marcha varias colaboraciones, pero de la presentación que me habías prometido, todavía nada. Y el contacto de Neri Venuti al final tampoco me lo diste.

Muy bien, había llegado el momento de poner en práctica mis buenos propósitos, así como el valioso arte de la asertividad. Empezaría la prueba justo con mi amiga escritora.

—Beatrice, leí tu libro hace mucho tiempo, antes incluso de la presentación de Neri Venuti.

—¿Ah, sí? ¿Y por qué no me lo dijiste entonces?

Su tono arrogante no me ponía fácil mi ejercicio de asertividad, pero conseguí conservar la calma a pesar de que lo único que gritaba mi cerebro fuera: «¡Porque tu libro es una auténtica mierda!».

En mi cabeza me sentía como el contable Ugo Fantozzi en la escena de la película *El segundo trágico Fantozzi*, cuando encuentra la fuerza para rebelarse contra el ilustre profesor Guidobaldo Maria Riccardelli, gran apasionado del cine de arte y ensayo, que obliga a todos los empleados y a sus familias a asistir al menos una vez a la semana al cinefórum de la empresa.

—No te lo dije porque no quería tener que expresar una opinión negativa sobre tu manuscrito.

Bravo, Blu: voz dulce pero firme, contacto visual, sonrisa tranquila.

Pese a la calma y el saber hacer que creía haber mostrado con clase, cuando Premio Strega habló, le temblaba la voz de rabia.

—¿Cómo has dicho?

Me esforcé por adoptar un tono aún más armonioso para no herir su sensibilidad.

—Lo siento, Beatrice, aunque el tema es interesante y está bien estructurado —aquí recurrí descaradamente al antiguo arte de la mentira, más que al de la asertividad—, no tengo ganas de organizar en mi librería la presentación de un libro que no me ha convencido del todo. Yo trato de establecer una relación de confianza con los clientes, y todo lo que les propongo me tiene que haber gustado. Y tu libro, sintiéndolo mucho, no lo ha hecho.

En ese momento, Siberia bajó sobre Florencia, la luz se oscureció y el viento empezó a soplar. En la librería todos se quedaron petrificados, Giulio Maria con los ojos todavía en forma de corazón, Mia con el aire interrogativo de quien sabe que se le escapa algo pero aún no sabe el qué, y Premio Strega totalmente inmóvil, con el bolso en bandolera.

—De modo que me estás diciendo que mi libro es una mierda —dijo con una voz extrañamente tranquila y afable.

—No, en absoluto, solo te he dicho que no me ha convencido. Pero sabes mejor que yo que es una opinión y que, por lo tanto, es subjetiva. Puedes proponérselo a otras librerías, seguro que lo aceptan con entusiasmo.

Aquí estaba utilizando la técnica aún más antigua de echar balones fuera. Tenía que salvarme como fuera, mi impresión era que la conversación no estaba yendo a mi favor como había esperado en un principio.

Ella asintió meditabunda y se dirigió despacio a la estantería de los libros contra las penas de amor. Un gesto rápido y en un instante todos los libros, colocados en orden, cayeron al suelo con un ruido sordo.

Giulio, Mia y yo mirábamos estupefactos sus gestos, incapaces de mover un dedo.

—¿Quieres decir que estos son mejores que el mío? ¿Sabes lo que eres tú, Blu?

Prosiguió sin dejarnos tiempo a ninguno de replicar nada.

—No eres más que una arrogante que no entiende nada de libros. El mío ha ganado dos premios, así que cuidadito con lo que dices. ¡Farmacéutica literaria de mierda!

Se me estaba acercando de manera preocupante, blandiendo el dedo a la altura de mi cara.

—Beatrice, cálmate. Yo no he dicho que tu libro fuera malo, solo he dicho...

Me dio un empujón en pleno pecho que me lanzó despedida contra las mesas centrales de la librería. Era increíble la fuerza que había empleado. Yo no era lo que se dice ligera, y aun así había logrado moverme del sitio sin ningún esfuerzo.

Estaba volviendo a la carga, tenía su rostro colorado a pocos centímetros del mío, cuando dos brazos robustos la agarraron por las axilas, arrastrándola lejos.

—Suéltame, suéltameee...

En medio de todo ese jaleo asomó por la puerta la primera clienta del día, que se topó con una escena surrealista: yo desplomada sobre la mesa y un montón de libros tirados por el suelo; Giulio Maria, un armario de uno noventa y cinco y una gran corpulencia, en pleno esfuerzo por inmovilizar a una chica de uno sesenta que no pesaría más de cincuenta kilos; y Mia al borde de las lágrimas.

—Buenos días, disculpe, hemos tenido un pequeño problema...

Premio Strega seguía chillando, diciendo que yo era una imbécil y que su libro era precioso.

La señora no me contestó, paseó la mirada de mí a los libros, pasando por Premio Strega. Giulio puso fin a la escena tras levantarla en volandas y arrastrarla fuera. Cuando la recién llegada se apartó para dejarlos salir, recibió una patada en la mano, propinada por la fiera de mi enemiga, el maletín que sujetaba se estrelló contra la estantería situada a mi izquierda, se abrió y esparció su contenido por el suelo. Por fin Premio Strega desapareció lejos de mí y de la librería, la escena entera no podía haber durado más de tres minutos, pero me sentía como si me hubiera arrollado un tsunami.

Me puse a recoger las hojas del maletín de la señora sin dejar de disculparme —empezaba a convertirse en una costumbre eso de recoger papeles—, cuando sin querer mis ojos fueron a parar a un sobre con el logo de una editorial importantísima.

Esa editorial.

Esa con la que tenía una cita justo esa tarde.

Y precisamente con una señora amabilísima con la que había hablado por teléfono.

Levanté la mirada.

La señora me alargó la mano y se presentó.

—Hola, Blu, soy Erica Sassetti, editora de Milanesi Libri.

Estupendo.

Había recibido a la persona a la que más quería impresionar en el mundo desplomada sobre una mesa, con una loca que quería arrancarme la piel a tiras. En comparación, en la tarde de Gatsby, con mi bailecito torpe, no había hecho en absoluto el ridículo.

—Hola, Erica, siento muchísimo este incidente. ¿Se ha hecho daño?

Ella se miró la mano con rapidez y negó con la cabeza. Era una mujer guapa, de unos cuarenta o cuarenta y cinco años, rubia, de ojos azules y un físico esculpido con trazo fino. El traje de chaqueta que llevaba le quedaba de cine.

—¿Podemos tutearnos?

—Claro, por supuesto, pasa y siéntate. Ella es Mia, mi responsable de comunicación.

Se la presenté para que, llegado el caso, pudiera participar en la conversación.

Nos acomodamos en los silloncitos daneses de siempre, que ahora ya se habían convertido en mi oficina, y empezamos a hablar de la librería, de cómo había nacido la idea, de cómo se estaba desarrollando y de todo lo que tenía que ver con mi proyecto.

De ahí, con toda naturalidad, pasamos a hablar de libros en general, le conté mi experiencia como correctora y cuánto había disfrutado con mi trabajo.

—Es genial esta idea de la farmacia literaria, y tu historia también es muy interesante. ¿Te gustaría escribir un libro sobre todo ello?

Yo escribiendo un libro.

Yo escribiendo un libro para una editorial fantástica.

La vieja sensación de «no te lo mereces, no puede ser verdad» asomó la cabeza, como un invitado inoportuno al que no consigues sacar de tu casa.

No, no puede ser, esto no me está ocurriendo a mí, estas cosas solo pasan en las películas, o a la gente rica, importante y conocida. No a la gente como yo, cuya vida parece una carrera de obstáculos.

Era como si la vida, que me había sometido a distintas pruebas de resistencia en mis primeros y sufridos treinta años, en un momento dado —cuando ya sentía que se me había pasado el arroz por completo y había abandonado toda esperanza de llegar a algo en la vida mínimamente interesante—, de repente y de manera inesperada se hubiera vuelto hacia mí diciéndome: «Ah, perdona, casi se me olvida, esto es para ti». Y me hubiera soltado entre las manos todo cuanto siempre había deseado.

—¿Blu? ¿Te encuentras bien?

Erica interrumpió el flujo de mis pensamientos para traerme de vuelta a la realidad. Y qué realidad.

—¡Sí, claro! ¡Eso ni se pregunta! ¡Claro que me gustaría! Pero ¿qué tendría que escribir exactamente?

—Nos interesa tu historia y la de las personas que frecuentan la librería. Queremos saber qué se cuece en una farmacia literaria. Te dejamos carta blanca en todo. ¿Te ves capaz de redactarnos un esquema en quince días?

—¡Sí, claro que sí!

Pero ¡¿qué estaba diciendo?! No tenía ni la más remota idea de lo que iba a escribir, pero habría dicho que sí a lo que fuera, aunque me hubieran pedido que escribiera un libro de recetas chinas.

«Sí, señola, yo glande expelta cocina china. No habel ningún problema. *Ni-hao!*»

Nos despedimos con la promesa de que pronto le enviaría un esquema de la trama.

Cuando se marchó, Mia y yo nos miramos alucinadas; yo todavía en estado de *shock,* ella aún más incrédula que yo.

—Blu.

—Qué.

—Pero ¿esto es de verdad?

—Creo que sí.

—Ay, madre.

—Ay, madre.

—Pero, entonces... ¡hay que CELEBRARLO!

Mia se puso a dar saltitos, todo lo que le permitía su pecho generoso, y al poco le agarré las manos y me puse a saltar yo también, gritando como una loca.

Seguíamos dando botes y gritando cuando el primer cliente de verdad del día entró en la librería. Era mi amigo Ivan, con su ejemplar de *La historia interminable* en la mano. Me lo traía de vuelta, tal y como había prometido. Estaba visto que, para encontrar a un hombre que cumpliese su palabra, había que bajar de los quince años de edad.

—¿Qué estáis haciendo?

Mia y yo nos quedamos inmóviles, cogidas aún de las manos.

—Estamos celebrando. ¿Tú cómo estás? ¿Te ha gustado *La historia interminable?*

—Mucho, aunque me habría encantado tener también un dragón de la suerte.

—¿Has podido recuperar el móvil que te robaron?

—Sí, al día siguiente se lo conté todo a la directora del colegio. No quería acabar en los cubos de basura como Bastián.

Me alegraba mucho que el libro le hubiera ayudado a denunciar a los abusones que lo acosaban.

—Con todo —prosiguió—, me sigue fascinando la literatura rusa. ¿Tienes *Guerra y paz?*

Ese chico me sorprendía cada día más.

Cogí el tomo de Tolstói de entre los clásicos extranjeros y añadí *Wonder,* de R. J. Palacio.

—Este para ti y este me lo traes de vuelta. Tienes que leer también algo que hable del presente, no solo del pasado.

Nuestro acuerdo estaba claro, y él aceptó sin protestar.

Cuando se hubo marchado, Mia me miró estupefacta.

—Pero ¿qué edad tenía ese chico? *Guerra y paz* es un reto imposible.

—No para él.

Consultó el reloj y se levantó de un salto.

—Blu, me voy pitando, tengo clase dentro de media hora y el bus pasa en cinco minutos. Despídeme tú de Giulio Maria, no he entendido bien eso de la cita, pero dale las gracias por el libro.

—¿Cuándo te has dado cuenta de que el libro era de su parte?

—Cuando he salido a ver cómo se las apañaba con la loca y me ha dicho que me quedaba genial el colgante que me habías regalado.

—Vale, no te preocupes, yo me encargo de él.

—Lo siento, ya sé que lo de Neri no va a salir bien. Lo veo en cómo se distancia de mí después del sexo, o en cómo se protege diciendo que no le van las relaciones, que es alérgico a las ataduras y todas esas historias. También dice que somos libres de salir con otras personas.

Suspiré, estaba visto que también Mia, como Carolina, tenía su colección personal de cabrones y que tenía intención de aumentarla. No serviría de nada, pero aun así necesitaba decirle lo que pensaba.

—Yo también soy alérgica, ¿sabes?

Ella me miró perpleja.

—Alérgica ¿a qué?

—A los gilipollas exterminadores supremos de autoestima, los reyes de todos los gilipollas.

Empezó a sonreír, negando con la cabeza.

—Uno no decide de quién se enamora. Tengo que llegar hasta el fondo de esta relación, hacerme daño, destruirme, para poder volver a empezar de cero.

Asentí y le di un beso en la mejilla, había entendido lo que quería decirme, aunque me pareciera del todo injusto.

—¿Qué le vas a contar a Giulio? —me preguntó.

—La verdad. Aunque me gustaría protegerlo de todo, en este caso no puedo hacerlo.

—Más tarde le mandaré un mensaje yo también. Espero que no cambien las cosas entre nosotros y que todo siga como antes.

Tenía mis dudas al respecto, pero no las compartí con Mia, la abracé y dejé que se fuera corriendo a la parada del bus.

Salí yo también de la librería y me asomé al bar de Giulio, pero ya era la hora de almorzar y estaba muy ocupado preparando bocadillos y ensaladas.

Volví a la librería, según mi reloj era la una en punto, pensé que podía aprovechar las dos horas de cierre para empezar a buscar ideas para la trama del libro.

Seguía medio aturdida de pura alegría, salvo Mia nadie sabía nada, pero no tenía ganas de anunciar algo así con un mensaje. Quería compartir mi alegría cara a cara, como había hecho esa mañana. Tocar manos, intercambiar sonrisas. Escribí un rápido mensaje en el chat de la casa, anticipando que tenía grandes novedades que contarles. Aparte de un emoticono de pulgar levantado de Sery, que ya había pasado a formar parte de nuestro grupo de WhatsApp Campuccio10, dos corazones y un unicornio de Giulia, no obtuve más respuestas. Me lo esperaba: Rachele quizá siguiera enfadada conmigo y Carolina tenía un examen.

No lo pensé mucho, si no las veía esa noche, se lo contaría a la mañana siguiente durante el desayuno. Me moría por empezar a escribir.

Cogí un taburete, me puse cómoda delante del monitor y abrí un programa de procesamiento de texto.

Muy bien.

Ahora tenía que anotar alguna idea, lástima que, una vez delante del ordenador, me di cuenta de que no se me ocurría ni media.

¿Había algo en mi vida que pudiera resultar mínimamente interesante para quien me leyera? ¿Acabaría como Premio Strega, contando mis fracasos amorosos y adornándolos con detalles picantes?

Dios mío, tenía claro que no.

Miré a mi alrededor en busca de algo de inspiración, la historia de la librería en quiebra y la treintañera desesperada, con su historial de mil trabajos raros y ninguna perspectiva de futuro, era un cliché tan típico que la editorial se me reiría en la cara desde la tercera línea. Entre otras cosas, estaba también sin pareja, tenía un gato y un culo cada vez más gordo. Podía ser la nueva Bridget Jones gatófila en una versión mejorada y actualizada. Tan actualizada que mi Mister Darcy se había dado a la fuga antes incluso de empezar cualquier tipo de relación con la susodicha.

—Entonces, ¿qué me pongo esta noche?

Con la flecha de Cupido todavía clavada en el pecho, Giulio Maria me miraba esperanzado desde la puerta de la librería.

No pude reprimir un gemido de angustia.

Mientras salía para ir al bar con él, eché una ojeada al cesto de libros vagabundos. Una edición negra y violeta de *El amor en los tiempos del cólera* destacaba entre el resto de los títulos. Había llegado el momento de dejar atrás el pasado.

Cogí el cartel de VUELVO ENSEGUIDA, lo colgué en la puerta y cerré la librería con llave.

Pero no iba a volver enseguida, los corazones hechos pedazos tardan tiempo en recuperarse.

CUANDO VOLVÍ A casa aquella noche no encontré a nadie, Sery estaba ya acostada y las demás habían salido. Mordisqueé sin ganas un poco de salmón, me tumbé en el sofá y me quedé dormida como un tronco casi al instante. Contarle toda la verdad a Giulio Maria no había sido fácil.

Me desperté a las dos horas porque *Frodò* me estaba lamiendo la cara. Es cierto que si no tienes a nadie con quien compartirlas, es como si tus alegrías no existieran. Me encontré, sin embargo, cinco folios A4 bajo el brazo, impresos por las dos caras. El título decía «REDI»: me levanté al instante. ¡Rachele me había perdonado! Si había hecho esa búsqueda para mí significaba que ya no estaba enfadada, qué contenta se pondría cuando le contara lo del libro. ¡Era nuestro sueño desde siempre!

Fui a llamar a la puerta de su cuarto, pero no contestó nadie, quizá ella también estuviera dormida. Me fui al mío, me tiré sobre la cama y revisé un NIF tras otro, pero ningún nombre y ninguna fecha de nacimiento me decían nada. Al cabo de la tercera página ya me estaba quedando traspuesta, había sido un día lleno de emociones. Acababa de empezar a leer la cuarta página cuando un nombre llamó mi atención. ¿De qué me sonaba? Me levanté de un salto, totalmente despierta.

¿Cómo era la expresión?

Tres indicios forman una prueba.

13

> Señores, llega un momento en la
> vida de todo hombre en que debe
> elegir entre resistir o huir. Yo elijo
> resistir.
>
> Charles Bukowski,
> *Erecciones, eyaculaciones, exhibiciones.*

Al día siguiente

Empecé a entender un poco las cosas un alegre día de finales de abril. Aunque aún estaba muy lejos de intuir, ni que fuera un poco, la realidad de los hechos, ese día algo me hizo sospechar que nada era como parecía ser.

Era por la mañana, seguía intentando redactar algunas líneas, pero pronto renuncié porque entró en la librería un nutrido grupo de personas que venían de Imola. Eran señoras de un mismo club de lectura, conocían la librería gracias a internet y habían salido de su ciudad en busca de nuevo material para el club.

—¿Cuáles son sus preferencias, señoras?

Cada cual propuso un tema distinto: saga familiar, novela histórica, novela romántica, novela negra no muy sangrienta. Las contenté en un pispás con mis caballos de batalla, desde las *Crónicas de los Cazalet,* de Elizabeth Jane

Howard, hasta *Nenúfares negros*, de Bussi, pasando por *El arte de escuchar los latidos del corazón*, de Sendker.

Entonces llegó el turno de una señora muy vivaracha, con el cabello blanco y corto peinado a la moda a la que no había satisfecho ninguna de mis propuestas.

—Yo quiero leer algo distinto. Algo que no tenga nada que ver conmigo y que me asombre.

Empecé a aconsejarle varios libros, elecciones nada audaces, pero enseguida me di cuenta de que no estaba acertando con ella.

Decidí entonces arriesgar y apuntar a algo que seguramente nunca se había atrevido a leer.

—Señora, ¿qué le parece Bukowski? —dije proponiéndole un ejemplar de *Erecciones, eyaculaciones, exhibiciones*, en cuya portada se veía un dibujo de una mujer abierta de piernas con una rosa que le cubría la desnudez. Un título y una cubierta de lo más explícitos.

Le tenía un cariño especial a ese libro, me encantaba el estilo irreverente de Bukowski, y mi pasión por la escritura había surgido precisamente al leer sus poemas y relatos. Cómo me habría gustado tener su fluidez al escribir. Enseguida vi que estaba interesada, y había empezado a explicarle un poco quién era el autor y su historia, cuando entró en la librería un chico con chaqueta y corbata.

A la vista de un traje el corazón se me agitó en el pecho.

Se acercó y se puso a hablar sin esperar a que le dirigiera mi atención y sin que le importara interrumpir la conversación. Desde luego era mucho menos caballeroso que mi adorado Gatsby.

—Buenos días.

—Buenos días. ¿Tú eres Blu?

—Sí.

—Hola, soy el agente inmobiliario de la agencia CasaVeloce. He venido a recoger las llaves del apartamento de *via* del Campuccio, 10. El propietario, el señor Tatini, me ha dicho que viniera aquí a por ellas.

Me quedé desconcertada un momento. Me había olvidado por completo de aquel extraño agente y de las llaves que le había entregado hacía dos meses.

—Pues el caso es que hace unos meses pasó un compañero tuyo a buscarlas y aún no me las ha devuelto.

Pareció asombrarse mucho.

—¿Un compañero mío? Ah, disculpa, no lo sabía. Voy a llamar a la agencia, perdona las molestias.

—No es nada. Hasta luego.

Había sido justo ese día en el que todo parecía perdido cuando La pequeña farmacia literaria había tomado forma. Sonreí para mis adentros al acordarme, había pasado tan poco tiempo, pero para mí era como si hubiera sido un siglo, de tan denso de felicidad, angustia y cansancio como había sido ese período. Solo tenía que aguantar y tratar de no venirme abajo. Carolina tenía razón, necesitaba a alguien que me ayudase.

De pronto me di cuenta de que me había quedado embobada y me espabilé. Mientras tanto la señora del pelo corto se había alejado con el libro de Bukowski en la mano, por lo que seguí con las demás, contando anécdotas y retazos de historias. Cuando llevas muchos años de librero te vuelves casi un narrador: tienes que saber cuánto contar y cómo hacerlo, y cuando estás en lo mejor, aprendes a dejar un halo de misterio pasando a otro tema. Si no eres capaz, más vale que cambies de oficio. Y ese día a mí se me estaba dando de cine, había pasado ya de una trama a otra un montón de veces, cuando vi que el chico de la agencia inmobiliaria regresaba con expresión preocupada.

—Perdona, pero antes me ha parecido un poco raro lo que me has dicho y he llamado a la oficina. Me han confirmado que no han mandado a nadie aquí.

—¿Cómo que a nadie? Pero si me dejó su tarjeta.

Mientras pronunciaba estas últimas palabras recordé que, aquella tarde de marzo, aquel tipo nunca había vuelto con la tarjeta. Yo había estado demasiado ocupada con las llamadas para darme cuenta.

—No, miento —me corregí—, me parece que no me dejó nada.

Arrugué la frente en un esfuerzo por recordar algún detalle importante.

Necesitaba verbalizar la idea que estaba tomando forma rápidamente en mi cabeza.

—Entonces, ¿me estás diciendo que el hombre al que le di las llaves de la casa no era un agente inmobiliario?

Él negó con la cabeza mientras hablaba.

—Lo siento, nuestra agencia tiene la exclusiva sobre la venta de la casa. Así que no es posible que viniera alguien de la competencia.

Empecé a sentir una punzada de pánico en el estómago. Recordé su mirada de duende malvado, lo inquietante que lo había encontrado, hasta un poco peligroso incluso.

En ese mes y medio no había ocurrido nada extraño en casa, no había desaparecido ningún objeto, y por si eso no fuera suficiente, teníamos a Sery, que era como un perro guardián. Nunca se ausentaba más de dos horas seguidas. Si alguien hubiera entrado en la casa, se la habría encontrado en el sofá viendo alguna serie de televisión o algún programa basura de los canales locales, fumando un cigarrillo tras otro. Salvo aquella tarde en la que había mandado un mensaje al chat de la casa y las había hecho salir a todas. Los nervios me atenazaban la garganta. Traté de pensar en voz alta, quería negar la evidencia para no sentirme culpable de algo tan estúpido.

—Pero... ¡pero él conocía al señor Tatini! Dijo su nombre, lo recuerdo muy bien. Estaba al corriente de la venta de la casa y de todo.

El chico se mostraba impasible, no sabía qué decir para ayudarme. Por un lado, entendía mi necesidad de justificarme, por otro, no tenía manera de romper una lanza por mí. Lo único que dijo fue: «Yo que tú iría a la policía a poner una denuncia. Y llamaría a un cerrajero».

¡Qué cagada! Ahora tendría que decirle al propietario que me había dejado engañar como una tonta, y encima el gasto de la nueva cerradura, que por supuesto tendría que pagar yo.

Estaba pensando de forma frenética en lo que tenía que hacer a continuación cuando el chico carraspeó.

Había caído en una especie de trance, me llegaba de muy lejos el alegre vocerío de las señoras que elegían sus libros.

El chico siguió hablando para traerme de vuelta al mundo de los vivos.

—Disculpa, pero queda un problema que solucionar: no tengo las llaves para enseñar el apartamento.

No tenía ganas de contarles a las chicas la historia del ladrón de llaves con un mensaje, así que llamé a Sery y le dije simplemente que abriera la puerta aquella tarde, porque iría el agente inmobiliario con unos posibles compradores. Ella no me hizo preguntas y zanjé el tema enseguida. Era casi la hora de almorzar, en cuanto atendiera a las señoras, cerraría la librería y me iría directa a la comisaría a poner una denuncia, y de ahí al cerrajero.

Estaba agitada, nerviosa e irascible como nunca. ¿Cómo había podido ser tan estúpida? Dejarle las llaves de casa a un perfecto desconocido solo porque me había ayudado en una crisis nerviosa. En realidad, me había ayudado mucho más de lo que quería reconocer, pero en ese momento mi cerebro era presa del pánico. Mientras tanto, las señoras se habían puesto en fila india delante de la caja, cada una con los libros que había elegido debajo del brazo. Cuando le llegó el turno a la señora del pelo corto, se me escapó una sonrisa: me alargaba un ejemplar del libro de Bukowski y uno de *El día que Selma soñó con un okapi*, de Mariana Leky, una fábula moderna que le había recomendado con entusiasmo.

Terminada la última venta y habiéndome despedido con un beso de todas las señoras una a una, cerré la librería y me dirigí con aire triste hacia mi bicicleta. Empecé a rebuscar en el bolso, pero parecía que las llaves del candado habían desaparecido. ¿Se las habría dado también a algún desconocido que pasaba por ahí? Otra oleada de rabia me golpeó con fuerza en plena cara. Al menos las llaves de la bici aún las tenía, pero, como era previsible, habían ido a parar al fondo del bolso, debajo de un paquete de pañuelos, la cartera, un pintalabios chulísimo, la bolsita de las medicinas, una servilleta arrugada y todas esas cosas inútiles que las mujeres acumulamos y que nos hacen desarrollar unos músculos en los brazos que harían palidecer de envidia a Arnold Schwarzenegger.

Pesqué las llaves con los dedos y tiré para sacarlas del bolso. Noté una extraña resistencia, pensé con ingenuidad que se habrían enganchado en alguna goma de pelo o una horquilla, pero un bonito *raaaaas* me indicó que acababa de rasgar el forro interior del bolso con la anilla del llavero de Pusheen que había elegido con tanto mimo. Solté un taco mental de lo más vulgar. Era mi bolso preferido, el que llevaba siempre, salvo en las contadas ocasiones en que quería ir más elegante. Tenía ya algún que otro agujero en el forro, sí, pero esa vez me lo había cargado de verdad. Muy bien, ahora ya podía afirmar tranquilamente que aquel no era mi día de suerte.

Apoyé el bolso en la cesta de la bicicleta y me puse a sacar todo el contenido para calibrar el alcance del desastre. Madre mía, estaba roto de extremo a extremo, me lo podría arreglar una costurera, pero no quedaría como antes. Mientras trataba de juntar los dos jirones de tela, noté algo duro debajo del forro. Deslicé dos dedos y me encontré con unas llaves, pero no unas llaves cualquiera. Lo que tenía en la mano eran las llaves que le había entregado al supuesto agente inmobiliario hacía un mes y medio, y que en teoría nunca me había devuelto.

En teoría, puesto que en la práctica lo había hecho, visto que las tenía en la mano y notaba con claridad el tacto del metal frío y liso en la palma. Me apoyé en la bici y me puse a pensar. Estaba segura de que a mí no me las había dado. Aunque en ese período estaba muy cansada y estresada, y a menudo no recordaba las cosas que tenía que hacer, nunca habría olvidado un nuevo encuentro con ese hombre. De ser así, tendría que haber corrido con urgencia a una clínica para enfermedades degenerativas del cerebro.

Estaba muy confusa. A mí no me las había devuelto, a casa no había ido seguro, la única solución posible era que se las hubiera dejado a alguien en la librería. Quizá a Mia, que me sustituía a menudo las tardes que tenía que asistir a algún encuentro. Sí, probablemente se las había dejado a ella, y Mia, sin decírmelo, me las había metido en el bolso, se habían colado por los agujeros del forro y no me había dado cuenta de que habían vuelto a mi poder. De hecho, me ocurría a menudo que dejaba mis pertenencias por la librería y luego me las encontraba como por arte de magia en el bolso, porque mi colaboradora de confianza, exasperada por mi caos material y mental, quería poner un poco de orden y disciplina en mi vida.

Miré el reloj. Mia estaba ocupada con un examen hasta media tarde, tenía que acordarme de escribirle un mensaje más tarde. Recapitulando, las llaves las tenía yo, nadie había robado nada y Sery no había notado nada raro, porque de otro modo nos lo habría dicho. Habían pasado casi dos meses, si ese tío hubiera tenido malas intenciones ya las habría puesto en práctica. Por los datos que manejaba el impostor, el verdadero agente inmobiliario de CasaVeloce bien podría haberse presentado aquella misma tarde o al día siguiente y sorprenderlo. No, si tenía pensado robar algo, ya lo habría hecho. Podía ahorrarme molestar a la policía, que seguro tendría cosas más importantes de las que ocuparse, pero de todos modos mandaría cambiar la cerradura. No entendía su proceder, pero no quería tener que descubrirlo una cálida noche de verano, sin más protección que la de *Frodò*, que como mínimo le habría ronroneado.

El taller del cerrajero no abriría antes de las tres: tenía dos horas libres y nada que hacer, me parecía el momento idóneo para ir a echar un vistazo a la dirección que me había dado la camarera del Romanov. Y, sobre todo, para descubrir si el NIF correspondía al rostro que conocía. Me subí a la bici y pedaleé deprisa hasta mi destino, que por suerte no se hallaba muy lejos de la librería. Estaba en una callejuela privada muy bonita, al fondo no tenía salida, porque daba al torrente Mugnone. Los pequeños edificios eran de estilo años cincuenta, con un máximo de tres plantas, pero esto ya lo había deducido de la hoja que me había dado Rachele. Como de costumbre, mi plan era muy endeble. ¿Qué iba a hacer una vez allí? ¿Quedarme dos horas en mitad de la calle como un pasmarote a ver pasar a la gente? Al ser una calle sin salida, no tenía mucho tráfico, y con toda seguridad alguien se fijaría en una chica de uno ochenta de estatura que paseaba de un lado a otro de la calle. La solución a mis problemas se materializó en la terracita de un bar, medio oculta por un jazmín.

Noté que mi estómago se quejaba un poco, era la hora de almorzar y por supuesto tenía hambre. Entré y me encontré a un señor de cierta edad que hablaba el dialecto florentino marcado por un fuerte acento extranjero. Enseguida me inspiró simpatía: las gafas redondas le agrandaban los ojos, que me recordaban a los de Sery. Él, sin embargo, parecía más una tortuga que una lechuza. Hacía su trabajo con una lentitud casi hipnotizadora, me quedé absorta contemplando los gestos tranquilos pero precisos con los que preparaba un emparedado. Me dirigió una sonrisa luminosa y me preguntó qué quería. Decidí tomar uno de esos sándwiches y lo felicité por la belleza del jazmín. Descubrí que Amir, que así se llamaba el señor, era oriundo de Irán y un gran apasionado de la botánica. Charlamos unos minutos y después me instalé fuera a disfrutar de la tibieza primaveral y del perfume embriagador de las flores que me rodeaban.

La calle estaba en silencio, y aparte de mí, en la terraza solo había otro señor en el que no había reparado al entrar en el local —en los últimos tiempos la verdad es que estaba muy distraída—. Le hinqué el diente al emparedado, que resultó estar riquísimo —huevo, tomate y salsa caprichosa—, y saqué un libro, tratando de no mancharlo de salsa. Tenía que mantenerme al tanto de las nuevas publicaciones para poder proponer a mis clientes libros nuevos que pasaran a formar parte de la decena de categorías de La pequeña farmacia literaria. Pero enseguida me di cuenta de que iba a ser imposible no estropear el libro si lo sostenía con una sola mano, por lo que dejé a un lado la lectura.

Entonces saqué papel y boli, a la antigua, para apuntar ideas de una trama como Dios manda para mi libro.

¿Podía hablar de Gatsby, de cómo me había robado el corazón para luego desaparecer? Qué empalagoso, desde luego no necesitaba a Rachele para decirme las verdades. Igual podía apuntarme a uno de esos cursos de escritura creativa impartidos por escritores que conocía y de los que había leído algún libro. Después de leerlos solía preguntarme cómo podían tener la caradura de enseñar nada a nadie.

Arrugué la servilleta y bebí un sorbo del té frío casero que había pedido para acompañar el emparedado: tenía un sabor fuerte y refinado a la vez. Ese bar era una joya; independientemente de que Gatsby viviera allí o no, volvería seguro. No me cabía duda de que, si había un lugar en el mundo en el que podía escribir mi libro, era ese.

Todo escritor que se precie tiene sus costumbres, y yo, que aspiraba a convertirme en uno de ellos, tenía que crearme las mías propias.

Había leído en alguna parte que a Jane Austen, por ejemplo, le gustaba escribir en el salón de su casa. Se levantaba temprano para tocar el piano y preparar el desayuno para su familia, y después se dedicaba a la escritura, actividad que solo interrumpía si recibía alguna visita. Al llegar la noche, le leía a todo el mundo lo que había escrito ese día. Me imaginé escribiendo en el salón de mi casa, con Sery viendo series de televisión a todo volumen y preparando el café para las demás con una pequeña cofia en la cabeza. Y luego, por la noche, todas reunidas alrededor de la chimenea, leyendo mis escritos. ¡Las risas que se echarían Giulia y Rachele! Al pensar en aquello se me borró la sonrisa de la cara, en tres meses tendríamos que dejar la casa que nos había acogido y unido cuando, por distintos motivos, cada una de nosotras iba a la deriva.

Me entraron ganas de llorar, al hacerme mayor me estaba convirtiendo en una blandengue.

Recuperé el control de mis nervios con rapidez y me concentré en la hoja en blanco que tenía delante. Empecé a apuntar algunas ideas que luego iba tachando una a una. Era una escritora sin ideas, sin duda tenía ante mí una brillante carrera. Quizá pudiera seguir el ejemplo de algún escritor que me gustaba, qué sé yo, Donna Tartt o Agota Kristof. Bueno, vale, a lo mejor estaba apuntando demasiado alto. Suspiré ruidosamente y llamé la atención del hombre que estaba sentado en la mesa que había junto a la mía.

—Un día difícil, ¿eh? —me dijo.

—Bueno, digamos que los he tenido mejores.

—¿Qué escribes? —me preguntó señalando la hoja con la cabeza.

Lo miré con atención. Por su aspecto algo desaliñado debía de aparentar más edad de la que en realidad tenía. La barba, el cabello y la ropa estaban descuidados, y bebía lo que parecía un cóctel en toda regla a las dos del mediodía de un tranquilo día laborable.

—Intento escribir un libro —contesté sin rodeos.

Se suponía que debía mantener la idea en secreto hasta terminar el manuscrito, algo para lo que empezaba a dudar de mis capacidades, pero estaba bastante segura de que mi interlocutor no iría contándolo por ahí.

Asintió en silencio, como si fuera normal que una treintañera escribiera un libro en la mesa de un bar en lugar de estar trabajando en alguna oficina para ganarse la vida. Él también debía de haber sido un soñador antes de acabar bebiendo cócteles a las dos de la tarde. Quizá yo también acabara así, ahogando las penas en alcohol.

—¿Qué bebe? —pregunté, incapaz de contener la curiosidad. Su bebida tenía un color indescifrable.

Me escrutó unos segundos, blandió en alto el vaso de tubo, se lo llevó a la boca y bebió un sorbo de un líquido color ámbar antes de contestar despacio:

—Esto es un *Boilermaker*, señorita.

—Nunca lo había oído, ¿qué lleva?

El sentido común me decía que me callara y siguiera concentrándome en la escritura y en la observación de los viandantes, porque, aunque estuviera ocupada en otra cosa, no había perdido de vista mi objetivo principal, por lo que lanzaba miradas furtivas a todo el que pasaba por allí. Pero ese hombre despertaba mi curiosidad, como todo lo hermoso y lo decadente.

—Whisky y cerveza —contestó tomando otro sorbo, sin añadir nada más.

Vale, la conversación estaba acabada del todo, podía volver a mi manuscrito o, mejor dicho, a mi *noescrito*, visto que no había apuntado ni media línea.

—Si no te estalla por dentro, no lo hagas.

Había hablado con la tranquilidad de antes, pero ahora el tono de voz era más firme.

—Perdone, ¿cómo ha dicho?

Me miró, movió la silla hacia mí y siguió hablando.

—Si tienes que tirarte horas sentada buscando las palabras, no lo hagas. Si la sola idea de hacerlo te cuesta trabajo, no lo hagas. Si estás tratando de escribir como otra persona, olvídalo. No seas como los miles de personas que se definen como escritores, no seas monótona y aburrida y pretenciosa. Las bibliotecas del mundo han bostezado hasta quedarse dormidas por culpa de gente como tú.

Me quedé callada, esas palabras habían sido como bofetadas en plena cara. Igual debería haberme sentido ofendida, en el fondo ni siquiera me conocía, ¿cómo se permitía considerarme monótona y aburrida? Pero no lo estaba, porque estaba convencida de que tenía razón en todo. Solo se me ocurrió preguntarle una cosa:

—Y entonces, ¿qué tengo que hacer?

Encendió un cigarrillo, le dio una calada y se acomodó mejor contra el respaldo de la silla.

—Cuando de verdad sea el momento y si estás predestinada, se hará solo y así seguirá hasta que te mueras o hasta que muera en ti. Si tienes que esperar a que salga de ti como un rugido, entonces espera con paciencia. No hay otra manera. Ni la ha habido nunca.

—Gracias.

No se me ocurrió nada más que decirle a ese hombre que me había abierto los ojos de manera tan brutal. No podía hacerlo por dinero o por la fama, si tenía algo que contar, escribiría, y si no, llamaría al editor de Milanesi y rechazaría con educación su oferta. La abuela Tilde decía que por obligación no se podía hacer ni el café. Y yo siempre había creído en los dichos populares.

Miré el reloj de pasada, eran las dos y media y aún tenía que pasar por el cerrajero, más me valía darme prisa si no quería abrir muy tarde la librería. Ya había pagado, pero siempre tenía la costumbre de recoger la mesa de los bares donde tomaba una consumición, un gesto de respeto hacia los empleados, que muchas veces tienen horarios agotadores. Recogí, pues, el plato y el vaso y me dirigí al interior, pero justo antes de entrar me volví bruscamente.

—Si volviera a este bar a escribir, ¿lo encontraría aquí?

—Yo estoy aquí todos los días, es imposible que no me encuentres —contestó volviéndose de espaldas, sin dejar de fumar.

Le quité el candado a la bici mientras pensaba en el oficio de escritor y en mi misión, que ese día había resultado un fiasco total. Nadie que yo hubiera visto había pasado delante del bar, y desde ahí se podía vigilar con calma toda la calle. Fui al taller del cerrajero, reservé cita para el día siguiente y a las tres y cinco, casi puntual, ya estaba operativa.

Después del palo que había recibido de Mia, a Giulio Maria se lo veía muy sombrío, y estaba pensando en algo para animarlo cuando entró una chica en la librería. La acompañaba un tipo alto, su novio, a juzgar por cómo se miraban y se tocaban, y enseguida me llamó la atención su sonrisa. Era una de esas sonrisas especiales que se hacen con toda la cara, no solo con los labios. Se pasearon un poco por las estanterías, examinando varios títulos. La chica se decantó por *Tony y Susan*, de Austin Wright, un libro que me encantaba pero que, debido a su trama obsesiva, una violencia furiosa y un final cuando menos angustioso, no había podido incluir en los títulos de la Pequeña farmacia literaria.

La felicité por su elección, y después de charlar un poco descubrí que esa chica tan guapa y sonriente trabajaba para los malvados de LeggereInsieme. Ella también pertenecía a la categoría de apasionados de los libros que iban de incógnito y, como yo, pese a todos sus ardides para ocultar su verdadera identidad, había sido descubierta, así que a final de mes iba a dejar el puesto para buscar suerte en otra parte. Se llamaba Chiara, y lo que no podía imaginar era que acababa de poner un pie en su nuevo puesto de trabajo. No sabía nada de ella, pero yo siempre había sido alguien que se fía de las sensaciones, y estaba convencida de que no me equivocaba con respecto a aquella sonrisa. Le pedí el teléfono y quedamos en llamarnos a final de mes. ¡Estaba deseando decírselo a Carolina!

El día pasó deprisa, le propuse a Giulio Maria un plan de hamburguesa y cine, pero lo declinó con un semblante triste, estaba claro que no se le había pasado la desilusión.

Decidí ir a casa y enfrentarme a las chicas: tenía que explicarles el jaleo que había montado con las llaves, pero también quería contarles lo de mi libro. ¡Me moría por ver sus reacciones!

Cuando llegué a la casa y saludé con un grito desde la entrada, me contestaron todas, lo que me produjo un gran alivio, al menos no tendría que repetir dos veces la misma historia.

Las reuní a todas alrededor de la mesa, obligué también a Sery a abandonar el televisor para sentarse con nosotras, a lo que accedió solo a cambio de una tarrina de helado para compartir. A Giulia se la veía contenta cuando nos habló de su obra, mientras que Rachele tenía una cuenta pendiente conmigo: la conocía demasiado bien como para no leérselo en la mirada, solo me faltaba saber si me había perdonado o no. Carolina, en cambio, parecía aún más cansada que los días anteriores.

Les conté rápidamente la historia del agente inmobiliario, de las llaves y del cerrajero, y todas se mostraron muy comprensivas, diciendo que le podría haber pasado a cualquiera.

Rachele tomó la palabra.

—Seguramente habrá entrado, si no, ¿para qué robar las llaves? Habrá visto que no había nada interesante y se habrá ido con el rabo entre las piernas. En realidad, yo no recuerdo si esa noche mi cuarto estaba desordenado. Siempre lo está, así que no podría haber notado la diferencia. Te ha devuelto las llaves para que, si venía otra persona a pedírtelas, no pudieras sospechar de él. No contaba con que Mia no te lo fuera a decir, y por eso lo has descubierto gracias al verdadero agente inmobiliario.

Le mandé un gracias con la mirada, y ella me contestó con una expresión indulgente. Sí, me había perdonado.

Luego habló Giulia.

—Yo tampoco echo en falta nada. Tenía incluso dinero escondido en el cajón de la ropa interior, pero el mes pasado, cuando lo saqué para pagar la matrícula de la escuela, no faltaba ni un céntimo. Habrá pasado lo que dice Rachele, igual el tío se asustó pensando que la señora Leoparda o *el Sinvergüenza* pudieran descubrirlo y no le dio tiempo a buscar con más atención. Y fue pura suerte que no te dieras cuenta de que te había devuelto las llaves. Casi seguro habrá hecho una copia.

Carolina negó con la cabeza.

—A mí tampoco me falta nada.

—¿Sery?

Sery estaba perpleja, no había parado de meter la cuchara en la tarrina de helado de cereza que estábamos compartiendo a partes desiguales, pero tenía el ceño fruncido.

—¿De qué tarde estamos hablando, Blu?

—No lo recuerdo bien, habrán pasado casi dos meses. Bueno, no, ahora que lo pienso lo recuerdo muy bien. Fue el día en que le dimos vida a La Pequeña farmacia literaria.

—¿El día de las Spice Girls? —Giulia soltó una risita, parecía que se había acordado de Sery con las botas de charol rojas.

Ella pasó de Giulia por completo y siguió pensando.

—Yo ese día no salí de casa.

—Claro que sí, mandé un mensaje al chat de las cinco.

—En ese grupo me añadisteis más tarde. Yo nunca leí ese mensaje, y aquella tarde no salí. Aquí no vino nadie, os lo puedo asegurar.

Nuestra teoría tranquilizadora de que ya hubiera venido y de que no fuera a volver se tambaleaba ahora bajo el peso de esa afirmación.

—Pues... a lo mejor al final, por el motivo que sea, esa tarde encontró algo mejor que hacer.

Giulia y su ingenuidad me reconfortaban. El hecho de que no hubiera entrado quería decir que robar no era su objetivo principal, y que nosotras ignorábamos alegremente cuál era.

Se instauró un silencio nervioso, interrumpido tan solo por el sonido de la cuchara de Sery rascando contra el fondo de la tarrina de plástico del helado.

—Bueno —dijo Carolina—, mañana nos cambian la cerradura y zanjamos la cuestión. Si acaso, esta noche nos turnamos para hacer guardia delante de la puerta. Y echamos el pestillo, así nos aseguramos de que no pueda entrar nadie.

Hubo gestos de aprobación, Carolina siempre se las apañaba para que volviera la paz.

—Chicas, ahora tengo una buena noticia que anunciaros —proseguí.

Estaba impaciente. Les conté por encima lo de la editorial y el cuerpo a cuerpo con Premio Strega, dejándolas con la intriga del desenlace hasta el final.

Concluida la historia, esperé sus reacciones. Giulia se puso a gritar de alegría, Carolina recuperó un poco el color y corrió a abrazarme, Sery dejó el helado y se puso a dar palmas. Mientras estaba ocupada respondiendo a la ola de alegría en la que las chicas me sumergían, busqué a Rachele con la mirada. Me quedé petrificada al leer lo que podía ver en los ojos de mi amiga del alma de toda la vida. Aunque sonreía, tratando de unirse a la alegría general, yo que la conocía bien sabía lo que había debajo. Y no era por nuestra discusión, eso ya lo había olvidado, de no ser así no me habría ayudado con lo del REDI y no se habría puesto de mi parte al reconocer mi error con el agente inmobiliario. No, habíamos compartido demasiadas cosas para no entender lo que sentía en ese momento: Rachele tenía envidia de que fuera yo quien iba a escribir un libro y no ella, que se había dedicado a ello con tanto empeño. Puede que no le pareciera justo, y quizá no lo fuera, pero cuando se trata de amistad, creo que la alegría hay que compartirla pese a todo. Concluido el momento de júbilo, las chicas se calmaron y yo miré a Rachele a los ojos.

Hice un último intento a la desesperada por leer algo distinto en sus iris color avellana. Pero no había nada más, ni nada menos, que lo que había visto. En ese momento no me apeteció compartir con ellas, ni con ella en particular, lo que había logrado averiguar al comprobar los números de identificación fiscal en el REDI. Seguimos charlando de obras de teatro, exámenes y otras frivolidades. Esa noche no tenía ganas de un cara a cara con Rachele, por lo que fingí cansancio y me fui al cuarto de baño a darme una larga ducha. Cuando volví a mi habitación me encontré a Carolina sentada en la cama, esperándome.

—Sé que le has pedido a Sery que te diga si me preocupa algo.

Hice ademán de protestar, pero ella blandió un dedo para hacerme callar.

—He intentado mostrarme lo más normal y tranquila posible, pero igual te he subestimado.

Se levantó de la cama y se dirigió a la ventana.

—En realidad esperaba que en medio de todo el delirio de tu vida no tuvieras tiempo de ocuparte de la mía... Pero me equivocaba.

Ahora me daba la espalda, veía su reflejo en el cristal de la ventana y me fijé en el brillo de una lágrima que le corría por la mejilla. Se la enjugó con un gesto rápido, pero era demasiado tarde, yo ya me había dado cuenta.

—Si es otra vez por ese imbécil de Bobo, te juro que le doy una patada en el culo. Ya hemos conseguido archivar el tema Enrico y no podemos volver a empezar de cero.

Se volvió hacia mí, ahora ya le traía sin cuidado que la viera llorar.

—Tengo cáncer, Blu. Me da miedo morir.

14

> Llámame tú o te llamo yo, pero hable-
> mos, ¿vale? Quiero decir que esto no es
> una competición. Si me llamas tú pri-
> mero no es que vayas a quedar mal.
>
> David Nicholls, *Siempre el mismo día*

Veinte días después

Habían pasado tres semanas desde aquella noche en la que, con su confesión, Carolina puso en un segundo plano todo lo demás. Chiara me sustituía en la librería casi todas las mañanas, y yo acompañaba a mi amiga psicóloga a sus distintas consultas.

Ese día esperábamos la llegada de sus padres, que me iban a reemplazar y llevar ellos a Carolina a las visitas médicas en ambulatorios y hospitales. Habíamos decidido de común acuerdo que una de nosotras dejaría su habitación a los nuevos huéspedes, y Rachele se propuso enseguida con el pretexto de que era ella quien podía mudarse más rápido. Además, era solo cuestión de tiempo, todas nos tendríamos que ir después del verano.

Rachele y yo no habíamos vuelto a hablar desde aquella tarde en la librería, habíamos esperado demasiado y el vacío que se había creado entre nosotras se hacía cada día más grande. La que había sido nuestra guarida, nuestro refugio del mundo, se convertía cada día más en la tumba de nuestra amistad. Era feo decirlo, pero tenía la impresión de que tanto Rachele como Giulia estaban huyendo de la enfermedad de Carolina: Giulia quedándose en Sarzana más tiempo del necesario, y Rachele aprovechando la situación para irse de casa. De Giulia me esperaba un comportamiento superficial como aquel, ella era así, alegre, divertida, animada, pero no podías apoyarte mucho en ella —yo lo sabía y contaba con eso—. Que Rachele reaccionara así fue una decepción aún mayor que descubrir la envidia en sus ojos por la cuestión del libro.

Por suerte, el cáncer de mama de Carolina parecía menos grave de lo que los médicos le habían dado a entender en un principio. Estaba respondiendo muy bien a los tratamientos y, gracias a la operación y a la quimioterapia, había muchas probabilidades de que consiguiera salvarse. En cuanto a ella, ponía todo de su parte para estar siempre de buen humor: seguía haciendo su vida, en la medida de lo posible, y hasta me ayudaba con La pequeña farmacia literaria. Por suerte había archivado de forma definitiva su relación con Bobo después de la historia de la tarta a domicilio.

Yo intentaba concentrarme en el trabajo, pero todos mis intentos eran vanos, siempre estaba muy nerviosa. Hacía ya una semana que había concluido el tiempo que me había dado la editorial para entregar un esbozo de la trama, y el correo electrónico de Erica yacía entre los no leídos de mi buzón. Abrirlo y leerlo significaba tener que dar una respuesta que en ese momento solo podía ser negativa. Pero tenía que hacerlo. Sí, era hora de agradecer la oportunidad que me habían dado y rechazarla con educación. Era lo primero que pensaba hacer cuando llegara a la librería aquella tarde. Me sentía mal porque nunca iba a volver a tener una ocasión como esa, pero no tenía ni una pizca de la historia, y mi creatividad se había ido de vacaciones a Honolulu con el mago Merlín.

Con la llegada de sus padres, esos días Carolina ya no me necesitaba como asistente personal. Mejor así, cogería la bici y me iría a la librería un poco antes de lo habitual para avanzar con la montaña de trabajo que se me había acumulado y que Chiara no podía hacer en mi lugar. Pedaleé por las calles del centro, tratando de recuperar el ánimo despreocupado de los días pasados, cuando el trabajo iba mal, pero al menos todo lo demás iba bien. La época de mi eterna adolescencia había terminado de la peor manera posible con la enfermedad de Carolina y el desapego de Rachele. Me tragué las lágrimas que afloraban y pedaleé con más brío.

Una vez delante de mi local, me di cuenta de que en realidad necesitaba estar sola. Así que me alejé antes de que me viera Chiara y le mandé un mensaje pidiéndole que trabajara también esa tarde en la librería, o peor aún, en el bar de Giulio Maria. En ese último período nuestros ánimos por los suelos se habían unido en un combo mortal, y cada vez que quedábamos, nuestra salida parecía más un funeral que una velada de diversión entre amigos. Él aún no había superado el rechazo de Mia, por suave que hubiera sido, y, como yo bien había previsto, también se había ido al garete el ambiente alegre que se creaba cuando estábamos los tres juntos. Es más, cada vez nos veíamos menos, porque en cuanto Giulio se enteraba de que ella iba a estar, se inventaba pretextos para no salir.

Esa tarde la quería dedicar a mí misma para tratar de aclararme un poco las ideas y organizar mi futuro cuando dejara la casa de *via* del Campuccio. No sabía cómo lidiar con los cambios que estaban ocurriendo a mi pesar en lo que hasta entonces había sido mi vida cotidiana. Empecé a vagar sin rumbo con la bici, cuando, a lo lejos, vi la callejuela que durante un tiempo que ya me parecía lejano había sido el centro de mis pensamientos. Me apetecía mucho beber un té casero preparado por Amir bajo su fragrante jazmín.

Me dirigí hacia la terraza de aspecto tan parisino y aparqué la bici cerca. Con una mezcla de estupor y placer vi que allí estaba otra vez, sentado a una mesa, el hombre de barba con el que había charlado.

Amir me recibió con la amabilidad de costumbre en aquel lugar donde el tiempo parecía tener otra densidad y transcurrir de una manera distinta con respecto al resto del mundo. Mientras esperaba en la barra a que el té estuviera listo, eché un vistazo fuera y vi que mi desaliñado amigo estaba bebiendo otra vez su cóctel de cerveza y whisky. ¿Cómo dijo que se llamaba?

Le pregunté a Amir si podía cambiar el té por un *Boilermaker*. Él me miró, entre asombrado y alarmado, y me preparó una pinta de cerveza mezclada con un vasito de whisky. No estaba acostumbrada a las bebidas fuertes, y menos a esa hora, pero tenía ganas de beber algo en compañía, y ese tipo, pese a su aspecto no muy recomendable, me había gustado desde el minuto uno.

—¿Puedo sentarme aquí contigo? —le pregunté.

Él me señaló la silla con un gesto, que yo interpreté como un sí, y me senté. Había pasado al tuteo con naturalidad, no me parecía una persona de muchas formalidades.

Nos quedamos callados unos minutos, y luego sentí que al menos debía presentarme.

—Bueno, soy Blu —dije alargándole la mano.

—¿Blu? ¿Como el color? ¡Qué gilipollez de nombre!

En un primer momento me quedé desconcertada, ¿cómo se atrevía ese paleto a decirme algo así? Pero ¿acaso no era eso lo que yo había pensado toda mi vida? ¡Blu era en realidad una gilipollez de nombre! Empecé a reír, al principio bajito y luego cada vez más fuerte, hasta que él también se me unió. Su risa era ronca, semejante a un sollozo, quizá porque fumaba como un carretero y bebía como un cosaco.

Cuando nos calmamos, yo tenía lágrimas en los ojos por la risa. Él me ofreció la mano y se presentó.

—Puedes llamarme Hank.

Tenía la palma áspera, y su apretón de manos era decidido. Me gusta la gente que te estrecha la mano con fuerza, pero sin llegar a triturártela.

La sensación de bienestar que me había provocado la risa me empujó a tratar de entablar conversación.

—He decidido que no voy a escribir el libro.

Me atravesó con la mirada como si no me viese, como si ni siquiera recordara nuestra conversación.

—Me parece bien.

No añadió nada más, me recordaba al libro de las respuestas que tenía en la librería: abrías una página al azar y encontrabas un consejo, filosófico pero conciso, sobre tu futuro. Me lo imaginé como una especie de Osho alcohólico y se me escapó una risita. Ya me había bebido casi todo el cóctel y sentía la cabeza ligera, tenía que contenerme para no decir tonterías ni reírme en la cara de la gente.

Él también se bebía el suyo a sorbitos mientras seguía hablando.

—Supongo que el dolor y el sufrimiento ayudan a crear lo que llamamos arte. De poder elegir, nunca habría querido este maldito dolor y este sufrimiento, pero el caso es que son ellos los que me encuentran a mí, quién sabe cómo. ¿Lo sabes tú, chica?

—No, yo aún no he encontrado lo que buscaba. ¿Eres artista?

Soltó una carcajada, encendió un cigarrillo y lo sacudió un poco sobre el cenicero que había en el centro de la mesa.

—Hay muchas definiciones de artista, pero yo no encajo en ninguna. Y, en mi opinión, sí que has encontrado lo que buscas.

Seguí la dirección de su ojos y vi a un chico que me miraba fijamente. Y ese chico me debía muchas explicaciones.

Me levanté tan deprisa que casi tiro la silla y me fui derecha hacia él, que me esperaba inmóvil. De modo que era el suyo el nombre que había reconocido entre las letras, las fechas de nacimiento y los datos impresos en aquella dichosa hoja. Esta vez no se me escaparía: necesitaba una explicación.

—Hola.

Filippo Cipriani, alias el Retornador de libros, estaba delante de mí y seguía mirándome sin decir nada.

—Te parecerá que estoy loca de atar, pero necesito saber de dónde has sacado el libro que me trajiste a la librería.

Ya no tenía sentido saberlo, pero llevaba meses con esa historia en la cabeza y quería llegar al fondo de la cuestión. Sentía que se me escapaba algo.

Se apartó el mechón de cabello que le caía en la frente, se cruzó de brazos y empezó a hablar con tono resignado.

—Pero ¿de verdad no me reconoces, Blu?

Lo miré con atención, siempre había tenido la sensación de haberlo visto en alguna parte, pero lo había atribuido al hecho de que por la librería pasaban cientos de personas, y simplemente podía parecerse a alguien a quien hubiera visto un par de veces sin fijarme demasiado. En un momento dado, sin embargo, un recuerdo me golpeó como un rayo: la tarde de la presentación de Neri Venuti, cuando los zombis habían hecho irrupción en la librería, un chico había dado un salto hacia delante, golpeado por la puerta. Estaba casi segura de que era él.

—Nos vimos en la presentación de Neri Venuti. Tú estabas delante de la puerta cuando los que se habían quedado fuera intentaron entrar.

Apretó los brazos contra el pecho y me miró desde lo alto de su metro noventa.

—Sí, claro. Pero ahora haz un esfuerzo más: imagíname con rastas y una corona de laurel en la cabeza.

Estaba segura de que esa tarde no tenía rastas ni llevaba una corona de laurel, ¿por qué iba a llevarla?

—Pero ¿qué tiene que ver tu pelo con el libro que me devolviste?

Suspiró y empezó a recitar el comienzo de una historia que yo conocía bien.

—«Malpelo se llamaba así porque tenía el pelo rojo; y tenía el pelo rojo porque era un niño travieso y malo que prometía convertirse en un auténtico bribón.»

No me lo podía creer.

No era posible que fuera él. Pero quizá sí..., habían pasado tantos años... Ahora que lo examinaba con atención, joder, ¡claro que era él!

—¿Eres el chico del Twice? ¿La noche de mi fiesta de graduación?

—De la nuestra, querrás decir.

¿Cómo no lo había reconocido antes?

Intenté recuperarme, balbuceé algo.

—Pe-pero... ¿no me lo pudiste decir sin más cuando estuviste en la librería?

—¿Qué crees, que no lo intenté? Me enteré de que la librería era tuya por amigos de mis antiguos compañeros de facultad. Decidí ir a saludarte la tarde de la presentación y charlar un rato contigo, pero entonces una chica se desmayó, había demasiado jaleo y renuncié.

Aquella tarde podría haber estado el presidente de la República, con el barullo que se había montado no me habría enterado de nada.

—Volví a pasar por tu librería el sábado de esa misma semana, quería entrar a saludarte, pero no me atreví. Así que cogí un libro del cesto que tienes fuera, ¿cómo los llamas? ¿Libros vagabundos? Me lo llevé a casa, esperé unas semanas para que fuera creíble que me lo había leído y volví para devolvértelo. Te vi en la tele y en los periódicos, quería felicitarte por tu éxito.

No era posible que lo hubiera cogido él, había visto con mis propios ojos a Gatsby cogerlo y guardárselo en el bolsillo interior del abrigo, era el de la mancha, no podía haber dos iguales. Y Gatsby y él no eran la misma persona, no se parecían en nada. Sin embargo, probé a hacerle una pregunta cuya respuesta ya conocía.

—¿Por casualidad no me habrás encargado tú una vieja edición de *El amor en los tiempos del cólera*?

—Pero ¿qué dices, Blu? Me llevé *Una vida como tantas*, ¿es posible que tampoco te acuerdes de eso?

Era una pregunta retórica, pero aun así estaba pensándome la respuesta cuando él prosiguió.

—Ese día, cuando volví a la librería, estabas rara, hablabas sola y me mirabas como si fuera un ladrón. Me puse nervioso y no fui capaz de decirte una palabra. Y, también, el hecho de que no me hubieras reconocido me hizo desistir de hablar contigo.

—Había una señora conmigo, no estaba hablando sola.

Eso me lo dije más a mí misma que a él, que en efecto no oyó una palabra.

—¿Qué has dicho?

—Que ese día estaba conmigo una señora. Una viejita de pelo blanco sentada en el silloncito cerca de la caja, es imposible que no la vieras.

Él me miró un momento con una expresión estupefacta y luego me dijo con mucha calma:

—Blu, ese día estábamos solos en la librería. Estoy bastante seguro, puesto que quería decirte algunas cosas que te aseguro que no habría dicho delante de nadie. Pensé que estabas un poco estresada, y creo que todavía lo estás, visto que no has perdido la costumbre.

—¿A qué te refieres?

Señaló las mesas del bar.

—Antes también, sentada a la mesa, estabas hablando sola. Y hasta te reías, muy contenta. ¿Seguro que estás bien?

Me pareció que el que no estaba bien era él: o estaba loco o no veía tres en un burro.

—Pero ¿qué dices? —contesté irritada—. ¿No ves que hay un hombre...?

Me giré, esperando ver a mi compañero de borrachera fumando su cigarrillo, copa en mano. Pero en la mesa donde había estado sentado hasta hacía solo tres minutos solo vi mi copa, casi vacía, y un cenicero intacto.

Me volví de nuevo hacia él, que me sonreía con expresión indulgente.

—¿A lo mejor al estrés hay que añadirle un poco de alcohol? ¿O me tengo que preocupar?

Estaba confusa, lo más probable era que mi amigo Hank hubiera entrado para pedir otro *Boilermaker*, ¿no me había dicho que iba a ese bar casi todos los días?

—No, espera, de verdad había un hombre. Voy un momento dentro a preguntarle al dueño.

Me agarró la mano y me retuvo.

—Espera, tengo que decirte una cosa y tiene que ser ahora, antes de que vuelvas a desvariar sobre libros devueltos o, peor aún, te pongas a hablar sola otra vez.

Me detuve y miré a los ojos a aquel desconocido que no lo era tanto. Me ruboricé al pensar en aquella velada de hacía tanto tiempo. Siempre había odiado ruborizarme así en las situaciones embarazosas, no puedes hacerte la indiferente cuando te pones colorada de vergüenza. Filippo no pareció darse cuenta y siguió hablando.

—Cuando te vi de nuevo, después de tanto tiempo, me dije que no podía dejarte marchar otra vez. Me hubiera gustado volver a la librería todos los días, comprar todos los libros hasta vaciarte la tienda para que ya no pudiera entrar nadie más. Echarías el cierre y entonces yo te invitaría a tomar un helado. El helado le gusta a todo el mundo, ¿no? Quisiera saber si eres más de vainilla o de chocolate, lo que desayunas y si te da miedo la oscuridad. Antes de reunir el valor para devolverte el libro, me gasté el sueldo en el bar de tu amigo con la esperanza de que entraras a tomarte un café en un momento tranquilo. Me habría gustado oírte hablar con alguien a quien aprecies para ver quién eres cuando no te defiendes del mundo. Ahora acaso seas tú quien piensa que estoy loco, pero de verdad creo que me dejé el corazón en tu casa aquella noche de hace seis años, y que no lo he recuperado hasta que volví a verte la tarde de la presentación.

Me quedé muda, desconcertada por esa declaración de amor en toda regla. ¿Cuántas veces había pensado en él en los últimos años? Pocas, en realidad, se había marchado de mi casa sin decir una palabra y aquello me había cabreado mucho.

Como de costumbre, no me sentía digna de toda esa consideración y traté de estropear el momento mostrándome agresiva, como siempre hacía cuando no estaba cómoda.

—Si tanto te gustaba, ¿cómo es que no has dado señales de vida en todos estos años? Te largaste como un cobarde, sin despedirte siquiera ni dejarme un número de teléfono.

Parecía sorprendido.

—¿No encontraste la nota que te dejé?

Iba de farol, si me hubiera dejado una nota, en esos seis años la habría encontrado seguro. Vale que no era un ama de casa ejemplar, pero en todo ese tiempo había ordenado mi habitación al menos una vez.

—No, nada. Podrías haber esperado a que me despertara.

Me dedicó otra de sus dulces sonrisas.

—Blu, al día siguiente me iba a Estados Unidos, estuve fuera de Florencia tres años, probé a buscarte en las redes sociales, pensaba que con ese nombre no me costaría dar contigo. Pero, ni rastro, peor que un fantasma. Te dejé mi teléfono y mi e-mail escritos en una hoja, esa noche hacía viento y demasiado calor para cerrar la ventana. Así que la metí dentro del libro que tenías sobre la mesilla para que no se volara y se perdiera. Si no me crees, búscalo. Si no la encontraste, supongo que seguirá ahí.

Lo estaba escuchando, pero era como si no consiguiera asimilar toda la información. Lo que me decía no tenía sentido, pero en mi interior sentía que las piezas del puzle que había coleccionado en los últimos meses empezaban a encajar.

Cuando levanté la cara, me crucé con la mirada de Filippo, que esperaba algún gesto por mi parte.

—Necesito aclarar una cosa. No tiene nada que ver con lo que ocurrió hace seis años, pero sí conmigo y con los últimos meses de mi vida.

Por la expresión de su rostro, supe que no era la respuesta que esperaba, pero había unas cuestiones que tenía que solucionar.

Me miraba, claramente desorientado, sin entender lo que le decía. Y era normal, él no tenía nada que ver con aquella historia.

—Sé dónde encontrarte. No dejaré pasar otros seis años.

Le estampé un beso en la mejilla y me di la vuelta para dirigirme con paso decidido al bar en el que poco antes me había tomado una horrible cerveza con whisky que me estaba arrasando el estómago.

Entré y encontré al dueño persa ocupado en cuidar de las preciosas plantas de interior que daban un toque exuberante al ambiente del bar, como una selva tropical.

—Amir, disculpa, ¿puedo hacerte una pregunta?

Dejó de podar las hojas muertas y las ramas secas y me dedicó toda su atención.

—Claro, dime.

—Sé que la pregunta te va a parecer extraña, pero tú contéstame sin más.

Me miró a través de las gruesas lentes de las gafas y asintió.

—Vale, adelante con tu pregunta.

—¿Cuánto hace que no preparabas un *Boilermaker*, exceptuando hoy?

Miró al techo, pensando un momento, y luego me contestó con decisión.

—Creo que no había preparado uno en mi vida.

—De modo que, aparte de mí, ¿nadie ha venido nunca aquí a pedirte uno?

—Exacto.

—Así que, si te dijera que he visto a un hombre desaliñado, de barba y cabello blancos beberse uno en tu terraza, te parecería imposible, ¿verdad?

—Desde luego.

—Gracias.

Antes de tener la certeza matemática de lo que estaba tomando forma en mi cabeza, tenía que hacer una corta visita a otro lugar. En mi móvil ponía que eran las 16.30, no era precisamente el horario adecuado, pero podía intentarlo. No sé explicarlo, pero la sensación de urgencia que me embargaba no me dejaba esperar ni un segundo más.

Mientras Filippo me miraba pasmado, le quité el candado a la bici y por un instante sentí no tener una moto u otro medio de transporte más rápido. Pedaleé con todas mis fuerzas y en quince minutos llegué a Santo Spirito. Encontré la puerta del Romanov con bastante facilidad, pero tampoco tanta; teniendo en cuenta que ya había estado una vez, tendría que haber dado con ella en un santiamén. Llamé con energía a la hoja de madera verde y al cabo de unos segundos apareció el rostro del chico bigotudo, que me miraba con aire interrogador.

—Hola, perdona, pero aún no hemos abierto.

—Lo sé, busco a Vanessa. Es importante.

Vi un destello en su mirada, era muy probable que me hubiera reconocido y me vinculara con la pelea y el incidente del archivo del mes anterior.

—Vanessa no está, lo siento, prueba otro día.

Fue a cerrar la puerta, pero yo había decidido que iba a entrar en ese mismo momento, no podía dejarle el tiempo de llamar a seguridad. Metí un pie entre la puerta y el marco y la empujé hacia delante con todas mis fuerzas. El chico lanzó un extraño gritito, más de sorpresa que de miedo.

—Perdona, pero es una cuestión urgente. —Si no hubiera sido tan menudo, seguramente no habría podido imponerme, tenía que aprovechar cada segundo antes de que llegaran los gorilas. Recorrí deprisa el pasillo, mirando uno a uno los retratos colgados en la pared y buscando desesperadamente el de Gatsby. Fui a la zona donde recordaba haberlo visto, pero solo encontré rostros de ancianos severos y llenos de brillantina.

Oía al chico gritar en alguna parte detrás de mí, pero no tenía tiempo de escucharlo. Tenía que encontrar a Vanessa para hacerle una pregunta sencilla. Corrí al despacho donde había cotilleado los carnés y los documentos de los socios y abrí la puerta. No había nadie. Volví atrás y me dirigí a la parte central del local, oía voces nerviosas a mi espalda, tenía que darme prisa. Entré en la sala, los camareros me miraron sorprendidos, pero ninguno dijo nada. Me fui derecha a la barra donde había conocido a la retratista. Allí, una chica morena de ojos vivos estaba colocando unos vasos.

—Hola, perdona, buscaba a la chica que hace los retratos.

Dejó de secar la copa que tenía en la mano.

—Hola, soy Francesca, ¿puedo ayudarte en algo?

¿Estaba sorda?

—Sí, hola, me llamo Blu. Buscaba a tu compañera, me sirvió una noche en esta barra y me hizo un retrato. De hecho, es la que ha hecho todos los retratos que tenéis aquí —dije señalando las paredes.

Miró a su alrededor y luego me miró a mí, con una expresión en plan «¿qué coño estás diciendo?».

—En esta barra nunca servimos bebidas. Aquí solo guardamos los vasos. Y, lo siento, aquí no tenemos retratos. Lo que ves colgado en las paredes son solo fotografías.

Miré la que tenía más cerca, no sé cómo había podido pensar que eran retratos, se veía a la legua que eran simples reproducciones fotográficas impresas en papel brillante.

No quería rendirme ante la evidencia.

—¿De dónde habéis sacado estas fotos?

—Son copias de fotos de gente de la época de la Prohibición. Escritores, personajes públicos, gente así.

—Pero ¿esa chica está aquí?

Se la describí a grandes rasgos, pero Francesca negaba con la cabeza.

—Trabajo aquí desde que este bar abrió, y te aseguro que nunca he visto a nadie que se corresponda con esa descripción.

—Ahí está, es ella.

Ya me había alcanzado el chaval insoportable y, como había previsto, con él estaban también los gorilas. La única diferencia respecto a la otra vez era que no vestían de uniforme porque aún no habían empezado el turno. Los seguí obediente hasta la puerta. Iba a salir, cuando el bigotudo se dirigió a mí:

—Vanessa no está porque ha dado a luz.

—Me alegro. Ha sido niña, ¿verdad?

—Sí, la ha llamado Miriam.

Sonreí, solo ella y yo sabríamos de dónde había sacado ese nombre.

—Dale la enhorabuena de mi parte.

Me despedí con un gesto de la mano y volví hacia donde había dejado la bici.

Pensé en lo que había ocurrido aquella noche y busqué algún elemento con el que aferrarme a la esperanza de no haberme vuelto loca del todo. Como de costumbre, no encontraba las llaves del candado y, para evitar darle el golpe de gracia al forro que había cosido lo mejor que había podido con la máquina comprada en mi período «quiero ser diseñadora de ropa y accesorios», apoyé el bolso en la cesta y empecé a sacar con cuidado el contenido. Me encontré de nuevo con las llaves del falso agente inmobiliario, ahora ya inútiles, puesto que había cambiado la cerradura. Estaban envueltas en una servilleta de esas finitas de bar, doblada y arrugada. En un primer momento no la reconocí, pero luego me dio un vuelco el corazón: era la misma en la que esa noche la chica me había apuntado la dirección. La sujeté con fuerza entre los dedos con la esperanza de ver escrito lo que había leído con prisa antes de guardármela en el bolso y reunirme con Giulio Maria. Apoyé la espalda en la pared, respiré hondo y la desdoblé despacio. Estaba totalmente en blanco.

Me embargó una oleada de calor y sentí un principio de pánico en la boca del estómago. Lo que se me estaba dibujando despacio delante de los ojos no tenía ningún sentido y me resultaba inaceptable.

Solo había un sitio donde podía despejar todas las dudas sobre lo que creía que podía haber pasado.

Cogí la bici y me dirigí a casa.

15

> Contéstale que sí [...]. Aunque te es-
> tés muriendo de miedo, aunque des-
> pués te arrepientas, porque de todos
> modos te vas a arrepentir toda la vida
> si le contestas que no.
>
> Gabriel García Márquez,
> *El amor en los tiempos del cólera*

Ese mismo día

Delante de la puerta de casa encontré una bicicleta plega-
ble y una gran mochila, de esas que se usan para los largos
viajes por carretera. Igual el Sinvergüenza se había dado
cuenta de que un aire de viajero un poco salvaje y despeinado funcionaba para ligar. Ese se disfrazaba de hombre
ideal para cada ocasión, un poco como el protagonista del
libro de Lorenzo Licalzi, *El privilegio de ser un gurú*.

Giré la llave en la cerradura y entré en casa, gritando un
saludo desde la entrada.

Giulia vino hacia mí y me abrazó fuerte, como si llevara
meses sin verme.

—Ey, ¿a qué se debe tanto cariño?

Me soltó y anunció triunfante:

—Lo he conseguido: ¡le he mandado a la mierda!

—Pero ¿a quién? ¿Qué dices?

—¡Cómo que a quién! A Paolo, claro. No podía dejarlo todo y volver a casa como él me había pedido. Aquí tengo mi vida, mi teatro, mis pasiones. Me he quedado en Sarzana más de lo necesario porque no tenía fuerzas para cortar. Pero quería volver lo antes posible, no quería dejaros solas en un momento tan delicado.

Había tildado a Giulia de superficial, pero la superficial era yo, que me precipitaba a juzgarla y, visto lo visto, no la valoraba como se merecía.

—Sabes que estoy de acuerdo, nunca te he ocultado que, en mi opinión, Paolo no era la persona adecuada para ti. Hacía demasiados años que no te veía feliz con él. ¿Cómo es que te has decidido ahora y no antes?

En mi larga experiencia en relaciones, había aprendido que, cuando una historia larga acababa después de años, solía ser porque una tercera persona asomaba la cabeza. Como bien había imaginado, Giulia puso una expresión frívola y traviesa. Suspiró y el rostro se le iluminó con una gran sonrisa.

—Porque me he enamorado.

—¡Lo sabía! ¿Y se puede saber de quién? Y, sobre todo, ¿cómo has podido no contárnoslo? Yo habría estallado.

—Tienes razón, debería habéroslo dicho. Perdóname, pero ha sido todo tan rápido... He mantenido el secreto porque trabajamos juntos, pero en cuanto acabe esta obra podremos gritar nuestro amor a los cuatro vientos. Blu, estoy saliendo con Neri Venuti.

No me lo podía creer. Ese ser pedante de pelo espantoso había conquistado a dos chicas maravillosas como Giulia y Mia. Mientras Giulio Maria, tan amable, bueno y educado, se había quedado en la cuneta.

Desde luego, ese día ya había cubierto mi cupo de emociones, habría preferido no seguir preguntando para no saber más detalles. Pero ahora que por fin lo había soltado, Giulia era un torrente de palabras.

—Estamos juntos desde poco antes de que lo llevara a tu librería para organizar la presentación. Dice que, mientras trabajemos juntos, no podemos contárselo a nadie porque si no parecerá que me eligieron para la obra solo porque estábamos saliendo.

A saber cuántas pseudonovias tenía nuestro *latin lover* de la estilográfica traviesa. ¿Cocker le ponía los cuernos a Giulia con Mia, o era al contrario? No entendía nada de toda aquella historia. Bueno, a decir verdad, no había entendido nada en general.

—¿Qué es eso que no le puedes contar a nadie?

Carolina salió de su cuarto, seguida de un chico al que hacía tanto que no veía que no lo reconocí en un primer momento. Entonces uní la presencia de la mochila y la bicicleta en la entrada, y su rostro encajó con un nombre en mi cabeza.

—Hola, Enrico, ¿cómo estás?

Giulia le contó toda la historia de Neri Venuti a Carolina, que me lanzó una mirada alarmada: ella era la única a la que le había contado las vicisitudes de Mia y Giulio Maria en nuestras largas conversaciones en las salas de espera de las consultas.

Por suerte, ella tampoco dijo nada y, con el pretexto de ir a beber algo, se despidió seguida del chico.

—¿Has visto a Enrico? Nada que ver con el otro imbécil, en cuanto se ha enterado de que Carolina estaba mal, lo ha dejado todo y ha vuelto con ella —dijo Giulia.

Ese día, la idea del amor que vence sobre todas las cosas arraigaba muy bien en *via* del Campuccio. Dejando aparte la ironía, estaba sorprendida de verdad, a veces las personas son mucho más de lo que parece. No habría apostado ni un céntimo por la sensibilidad de Enrico ni por su interés real por mi amiga. Pero ahí estaba, con su nutrida colección de imperfecciones, pero con la madurez suficiente para afrontar una enfermedad y todas sus consecuencias.

Murmuré algo sin sentido y me dirigí a mi habitación.

—¿Qué has dicho?

—Nada, tengo algo pendiente que quiero resolver hoy mismo.

No esperé a que Giulia pudiera decir nada, me metí en el cuarto y cerré la puerta con llave. En ese momento no quería que nadie me molestara, ya pensaría más tarde en lo de Neri Venuti.

Me dirigí a la pared, que estaba totalmente cubierta de estantes con libros, y miré los títulos colocados en orden alfabético por autor. Todos los libros que había leído en los últimos once años de mi vida estaban alineados como soldaditos en esas baldas. Entre ellos destacaban aquellos que habían marcado momentos particulares de mi existencia y de los que nunca podría separarme. Las baldas de la estantería Billy de Ikea que me había encontrado al llegar a esa casa, y a las que había añadido otras iguales a lo largo de aquellos años, se combaban bajo el peso de los innumerables volúmenes que las ocupaban.

Dejé el bolso en la cama y saqué las llaves y la servilleta blanca: contando con que Hank y la señora del pelo azul no me hubieran acompañado lo que dura un cóctel o una sesión intensa de acoso, los fantasmas de los últimos meses eran ya bastante numerosos. No había tenido el valor de hablarlo con las chicas, y quizá fuera mejor así. Carolina ya estaba convencida de que yo estaba al borde de una crisis nerviosa, y Giulia habría tratado de buscar alguna explicación racional que no se habría sostenido.

Suspiré y me puse a pensar en Filippo. Si lo que decía era cierto, su misteriosa notita tenía que estar en alguno de los libros que había en esas baldas. Pero ¿por dónde empezar a buscarlo? Habría unos doscientos, si no más. Mientras recorría la estantería con la mirada para elegir un punto desde el que empezar, me topé con mi viejo ejemplar de *El gran Gatsby*, inmóvil en la F de Fitzgerald. Una fila más arriba, a la izquierda, estaba *Emma*, de Jane Austen.

«Me lo encuentro a menudo, vive cerca de mí... en una calle paralela más hacia el sur, en un edificio a la derecha.»

Madre mía, pero ¿de verdad estaba tan mal de la cabeza? Salté de la cama, cogí el ejemplar de *Emma*, en la primera página, a la izquierda, estaba la fecha de publicación: 1815. Cogí también *El gran Gatsby* e hice lo mismo: fecha de publicación, 1925.

«No lo frecuento, es mucho más joven que yo, ¡tendrá cien años menos!»

Perfecto, me había vuelto oficialmente loca. Empecé a pasar revista a los títulos de la librería: después de *Emma* y *El gran Gatsby*, cogí *El maestro y Margarita*, de Bulgákov, seguido de *Erecciones, eyaculaciones, exhibiciones* y mi adorado Hank Chinaski, y no podía faltar *It*, que me había salvado en el verano de mis trece años, y, para terminar, cogí del estante un ejemplar muy antiguo de *Miss Marple y los trece problemas*, una de las novelas policíacas que había despertado mi pasión por la lectura cuando era niña. Me sentía como Bastián cuando tenía que gritar el nombre de la princesa de Fantasía, pero no se enteraba de que el libro estaba hablando con él.

Ahí estaban todos, dispuestos sobre la cama, mis «seis personajes en busca de autor», como en la obra de Pirandello. O, si preferís, los «seis motivos por los que ingresar en un psiquiátrico». Pero quizá estos personajes ya tenían autor. Sentía dentro de mí el rugido y la urgencia de escribir de la que me había hablado Hank en la mesa de aquel bar.

Era una historia que había que contar, aunque quedara imperfecta, inverosímil y disparatada. Pero era la mía, me pertenecía, y si no la ponía negro sobre blanco quizá acabara enloqueciendo de verdad.

Cogí el portátil y, como un torrente, escribí una veintena de páginas. No tenía ni idea de cuánto tiempo podía haber transcurrido, cuando alguien llamó tímidamente a la puerta. Grité: «¡Adelante!», y entonces recordé que había cerrado con llave.

Fui a abrir y me encontré cara a cara con Rachele.

Estaba sin maquillar, con el pelo recogido en una coleta muy alta y, a pesar de todo, guapísima.

—Quería despedirme, Lorenzo ya está bajando mis cosas. —Echó una ojeada a mi escritorio y vio el portátil abierto—. ¿Estabas escribiendo?

—Sí.

—Vale, pues adiós.

¿De verdad iba a terminar todo así? ¿No iba a hacer nada por impedirlo? Jugándome el todo por el todo, le dije en un arranque:

—Rachele, lo siento. Siento todo lo que te dije, sé que es un período duro para ti y no quería ensañarme. Siempre has sido mi mejor amiga y nunca lo habría conseguido sin ti. De todos los momentos felices de mi vida, muchos los he pasado contigo. No habría sobrevivido a mi peculiar familia, La pequeña farmacia literaria no habría sido la misma y, por último, pero no menos importante, si tú no me hubieras dado esa hoja con las direcciones, nunca habría encontrado la inspiración para escribir el libro.

Lo dije todo de un tirón para no darle tiempo a interrumpirme o a replicar nada.

Pero ella no tenía intención de hacer ni lo uno ni lo otro, se limitaba a mirarme con una expresión indescifrable.

Cuando empezó a hablar, el tono de su voz era dulce y extrañamente conciliador. No había ni rastro de ironía ni de agresividad.

—Era tu destino, Blu. Tú ya habías ganado aunque no te hubieras dado cuenta. Estás rodeada de personas que te quieren por lo que eres y no porque tengas que demostrar nada. Yo no he aportado nada, tú siempre lo has hecho todo sola.

Me abrazó y me besó en las mejillas.

—Pero volverás, ¿verdad? — casi le supliqué—. El sábado organizamos una cena todas juntas por Caro, no puedes faltar.

Ella negó con la cabeza, y entonces tuve la clara sensación de que lo que estábamos intercambiando era un adiós.

—Lo siento, soy así, solo sé ser la que huye. Adiós, Bluette, cuídate.

Salió al habitación en un remolino de cabello caoba y perfume francés.

Volví a mi escritorio y me quedé mirando la pantalla del ordenador, pero estaba segura de que ese día no iba a escribir una sola línea más. La historia latía bajo mi piel, quería salir y nadie la detendría. No podía dejar de pensar en ella: éramos amigas de toda la vida, casi hermanas, ¿de verdad podía terminar todo solo porque nuestras vidas habían tomado caminos distintos? Unos segundos después volvieron a llamar a la puerta. Me volví, esperando que fuera Rachele y que se lo hubiera pensado mejor. Me llevé una desilusión al ver que era Sery, con sus ojos de lechuza.

—Blu, ¿cenas con nosotras o vas a salir? Hemos pedido sushi.

¡Eso era lo que no había buscado! Mis «seis personajes en busca de autor» me habían distraído de mi objetivo inicial.

Me levanté de la silla de un salto y volví a la estantería. Estaba tan claro dónde tenía que buscar que me tildé de estúpida por no haberlo pensado antes. Mi querido Gatsby me había indicado el camino. Dudé un momento y entonces lo encontré: el lomo violeta y negro destacaba en su preciosa edición limitada. *El amor en los tiempos del cólera*, de Gabriel García Márquez, un libro que me había hecho entender lo que significa amar a alguien con cada fibra de tu ser. Lo hojeé con rapidez y justo ahí, donde esperaba encontrarla, había una notita amarillenta. Había estado en la librería todo ese tiempo sin que yo me diera cuenta. Cuántas cosas maravillosas tenemos a la vista sin que seamos capaces de verlas de verdad.

> ¡Hola! No quiero despertarte, pero tengo que marcharme. Me voy de viaje, estaré fuera de Florencia bastante tiempo, pero me gustaría hablar contigo si te apetece. Te dejo mi número. Filippo.

—¿Blu?

Sery, que había asistido a toda la escena, me miraba perpleja.

—Bueno, ¿te apuntas a cenar o no?

Cerré el libro y levanté la cabeza.

—Me parece que no. Tengo una cita que llevo seis años aplazando.

Cogí el bolso y me dirigí a la puerta. Me despedí de las chicas y de Enrico, a quien manifesté mi gratitud: desde que había llegado, Carolina tenía otra cara.

—Blu, espera.

Ella me retuvo un instante antes de que cerrara la puerta tras de mí.

—Visto que Giulia ya no va a volver a Sarzana, Sery y yo habíamos pensado alquilar otra casa juntas, ¿qué me dices?

—Estabais convencidísimas de que separarnos era la mejor elección para todas, ¿qué ha cambiado ahora?

—Estábamos equivocadas —dijo sin más Carolina.

—Cuando más te necesitan tus amigos es cuando se equivocan, Jean Louise, no cuando tienen razón* —añadió Giulia.

Lo pensé un momento, aunque ya conocía la respuesta.

—Vale, chicas, aunque yo tenga siempre razón y vosotras seáis unas tontas, seguiré compartiendo casa y vida con vosotras.

Estaba girando el picaporte cuando Giulia me preguntó:

—Blu, pero ¿cómo terminó la historia de Gatsby, diste con él gracias a la dirección?

—No, desapareció en la nada, pero me ha llevado exactamente dónde tenía que estar.

Mandé un beso a las chicas, que me miraban perplejas, y cerré la puerta.

Le quité el candado a mi fiel bicicleta, me subí y llegué a la callejuela que tan bien conocía. El bar de Amir estaba cerrado, y solo entonces me di cuenta de que tenía un rótulo, semioculto entre la exuberante vegetación que enmarcaba la entrada al local. Bar Florentino se leía en él, no podía haber un nombre más acertado para ese lugar.

Saqué del bolso la hoja con la dirección exacta de Filippo, me dirigí al timbre de latón brillante y llamé al piso donde aparecía su apellido. No contestó nadie, me disponía a llamar de nuevo cuando oí su voz.

—¿Sí?

_____

* Frase que aparece en la novela *Ve y pon un centinela*, de Harper Lee (Harlequin Iberica, Madrid, 2015).

—Hola, ¿te apetece salir con una chica a la que le encanta el helado de vainilla?

Tarde o temprano, lo que es tuyo vuelve a ti.

Apéndice

LA PEQUEÑA FARMACIA LITERARIA

¿Cómo funciona
· La Pequeña
Farmacia Literaria?

PIENSA EN CÓMO *te sientes hoy y en lo que deseas para tu futuro.*

Consulta la guía sobre los males que se pueden curar con nuestros fármacos literarios. En los libros encontrarás los prospectos realizados en colaboración con psicólogas profesionales. En el reverso de los mismos, hallarás indicaciones, efectos secundarios y posología, elaborados para cada libro.

Pero ¿cómo están ordenados estos libros?

Cuenta la leyenda que, cuando se inventaron las máquinas de escribir, los teclados estaban en orden alfabético, el sistema más lógico y rápido para encontrar las letras. Si se tecleaba demasiado rápido, como las máquinas aún no eran perfectas, las varillas de los caracteres se atascaban continuamente. Entonces se pensó en mezclar las letras, para que fueran más difíciles de encontrar, ralentizando así la escritura. De este modo nació el teclado qwerty. *Hoy en día, con los ordenadores, la velocidad ya no es un problema, pero hemos conservado el teclado* qwerty. *Surgido por azar, ilógico e innecesario ya, pese a todo sigue existiendo.*

En La pequeña farmacia literaria hemos decidido emplear la misma lógica para colocar nuestros libros en los estantes. Queremos que os perdáis y que, al buscar lo que queréis, podáis encontrar lo que no buscabais, pero necesitáis.

Nuestros libros están en desorden sentimental, ilógico como lo son las emociones y la vida, e imprevisible como el futuro.

NOMBRE DEL MEDICAMENTO
Mujeres que corren con los lobos, *de Clarissa Pinkola Estés*

CATEGORÍA FARMACOLÓGICA
Antiinseguridad y antiestereotipos

INDICACIONES TERAPÉUTICAS
Prescrito para el tratamiento sintomático del trastorno de inseguridad difusa, asociado a aversión por las reglas impuestas por la cultura y los estereotipos. Indicado asimismo para quien reconoce la importancia de confiar en sus propias fuerzas, sin depender de nadie más.

EFECTOS SECUNDARIOS
Podría llevar a los sujetos más fuertes a aceptar sus propios defectos, sin intentar reprimirlos.

Se recomienda cautela en los pacientes con un historial preexistente de rebeldía, para quien no teme enfrentarse a la parte más hermosa de la naturaleza humana, aquella primitiva, auténtica y poderosa. En caso de empeoramiento de dichos síntomas, debe interrumpirse el tratamiento. Proseguir con el mismo podría llevar al lector a confiar en su propio instinto y a incrementar así su lucidez y su sabiduría.

INTERACCIONES
Puede administrarse simultáneamente a:
   Mujeres que compran flores, *de Vanessa Montfort*
   Abril encantado, *de Elizabeth von Armin*
   Nosotras que nos queremos tanto, *de Marcela Serrano*
   La mujer que no envejecía, *de Grégoire Delacourt*

POSOLOGÍA, MODO Y TIEMPO DE ADMINISTRACIÓN
Veinte páginas al día durante un mes. Conservar en la mesilla de noche y releer cada vez que el paciente se sienta falto de energía interior.

Nombre del medicamento
La tía Mame, *de Patrick Dennis*

Categoría farmacológica
Antiabandono y antitristeza

Indicaciones terapéuticas
Prescrito para el tratamiento sintomático del trastorno de tristeza difusa, asociado a sensación de extravío por la pérdida de referencias significativas. Indicado también para quien creía que ya no podría confiar en nadie pero ha tenido que cambiar de opinión.

Efectos secundarios
Podría llevar a los pacientes a graves tentativas de emulación. Se han dado casos en los que el fármaco ha llevado al lector a asumir conductas excéntricas y a desarrollar una malsana pasión por la ginebra.

En caso de empeoramiento de dichos síntomas, debe interrumpirse el tratamiento de inmediato.

Interacciones
Puede administrarse simultáneamente a:
El gran Gatsby, *de Francis Scott Fitzgerald*
La versión de Barney, *de Mordecai Rihler*
El caso Malaussène, *de Daniel Pennac*
Las chicas de la buena suerte, *de Kelly Harms*

Posología, modo y tiempo de administración
Diez páginas al día, combinadas con vídeos de los mejores musicales de Broadway. Repetir la operación a la mínima sensación de tristeza.

NOMBRE DEL MEDICAMENTO
Tú serás mi cuchillo, *de David Grossman*

CATEGORÍA FARMACOLÓGICA
Antisoledad y antiabandono

INDICACIONES TERAPÉUTICAS
Prescrito para el tratamiento sintomático del trastorno de amor platónico a distancia, asociado a aversión por las relaciones banales y superficiales. Indicado asimismo para quien se siente angustiado en una relación sin salida y desea aliviar sus síntomas.

EFECTOS SECUNDARIOS
Podría llevar a los sujetos más fuertes a abrirse, abandonándose al otro sin conocerse con el riesgo de animar relaciones potencialmente dañinas.

Se recomienda cautela en los pacientes especialmente sensibles que han sufrido y han luchado, y por ello pueden llevar a otros a emularlos.

En caso de empeoramiento de dichos síntomas, el tratamiento debe ser vigilado con atención. Proseguir con el mismo podría llevar al lector a dar un vuelco radical a su vida interior.

INTERACCIONES
Puede administrarse simultáneamente a:
Ningún lugar está lejos, *de Richard Bach*
Contra el viento del norte, *de Daniel Glattauer*
84, Charing Cross Road, *de Helene Hanff*
Nos vemos en el museo, *de Anne Youngson*

POSOLOGÍA, MODO Y TIEMPO DE ADMINISTRACIÓN
Una carta en días alternos la primera semana. Suspender una semana y retomar el tratamiento.

Nombre del medicamento
Que empiece la fiesta, *de Niccolò Ammaniti*

Categoría farmacológica
Antidepresivo y antiansiolítico

Indicaciones terapéuticas
Prescrito para el tratamiento sintomático del trastorno de superficialidad difusa, asociado a aversión por la humildad y al discreto segundo plano. Indicado también para quien padece manía persecutoria grave y desea aliviar los síntomas.

Efectos secundarios
Podría llevar a los sujetos más débiles a graves episodios de emulación. Se recomienda cautela en los pacientes con un historial preexistente de tendencia al esfuerzo y a la exageración. En caso de empeoramiento de dichos síntomas, debe interrumpirse el tratamiento. Proseguir con el mismo podría llevar al lector a organizar fiestas con elefantes y tragafuegos.

Interacciones
Puede administrarse simultáneamente a:

Algo supuestamente divertido que nunca volveré a hacer, *de David Foster Wallace*

La conjura de los necios, *de John Kennedy Toole*

Less, *de Andrew Sean Greer*

El festín de la vida, *de J. Ryan Stradal*

Posología, modo y tiempo de administración
Diez páginas al día durante treinta y tres días. Leer antes de una cita mundana importante para captar al máximo todos los matices del género humano.

Nombre del medicamento
El gran Gatsby, *de Francis Scott Fitzgerald*

Categoría farmacológica
Antimelancolía y antiañoranza

Indicaciones terapéuticas
Prescrito para el tratamiento sintomático del trastorno de indiferencia difusa asociado a apego al pasado. Indicado asimismo para quien sufre por un amor ya lejano y desea aliviar los síntomas.

Efectos secundarios
Podría llevar a los sujetos más débiles a creer que el tiempo no cambia a las personas.

Se recomienda cautela en los pacientes con un historial preexistente de dependencia de personajes carismáticos o de tendencia a alterar la verdad. En caso de empeoramiento de dichos síntomas, debe interrumpirse el tratamiento. Proseguir con el mismo podría llevar al lector a crear vidas paralelas para reconquistar el amor perdido.

Interacciones
Puede administrarse simultáneamente a:
Hermosos y malditos, *de Francis Scott Fitzgerald*
El caso del señor Crump, *de Ludwig Lewisohn*
Manhattan Transfer, *de John Dos Passos*
De buena familia, *de Cynthia D'Aprix Sweeney*

Posología, modo y tiempo de administración
Veintitrés páginas al día durante diez días. Leer delante de la ventana, saboreando un cóctel, con música jazz de los años veinte de fondo.

Nombre del medicamento
La simetría de los deseos, *de Eshkol Nevo*

Categoría farmacológica
Catalizador de amistad y deseos

Indicaciones terapéuticas
Prescrito para reforzar las relaciones de amistad largas y simbióticas. Indicado asimismo para quien está pasando un momento de gran cambio y estrés y desea aliviar la presión.

Efectos secundarios
Se recomienda cautela en los pacientes que afrontan momentos de grandes decisiones. En caso de empeoramiento de la ansiedad por la incertidumbre sobre el futuro, debe interrumpirse el tratamiento. Proseguir con el mismo podría llevar al lector a interrogarse seriamente sobre el sentido de su vida y a encontrar respuestas que no había previsto.

Interacciones
Puede administrarse simultáneamente a:

Historia de una gaviota y del gato que le enseñó a volar, *de Luis Sepúlveda*

Narciso y Goldmundo, *de Hermann Hesse*

Cartas a mujeres, *de Virginia Woolf*

Martes con mi viejo profesor, *de Mitch Albom*

Posología, modo y tiempo de administración
Leer un capítulo, escribir una lista de deseos para el futuro, interrumpir la administración y retomar cuando se sepa qué camino seguir.

Nombre del medicamento
El maestro y Margarita, *de Mijail Bulgákov*

Categoría farmacológica
Catalizador de surrealismo e ilusiones

Indicaciones terapéuticas
Prescrito para quien quiere descubrir el lado más extravagante de la humanidad. Indicado asimismo para quien padece sinvergonzonería grotesca y anarcoide y desea aliviar los síntomas.

Efectos secundarios
Podría llevar al paciente a creerse capaz de hablar con gatos negros gigantes y montar en un palo de escoba. Se recomienda cautela en los pacientes con tendencia a no entender los discursos inconexos. En caso de suspensión de cualquier certeza de la que se nutre nuestra racionalidad, debe interrumpirse el tratamiento de inmediato. Se desaconseja su administración en sujetos con escaso sentido del humor.

Interacciones
Puede administrarse simultáneamente a:
El gato negro, *de Edgar Allan Poe*
Las cartas de Groucho, *de Groucho Marx*
Triste, solitario y final, *de Osvaldo Soriano*
Una librería con magia, *de Thomas Montasser*

Posología, modo y tiempo de administración
Leer por separado las dos historias que componen el libro, como si fueran narraciones independientes. Releer por completo para comprender mejor todos los matices.

NOMBRE DEL MEDICAMENTO
Otras maneras de usar la boca, *de Rupi Kaur*

CATEGORÍA FARMACOLÓGICA
Analgésico contra el abandono

INDICACIONES TERAPÉUTICAS
Indicado para todas las mujeres que necesitan sanar cualquier tipo de dolor. Adecuado para quien está buscando superar un abandono, y también para quien está tratando de recomponerse después de que le hayan roto el corazón.

EFECTOS SECUNDARIOS
Este libro podría llevar a redescubrir aspectos de nuestro carácter que podrían no gustar a los demás. En caso de aumento exponencial de la autoestima, debe intensificarse el tratamiento.

INTERACCIONES
Puede administrarse simultáneamente a:
    La policía celeste, *de Ben Clark*
    La soledad de un cuerpo acostumbrado a la herida, *de Elvira Sastre*
    El sol y sus flores, *de Rupi Kaur*

POSOLOGÍA, MODO Y TIEMPO DE ADMINISTRACIÓN
Leer un poema al día, repetir la operación hasta terminar el libro. Repetir el tratamiento al menos una vez al año.

NOMBRE DEL MEDICAMENTO
It, *de Stephen King*

CATEGORÍA FARMACOLÓGICA
Catalizador de amistad y valentía

INDICACIONES TERAPÉUTICAS
Prescrito para quien quiere afrontar sus temores más profundos. Indicado asimismo para quien busca vencer el horror de la vida cotidiana.

EFECTOS SECUNDARIOS
Podría llevar a tratar de afrontar también situaciones demasiado arduas para los pacientes. En caso de decisiones impulsivas y crueles, deberá interrumpirse el tratamiento de inmediato. Proseguir con el mismo podría llevar al lector a buscar recursos interiores que no posee y descubrirse indefenso.

INTERACCIONES
Puede administrarse simultáneamente a:
David Copperfield, *de Charles Dickens*
Siempre hemos vivido en el castillo, *de Shirley Jackson*
El libro de los monstruos, *de J. Rodolfo Wilcock*
Porciones de felicidad, *de Anne Ostby*

POSOLOGÍA, MODO Y TIEMPO DE ADMINISTRACIÓN
Leer toda la historia de los perdedores en los años cincuenta. Absorber bien y a continuación leer la historia ambientada en los años ochenta.

Miss Marple y los trece problemas, *de Agatha Christie*

Categoría farmacológica
Potenciador de la curiosidad y las capacidades de indagación

Indicaciones terapéuticas
Prescrito para reforzar las capacidades de indagación y de búsqueda de personas desaparecidas. Indicado asimismo para quien tiene que encontrar la manera de entender el máximo de información para alcanzar su objetivo.

Efectos secundarios
Podría llevar a los sujetos más débiles a ocuparse también de asuntos que no les incumben. Se recomienda cautela en los pacientes que gustan de espiar la vida de los demás desde las ventanas, virtuales o no. En caso de aumento exponencial de la curiosidad, debe interrumpirse el tratamiento.

Interacciones
Puede administrarse simultáneamente a:
   Estudio en escarlata, *de Arthur Conan Doyle*
   La juguetería errante, *de Edmund Crispin*
   El tigre en la niebla, *de Margery Allingham*
   Saludos nada cordiales, *de Christophe Carlier*

Posología, modo y tiempo de administración
Leer un capítulo, reunir indicios y seguir leyendo. Cuando se hayan agrupado los indicios suficientes, tratar de adivinar la solución.

Nombre del medicamento
Emma, *de Jane Austen*

Categoría farmacológica
Catalizador de ilusiones y falsas esperanzas

Indicaciones terapéuticas
Prescrito para quien se tiene en gran estima. Indicado asimismo para los sujetos con una imaginación desbordante que los lleva a situaciones inoportunas.

Efectos secundarios
Se recomienda cautela en los pacientes que creen interpretar a la perfección los deseos y caracteres humanos. En caso de aumento de ambigüedades y malentendidos, deberá interrumpirse el tratamiento.

Interacciones
Puede administrarse simultáneamente a:
Amor no correspondido, *de Barbara Pym*
No se lo digas a Alfred, *de Nancy Mitford*
La edad de la inocencia, *de Edith Wharton*
Criadas y señoras, *de Kathryn Stockett*

Posología, modo y tiempo de administración
Leer diez páginas al día. Repetir hasta que el paciente sienta un deseo irrefrenable de ocuparse de sus propios asuntos.

NOMBRE DEL MEDICAMENTO
Cuando un elefante se enamora, *de Davide Calì y Alice Lotti*

CATEGORÍA FARMACOLÓGICA
Catalizador de valentía para declaraciones de amor

INDICACIONES TERAPÉUTICAS
Prescrito para todos los pacientes que quieren declararse pero no se atreven a hacerlo. Indicado asimismo para quien piensa que ha llegado el momento de dejar a un lado las dudas y apostar el todo por el todo.

EFECTOS SECUNDARIOS
Podría llevar a los sujetos más tímidos a lanzarse a declaraciones aventuradas. Se recomienda cautela a la hora de valorar el momento adecuado para utilizar este libro. En caso de señales negativas de la otra parte, debe interrumpirse el tratamiento de inmediato. Proseguir con el mismo podría llevar al lector a verse envuelto en situaciones embarazosas.

INTERACCIONES
Puede administrarse simultáneamente a:
    Nosotros en la noche, *de Kent Haruf*
    Dos que se quieren, *de Jürg Schubiger y Wolf Erlbruch*
    El león que no sabía escribir, *de Martin Baltsheit y*
Marc Boutavant
    Las fuentes del silencio, *de Ruta Sepetys*

POSOLOGÍA, MODO Y TIEMPO DE ADMINISTRACIÓN
Regalar a la persona amada y comprobar a escondidas qué efecto le produce.

NOMBRE DEL MEDICAMENTO
Erecciones, eyaculaciones, exhibiciones, *de Charles Bukowski*

CATEGORÍA FARMACOLÓGICA
Acelerador de anticonformismo y cinismo

INDICACIONES TERAPÉUTICAS
Prescrito para quien siempre va a contracorriente y desdeña las convenciones. Indicado asimismo para quien odia el trabajo seguro y cree que la vida es mucho más que fichar cinco días a la semana.

EFECTOS SECUNDARIOS
Podría llevar a los sujetos más sensibles a realizar acciones extremas, como, por ejemplo, jubilarse a los cincuenta. Se recomienda cautela en los pacientes con un historial preexistente de alcoholismo. En caso de agravación del rechazo a las convenciones sociales básicas, debe interrumpirse el tratamiento. Proseguir con el mismo podría llevar al lector a entregarse al lenguaje obsceno más salvaje.

INTERACCIONES
Puede administrarse simultáneamente a:
    Trópico de cáncer, *de Henry Miller*
    París era una fiesta, *de Ernest Hemingway*
    Asfixia, *de Chuck Palahniuk*
    Solo en Berlín, *de Hans Fallada*

POSOLOGÍA, MODO Y TIEMPO DE ADMINISTRACIÓN
Leer el libro rigurosamente en las noches de final del verano, a razón de un relato cada noche, sentado al aire libre, descalzo, dejándose invadir por la humedad y el aire tonificante del cambio de estación.

NOMBRE DEL MEDICAMENTO
Siempre el mismo día, *de David Nicholls*

CATEGORÍA FARMACOLÓGICA
Catalizador de sincronicidad.

INDICACIONES TERAPÉUTICAS
Prescrito para quien cree que el amor es cuestión de encajar. Indicado asimismo para quien está iniciando una fase de la vida llena de nuevas responsabilidades.

EFECTOS SECUNDARIOS
Podría llevar a reflexionar sobre el paso del tiempo y las marcas que deja en el cuerpo y en la mente. Reflexión que puede trasladarse a rasgos de carácter permeados por un gran egoísmo y superficialidad. En caso de aumento de preguntas existenciales, debe interrumpirse el tratamiento.

INTERACCIONES
Puede administrarse simultáneamente a:
   Gente normal, *de Sally Rooney*
   La carta de amor, *de Cathleen Schine*
   Jack Frusciante ha dejado el grupo, *de Enrico Brizzi*
   El verano de mi madre, *de Ulrich Woelk*

POSOLOGÍA, MODO Y TIEMPO DE ADMINISTRACIÓN
Empezar a leer el día en que se conoce a esa persona especial y proseguir la lectura durante veintidós días, a razón de veinte páginas al día.

NOMBRE DEL MEDICAMENTO
El amor en los tiempos del cólera, *de Gabriel García Márquez*

CATEGORÍA FARMACOLÓGICA
Vitamínico para amores sin fin

INDICACIONES TERAPÉUTICAS
Prescrito para quien ama a alguien desde siempre y, pese a la distancia, nunca lo ha olvidado. Indicado asimismo para quien está pasando de una relación a otra y no consigue avanzar.

EFECTOS SECUNDARIOS
Podría llevar al lector a comportamientos masoquistas. Se recomienda cautela en los pacientes con tendencia al autoengaño. En caso de aumento de dichos síntomas, es necesario vigilar con atención cómo evolucionan. Proseguir con el tratamiento podría llevar al lector a vivir con incertidumbre su futuro con la esperanza de algo impreciso que podría no realizarse nunca.

INTERACCIONES
Puede administrarse simultáneamente a:

    El arte de escuchar los latidos del corazón, *de Jan-Philipp Sendker*

    A orillas del río Piedra me senté y lloré, *de Paulo Coelho*

    El doctor Zhivago, *de Boris Pasternak*

    Si no sabes la letra, tararea, *de Bianca Marais*

POSOLOGÍA, MODO Y TIEMPO DE ADMINISTRACIÓN
Un capítulo leído por cada carta escrita a la persona amada. Al final de la lectura, reunir todas las cartas y decidir si enviarlas o no.

Agradecimientos

DADO QUE NO sé si tendré otra ocasión de manifestar públicamente mi gratitud a todas las personas que han estado a mi lado a lo largo de mi vida, la lista de agradecimientos será larga y dolorosa. Si tenéis intención de leerla, poneos cómodos.

En primer lugar, gracias a Paola, a Paolo y al editor, porque sin ellos nunca habría hecho realidad mi sueño encerrado en un cajón tan remoto que no creía poder abrirlo nunca.

Gracias a Sandra, mi madre, por la educación siberiana, por haberme ayudado siempre, incluso cuando no estaba de acuerdo conmigo, y por haber sido tan paciente con esta hija rebelde y poco colaboradora.

Gracias a Ines, mi abuela, por todas las tardes que hemos pasado juntas, por los caramelos Rossana y por todas las veces que se las vio con mi mal carácter sin decirme nada. Cuánto me gustaría que estuviera aquí para ver lo que he sido capaz de alcanzar.

Gracias a Gianna por todo lo que hace cada día por mí y por haberse convertido en uno de los pilares de mi vida.

Gracias a Loris, mi padre, porque sin él nunca habría nacido (mi madre era partidaria del hijo único y yo ya tengo una hermana mayor).

Gracias a toda mi familia por ser tan hermosa y estar tan unida, y por despertarme todas las mañanas a las 6.30 con mensajes de buenos días en el chat de WhatsApp.

Gracias a Deborah por Capitán Harlok, por estar siempre de mi lado en mis empresas más desesperadas y difíciles, y que parecen perdidas de antemano.

Gracias a Costanza por todos nuestros momentos de alegría, los abonos anuales al gimnasio jamás utilizados, por las canciones de Baglioni y por todos los amaneceres que hemos contemplado juntas en la escalinata de la Santa Croce.

Gracias a Lella por la alarma salvavidas Beghelli, el té verde Ledda y la mochila Lucky Strike. Marinella nos atiende, *forever*.

Gracias a Giulia por las noches en el bar Massimo y da Andre, las visitas a la Soffitta y a las librerías, los desayunos a las once y por odiar el invierno casi tanto como yo.

Gracias a Marco por el zumo de pera con una gota de leche, los desayunos en el Dynamo Camp, el experto y el viejo malsano. Un día haremos realidad nuestro sueño de huida.

Gracias a Nicola, porque hemos conseguido superar el amor sin olvidar que un día nos amamos.

Gracias a Maria Grazia por recordarme siempre que se puede seguir siendo joven con treinta y seis años.

Gracias a Manuela Sonia por estar a mi lado en los momentos duros, por nuestros paseos y por el antigoteo amarillo de felpa. Todavía me río cuando me acuerdo.

Gracias a Paola por haber hecho frente junto a mí a una invasión zombi, a calambres vaginales y por haberme ayudado a no sucumbir.

Gracias a Daniele por *Un'ora di amore con Subasio*, los días en los escollos con los tarpones, los conciertos más raros y las fiestas de cumpleaños sorpresa.

Gracias a Teo por los veranos inolvidables en Capannina.

Gracias a Chiara por aguantarme todos los días pese a ser la jefa más desorganizada del universo.

Gracias a Arianna M. por la primera lectura de esta novela. Y por decirme que era buena.

Gracias a Nicola D. P. por el Twingo color caca, los desayunos con Sanbitter y pizza y las clases de Estética de las que salimos ofendidos.

Gracias a Davide por los videojuegos del tío Lucio, el Typhon Martini y las noches asando pizzas congeladas en la chimenea.

Gracias a Cristiana por aquel jueves de septiembre en Barberino, nunca te lo agradeceré lo suficiente.

Gracias a Massimo por construir las librerías color palisandro más bonitas que podía desear.

Gracias a Carlotta, Barbara y Francesca por haberme dado una oportunidad y haberme enseñado todo lo que sé. Seguid luchando, chicas, estoy con vosotras.

Gracias a Arianna G. por esa vez que no se despertó y no abrió la librería, lo que me generó una paranoia del despertador sin precedentes.

Gracias a Elena por casi matarme con una comanda equivocada de sushi, por el concierto de Cremonini y por esas mañanas de enero considerando el suicidio en el bar de enfrente de la oficina.

Gracias a todos mis clientes y mis seguidores, que cada día me apoyan de cerca y de lejos. No sabéis cuánto me habéis salvado la vida.

Gracias a Giovanna y a Anna Luisa por ser unas clientas muy especiales.

Gracias a mi profesora de Lengua, Margherita, por haber hecho que me apasionara por Giovanni Verga al definir a sus lectores como «marginados, desesperados, derrotados verguianos».

Gracias a Maria Giusy y a Viviana por seguirme en mis locos proyectos y salir indemnes.

Gracias a Consuelo por nuestra adolescencia, los días en la playa con la radio y las canciones de Davide De Marinis, las maniobras con el Cinquecento rojo y todos nuestros sustos inútiles.

Gracias a Valentina por el plástico verde, el cumpleaños de Diego Caravano y la Garelli sin frenos.

Y, por último, gracias a Stefania por haberme hecho entender exactamente todo lo que no quería en la vida.

De corazón, gracias.

Las aventuras de una librera

La pequeña farmacia literaria: la historia del sueño cumplido de una mujer valiente

Al PRINCIPIO FUE una sensación. Una sensación de insatisfacción, como cuando sabes que estás en el lugar equivocado y tu vida corre el riesgo de tomar un cariz que no te gusta.

Luego se transformó en una idea, quizá algo descabellada para la mayoría, pero electrizante, cargada de posibilidades y de promesas de futuro. A continuación, llegó el proyecto, el estudio, el plan concreto, un trabajo de construcción paciente y minucioso.

Fue así como nació *La pequeña farmacia literaria*, de una intuición de Elena Molini, desarrollada con Ester Molini y Deborah Sergiampietri, a partir de la certeza de que un buen libro puede curar el alma; tanto es así que en La pequeña farmacia literaria se buscan y se comparten remedios no rigurosamente médicos, sino literarios, con prospectos y todo, que incluyen la posología y los efectos secundarios.

La librería, que se encuentra en Florencia y en la actualidad también dispone de un servicio de comercio electrónico, es una realidad viva, una comunidad, un lugar en el que escucharse y escuchar, pues las historias que cuentan los libros tienen muchas más cosas en común con nuestra vida de lo que creemos.

Encontrarlas podría ser la clave para enfrentarse a las situaciones con otro estado de ánimo, para aprovechar nuevas oportunidades, para recuperar la ligereza que habíamos perdido, para armarnos de valor y tomar esa decisión que llevamos aplazando desde hace tiempo.

La pequeña farmacia literaria se convierte en un libro

La historia de esta librería, única en Italia, se ha transformado en un libro escrito por Elena Molini, que precisamente se titula *La pequeña farmacia literaria*. Se trata de una comedia brillante y divertida que cuenta la historia de una chica, Blu, que se lanza a una aventura que a muchos les parecía imposible y que, sin embargo, se convierte en realidad, al igual que la de su autora.

Entre la idea y su realización hay amistades, amores, gatos, fugas en bicicleta, infinitas conversaciones, problemas económicos, financiaciones, decisiones y mucho coraje.

Elena Molini responde

La pequeña farmacia literaria: primero un sueño, luego una idea, a continuación un lugar concreto y a día de hoy también una novela. ¿Nos cuentas las diversas caras de tu proyecto?

La pequeña farmacia literaria surge de mi deseo de crear un lugar donde la gente se sintiera realmente bienvenida y valorada al margen del frenesí cotidiano, un lugar donde detenerse y cuidar de uno mismo.

En mi experiencia anterior en una cadena de librerías comprendí que la gente buscaba libros que dieran una respuesta a los problemas cotidianos.

En La pequeña farmacia literaria proponemos soluciones literarias para los problemas reales gracias a un equipo de psicólogas que ofrecen ayuda profesional en la elección de los títulos que forman parte de las noventa categorías que hemos creado, con el fin de que todo el mundo encuentre el libro adecuado a sus necesidades.

En un mundo proclive a la estandarización de cualquier proceso, tú demuestras que es viable un modelo de negocio basado en las emociones y, junto con otras dos profesionales, también le has dado sólidas bases psicológicas. A propósito de emociones: ¿cómo ha cambiado Elena con la evolución de La pequeña farmacia literaria?

He hecho colección de canas. Bromas aparte, cuando propones un proyecto ligado de forma tan íntima a tus valores y a ti misma, y ese trabajo se alaba de manera tan contundente y universal, es obvio que la autoestima da un importante paso adelante.

Sigo siendo la chica alocada y desordenada de siempre, pero con muchas más certezas.

¿Cuál es la principal virtud que en tu opinión nunca debería faltarle a un librero?

La empatía, desde luego. Tenemos tanta necesidad de que se nos escuche y se nos entienda que el éxito de mi librería radica justo en eso: la gente que entra sabe que encontrará a alguien que los escuchará y tratará de ayudarlos. A veces, incluso logrará hablar de problemas que nunca le había contado a nadie. Yo soy depositaria de muchísimos secretos y eso me enorgullece.

Fomentas activamente con tu trabajo la idea de una literatura como territorio de todos. ¿Nos cuentas cómo te acercas al lector experto y al lector principiante?

Para recomendar un libro hay que tener en cuenta a quién tenemos delante. En mi opinión, los que distinguen entre literatura de primera y de segunda no han comprendido que el valor de la lectura es universal y debe ser accesible a todo el mundo.

A mi librería acuden muchísimas personas que no leen mucho, o que han dejado de leer y quieren volver a hacerlo. A ellos les propongo libros con una prosa fluida e historias apasionantes que los enganchen.

Con los lectores expertos hago alguna distinción más; empiezo preguntándoles qué autores suelen leer y me inspiro en ellos para aconsejarles.

¿De qué manera tratas de hacer de tu librería el centro de una comunidad activa?

Mi clientela está formada por dos categorías: la gente de fuera de Florencia que nos visita los fines de semana y el núcleo duro, nuestros clientes fieles. La librería está ubicada en Gavinana, un barrio histórico de la ciudad alejado del casco antiguo y con una población que tiende a hacer comunidad y demuestra un interés especial por el comercio de barrio. Con el tiempo, mis clientes se han convertido en amigos que a menudo se entretienen en la librería para charlar un rato.

A esto hay que sumarle los eventos y las actividades que organizamos en la medida de nuestras posibilidades, dado el tamaño reducido de la librería.

Si tuvieras que elegir un encuentro de este año en la librería, uno de los «remedios» que has recetado y que te ha marcado de manera especial, ¿cuál sería?

Un remedio que siempre recuerdo con mucho afecto es el que le di a una chica que se me quedó grabada en el corazón. Cuando acudió a la librería acababa de suspender el examen de admisión en el Cuerpo de Policía y, a causa del límite de edad, era su última oportunidad para ingresar. Había trabajado muy duro toda la vida para alcanzar esa meta y se sentía perdida. Tras hablar con ella largo rato, le aconsejé *Patria*, de Fernando Aramburu. Al cabo de unos meses volvió a Florencia para agradecérmelo, porque gracias a ese libro había encontrado la motivación para matricularse en un máster sobre Terrorismo Internacional. Me alegré muchísimo.

A caballo entre el anarquismo insurreccional y Amélie, tu historia —y, en consecuencia, la de Blu— conjuga una naturaleza soñadora con una buena dosis de valentía. ¿Qué consejo le darías a quienes aún no han realizado sus sueños dorados?

Los sueños dorados no se cumplen solos, suelen pesar entre 500 y 1000 kilos y no son fáciles de manejar; a veces nos parece que están por encima de nuestras posibilidades y nos dan miedo, porque aparentan ser más grandes que nosotros mismos.

El consejo que les daría es resistir y no rendirse, ni siquiera cuando el miedo es tal que nos quita el sueño por las noches. Sé de qué hablo: he pasado muchas noches con la vista clavada en el techo pensando que estaba haciendo una solemne tontería.

Rodearse de personas positivas que no subestimen las dificultades, pero que siempre te apoyen. Y trabajar para hacer realidad esos sueños, trabajar sin cesar, porque requerirá grandes sacrificios. Pero la satisfacción será tan grande que nos recompensará con creces.

La redacción de un libro como el tuyo es un momento muy importante para reflexionar acerca de las elecciones que uno hace en la vida. ¿Cómo lo has vivido? ¿Como la valoración general de un proceso? ¿Como un regalo? ¿Como otro acto de coraje?

Para mí este libro ha sido un grandísimo regalo. Era uno de esos sueños dorados que etiquetamos como «cosas imposibles que nunca pasarán», junto con convertirse en una estrella del *rock* o prometerse con Brad Pitt.

Cuando por fin logré ponerlo en práctica me encontré con una historia que me pertenecía y escribirlo me resultó casi natural. Sin duda, es uno de los regalos más grandes que la vida me ha hecho.

Por último, quisiéramos jugar un poco con tu historia. Te pediremos que relaciones tres libros con tres momentos fundamentales de tu vida para comprender cómo te influyeron:

La vez que me sentí perdida, pero volví a encontrar el camino de vuelta a casa: *Atando cabos*, de Annie Proulx; la vez que lo habría dejado todo por amor: *El arte de escuchar los latidos del corazón*, de Jan-Philipp Sendker; la vez que ajusté las cuentas con mi pasado y comprendí quién era yo realmente: *A orillas del río Piedra me senté y lloré*, de Paulo Coelho.

**Entrevista de Laura Montanari para *La Reppublica*
Traducción de Ana Ciurans Ferrándiz**

Aquí puedes comenzar a leer
el nuevo libro de

ELENA MOLINI

Prólogo

Jueves 26 de septiembre de 2019, once y media de la noche

—SIÉNTESE AQUÍ, SEÑORITA.

Como en un *déjà vu*, me acerqué a la silla, me quité la chaqueta y la dejé con cuidado sobre el respaldo.

Antes de meterme en este lío nunca había estado en una comisaría de policía, mientras que ahora conocía la de San Giovanni como si fuera la palma de mi mano.

Siempre las había imaginado como en las series policiacas americanas que tanto me apasionaban: una habitación en penumbra con un gran espejo a mi espalda tras el cual un equipo de psicólogos y criminólogos se dispondrían a captar la más mínima señal de titubeo.

Me encontraba, en cambio, delante de un simple escritorio, en una oficina iluminada por tristes neones, pálidos como los de mi instituto de provincias.

Además, el agente Antonio Sevasti no recordaba en absoluto a los policías molones de *CSI* o *Mentes criminales*. Se parecía más bien a Papá Castor, el protagonista de los cuentos, un roedor pedante y parlanchín que siempre tiene una respuesta preparada para todas y cada una de las preguntas existenciales de su numerosa prole.

Dicho de otro modo, Sevasti era lo contrario de parlanchín, pero tenía las mismas paletas que Papá Castor y también llevaba las gafas apoyadas en la punta de la nariz.

—Esperamos al inspector jefe para la declaración y luego empezamos.

Asentí enérgicamente y le prodigué una enorme sonrisa.

—¿Necesita alguna cosa? ¿Agua o algo de comer?

—No, gracias, estoy bien —respondí mientras rozaba con los dedos el apósito que me cubría gran parte del cuello.

—Imagino que estará trastornada por lo que ha ocurrido esta noche —dijo él, y observó las manchas de sangre de mi blusa.

—Sí, en efecto, no son cosas que pasen todos los días, ¿no? Bueno, a ustedes puede que sí.

Se me escapó una risita.

Para ser exactos, más que una risita parecía el estertor de un animal moribundo. Sevasti tenía razón, todavía estaba trastornada, no veía la hora de volver a casa. Allí también me esperaba una buena papeleta, pero en aquel momento no quería pensar en eso.

Me giré hacia una de las ventanas: Florencia dormitaba aquella noche en la que el verano cedía el paso al otoño.

—Buenas noches.

Me di la vuelta. El inspector jefe Portelloni acababa de entrar con toda su imponente humanidad.

A simple vista, metro noventa de estatura y ciento veinte considerables kilos cubiertos por un impermeable arrugado que debía de haber recorrido mucho mundo, mirada severa bajo unas cejas espesas y una calva tan brillante que parecía untada con una fina capa de cera.

Se dejó caer pesadamente sobre la silla mientras mascullaba algo para su adentros y se vaciaba los bolsillos de llaves, billetera, móvil y caramelos.

Papá Castor se acercó al ordenador.

—¿Empezamos, inspector? He abierto el archivo del caso Ricorboli, pero habrá que volver a redactarlo a la luz de los hechos de esta noche.

Portelloni asintió brevemente mientras trajinaba con un paquete de pastillas de menta que acababa de sacarse del bolsillo. Se metió una en la boca, sin hacer ademán de ofrecérselas a nadie, y se puso a masticar. Tenía los ojos fijos en mí, y, sin abandonar la expresión de reproche que empezaba a resultarme familiar, le hizo una señal a Sevasti.

Podía escribir, daba por iniciada la declaración.

O quizá sería más correcto llamarla *declaración espontánea*.

Papá Castor se apresuró a poner en marcha el programa de transcripción; su voz, que vocalizaba mecánicamente las palabras, acompañaba el sonido de las teclas.

—Jueves, veintiséis de septiembre de dos mil diecinueve. Entretanto Portelloni se había repantigado en una silla giratoria de oficina, de esas de piel negra, que, como su impermeable, había conocido tiempos mejores.

—Adelante, Blu Rocchini, cuéntenos cómo se desarrollaron los hechos —dijo animándome a hablar con un elocuente gesto de las manos.

—De acuerdo. —Me sequé las palmas sudadas en los pantalones de color burdeos que llevaba esa noche—. Es una historia más bien larga, ¿por dónde empiezo?

—Bueno, diría que podría empezar por el principio, por ejemplo. —Portelloni había cruzado los brazos sobre su prominente barriga.

—Y cuando acabe, deténgase, por favor, o ya la detendremos nosotros —añadió Sevasti mirando al inspector con expresión divertida.

Portelloni no pilló la broma y la expresión del agente se ensombreció de golpe.

Quién sabe si aquellos dos entenderían qué relación había entre un Citroën dos caballos averiado bajo el sol de septiembre, un grupo de biblioterapia que se reunía los jueves por la noche, mis mejores amigas y el caso de homicidio en el que me había visto implicada.

Por otra parte, me habían dicho que empezara por el principio, y por ahí empecé.

1

El principio

> Para colocarte el corazón en su
> sitio, tendré que abrirte un agujero en
> el pecho. Espero que no te haga daño.
> L. Frank Baum, *El mago de Oz*

Jueves, 5 de septiembre de 2019

—No arranca porque la batería está descargada. ¿Tienes unos cables?

—Giulio, cariño, ¿te parezco la clase de persona que posee un chisme semejante?

Giulio Maria levantó la cabeza del motor.

Me observó con la mirada hipercrítica que yo había aprendido a conocer muy bien a lo largo de los diez años de amistad con los que me honraba.

—Entonces, Blu, cariño mío, por lo que a mí respecta, este cacharro se queda aquí. La parada del 23 está a la vuelta de la esquina. Arréglatelas.

Se había manchado de grasa la reluciente camiseta blanca y se le había escapado algún que otro mechón del moño en el que solía recogerse el pelo, de color castaño oscuro.

Cerró el capó con mucha rabia, se quitó los guantes, y, con la agilidad adquirida en los entrenamientos de boxeo, franqueó el coche para dirigirse a grandes zancadas al que era su bar desde hacía dos años, el Dal Mago.

Lancé una mirada fugaz en dirección a mi flamante —solo para mí, porque en realidad tenía muchos años— Citroën dos caballos beige, que le había comprado a una amiga de la abuela Tilde a un precio de ganga.

En efecto, quizá eso lo explicaba todo.

Manzanillo, como había bautizado al viejo coche —aunque *Crónica de una muerte anunciada* habría sido más adecuado—, era mi último e inexplicable flechazo. A pesar de que cualquier persona de mi entorno que estuviera en su sano juicio me habría desaconsejado encarecidamente que comprara un vehículo en mal estado y que necesitaba mantenimiento, yo, tozuda como una mula, había decidido desoírlos a todos y tirar por la calle de en medio.

Habría podido pasarme el día repasando una existencia, la mía, llena de flechazos inexplicables, que defendía incluso a costa de negar la incuestionable realidad de los hechos.

Y la incuestionable realidad, también en aquel caso, era que había hecho una enorme, imponente y colosal gilipollez.

—Vamos, no seas susceptible. —Corrí para alcanzar a Giulio Maria, a riesgo de tropezar con las cintas de las alpargatas que se me habían soltado de uno de los tobillos.

Lo agarré del brazo, pero él no dio señales de detenerse.

—Iba a ir al almacén a buscar los míos, mis cables —dijo resignado—, pero han entrado dos clientes en el bar y me llevará un rato atenderlos.

—Mil gracias, te espero —respondí dando saltos de alegría.

—¿Qué habré hecho yo para merecer esto?

Solo se podía culpar a Giulio Maria de ser el mejor amigo de una chica cuya profesión era cerrar la puerta cuando las vacas ya han huido y con una larga e irregular experiencia en hacer *multitasking*.

—Y luego me explicas qué son esas cajas —añadió entrando en el bar.

Me puse las gafas de sol y dudé entre meterme en la librería para guarecerme del sol o esperar en la acera y correr el riesgo de coger una insolación.

Hacía pocos días que agosto le había abierto un hueco a septiembre, pero en Florencia nadie se había dado cuenta porque las temperaturas aún eran las que se registran en verano en el desierto de Gobi.

Levanté la vista, el cielo estaba sereno; advertí una vez más lo feas que se habían puesto las banderolas que había colocado en el exterior de la librería.

Nunca habían destacado por su hermosura, pero, caramba, al menos antes no estaban desteñidas. Aquel verano el sol les había dado el golpe de gracia: el logo de La pequeña farmacia literaria a duras penas se distinguía.

A veces aún no podía creerme que hubiera transformado mi intento de suicidio laboral, materializado en la agonizante librería Novecento, en un proyecto como el que estábamos sacando adelante. Todavía me parecía inverosímil que en enero fuera a publicarse, aunque solo para un grupo reducido de amigos, un libro sobre la historia de mi pequeña librería.

A menudo necesitaba detenerme un rato a reflexionar sobre la cantidad de sucesos —algunos agradables, otros un poco menos— que habían tenido lugar a lo largo del año que ya tocaba a su fin.

Lancé una mirada de tristeza a las cajas amontonadas en el asiento trasero de mi coche, en las que Giulio Maria se había fijado de inmediato a pesar de mis torpes intentos de esconderlas debajo de una manta.

La convivencia, que había empezado como la culminación del gran amor de mi vida, había fracasado miserablemente en solo tres meses.

Más o menos.

No me gusta presumir de mis hazañas, pero creo que había batido un auténtico récord. Quizá solo el matrimonio de Britney Spears con un amigo de la infancia, celebrado en Las Vegas, duró menos.

La relación con Filippo había sido un fogonazo. Cinco meses atrás habría podido afirmar con total tranquilidad que aquel chico que había regresado del pasado era el Hombre de Mi Vida.

Sí, con mayúsculas.

Un estrambótico y disparatado suceso había provocado que nos encontráramos al cabo de varios años, y yo tenía el absoluto convencimiento de que mi destino estaba unido al suyo.

Por eso, antes del verano, con tres cajas, dos maletas y el transportín de *Frodò*, había abandonado el piso de estudiante que todavía compartía con mis amigas, a pesar de que los tiempos de la universidad habían concluido desde tiempo inmemorial. Había alzado el vuelo hacia mi vida adulta, representada por un piso de una habitación, salón con cocina integrada y baño, a pocas manzanas de la librería.

¿Un título para esos tres meses de convivencia?

El amor... no es lo que parece: muy, pero que muy apropiado.

—¿Tienes la intención de coger una insolación, Blu?

Una sonrisa resplandeciente, que pertenecía a mi amiga Mia, se acercaba por la acera.

—En efecto, era una de las opciones —respondí riendo—. Estoy esperando que Giulio Maria repare a Manzanillo, que esta mañana ha decidido traerme hasta aquí antes de exhalar el último suspiro.

Mia apretó los labios y se limitó a asentir.

Ella también había experimentado las deficiencias de mi vehículo la vez en que un chubasco nos sorprendió durante un viaje de trabajo para asistir a un evento. El agua se filtró por la capota y arruinó las alucinantes ondas californianas que el peluquero nos había marcado con mimo.

De Barbie California a Barbie Fregona-en-la-cabeza hubo solo un paso.

—¿Qué haces por aquí?

—En la editorial me han dado la bienvenida después de las vacaciones endosándome estos para leer.

Dio una palmadita a la bolsa de algodón que llevaba en bandolera. Las asas estaban a punto de romperse por el peso del portafolios.

—He pensado en venir aquí, con vosotras, porque quedarme sola en casa me pone muy triste —dijo para justificarse.

Ni que necesitara una excusa para venir a la librería a chismorrear y desayunar. Mia había dejado su bien retribuido trabajo en el mundo de la comunicación para lanzarse al mágico mundo editorial. Mágico porque para obtener un contrato de verdad solía ser necesario poseer al menos uno o dos poderes paranormales. Todas pensamos que estaba completamente loca, pero ninguna tuvo valor para decírselo a la cara.

—Has hecho bien, un mes sin vernos es mucho tiempo. Quién sabe qué aventuras habrás vivido este verano.

Mia captó mi tono irónico y me lanzó una mirada torva.

—Por supuesto, el verano en Apulia en compañía de mi madre ha sido una sucesión de eventos extraordinarios

—dijo imitando con las manos una explosión de fuegos artificiales—. Para ser sincera, lo más excitante que hice fue ponerme estas extensiones de color rosa.

Se dio la vuelta para mostrarme una larga melena de color castaño rosado.

No era el primer disparate de ese estilo que hacía, pero tenía que admitir que la tonalidad le favorecía mucho más que la azul que había lucido meses atrás.

A decir verdad, la encontraba muy en forma: el vestido blanco, que envolvía suavemente sus curvas, sobre la piel bronceada; los ojos verde botella a conjunto con el bolso y las sandalias...

El verano le había sentado bien.

—Pero, cuéntame tú. ¿Cómo va la convivencia?

Me habría gustado tener a mano uno de esos botones que se pulsan para saltarse una pregunta y pasar a la siguiente en los concursos de televisión.

—¡No te he contado la novedad! Pero quizá hayas visto el evento en las redes sociales: esta noche tenemos la primera reunión de los jueves de las confidencias.

—No, no sé nada. ¿Qué es?

Había cambiado de tema con descaro, pero había logrado desviar su atención.

Hablar de mis fracasos a primera hora de la mañana me pondría de mal humor el resto del día.

—Es una idea de Carolina y mía. Son reuniones con pequeños grupos de participantes dedicadas a un tema específico. Empezamos este mes con tres reuniones. Si gustan, propondremos más el año que viene. Obviamente utilizaremos historias contenidas en los libros y, en función del debate, los participantes decidirán si compartir algo que nunca han contado a nadie o no.

—Me parece una buena idea. ¿Cómo está Carolina?

—Mucho mejor, sigue con el tratamiento, pero los médicos dicen que da pasos de gigante. Son muy optimistas en cuanto a su completa recuperación.

—Qué alivio. Le escribí varias veces este verano, pero hablamos sobre todo de la situación que se ha creado con Giulia.

Ay, primer tema peliagudo a la vista.

—Si te sirve de consuelo, creo que se habría marchado aunque las cosas hubieran ido de otra manera. La oferta de aquel colegio era muy importante para su carrera. Lo que pasó con Neri no tuvo nada que ver —dije en un intento de suavizar las cosas.

—Por supuesto, supongo que su sueño era mudarse a una risueña ciudad de Renania del Norte-Westfalia. —La ironía no lograba disimular la amargura en su voz.

Apreté los labios y asentí, no sabía qué responder.

—Ven, vamos, entremos en la librería antes de que nos derritamos —dije empujándola hacia la puerta.

Hacía poco más de un año que pasaba los días encerrada entre aquellas cuatro paredes de tonalidad verde azulada con las repisas de palisandro, pero cada vez que entraba me parecía que era la primera vez.

Algo así como la sensación que deben de experimentar las personas que se quieren de verdad.

Chiara, mi compañera, o mejor dicho la persona capaz de asegurar la supervivencia de La pequeña farmacia literaria defendiéndola con uñas y dientes de mi incoherencia y desorganización, ya había llegado.

Conversaba con un grupo de chicas de Verona que se había aventurado en nuestro barrio, alejado del casco antiguo, para visitar nuestra librería. Las chicas seguían a Chiara entre las estanterías ordenadas por emociones, entre mapas, test psicológicos y recetas todavía en blanco mientras Mia y yo nos dirigíamos a la trastienda.

La zona entre bastidores de La pequeña farmacia literaria estaba compuesta por una primera habitación con estanterías llenas de libros y un fichero que contenía los prospectos que Carolina y yo actualizábamos casi a diario. Cada prospecto acompañaba el libro para el que había sido redactado y contenía las indicaciones terapéuticas, los efectos secundarios y la posología de la lectura, como si se tratara de una auténtico medicamento.

En la segunda habitación, un gran escritorio, con montones de libros apilados encima, era el protagonista indiscutible de la escena. Reunidas a su alrededor discutíamos acerca de los textos que introduciríamos en el catálogo: con cuáles nos quedaríamos y los destinados a la sección *off*, reservada a los libros que nos habían gustado, pero cuyo contenido no era demasiado *terapéutico*. En esta habitación había una puerta que daba al patio, al que se asomaba otro pequeño edificio, la consulta privada de Carolina. La entrada era independiente, y, para garantizar la intimidad de los pacientes, ella no pasaba por la librería. Cuando la puerta estaba cerrada con llave significaba que Carolina tenía una sesión y no podíamos molestarla bajo ningún concepto.

Mia se sentó al escritorio y dejó caer al suelo la pesada bolsa mientras sujetaba la funda del portátil.

—Voy a avisar a Carolina de que estás aquí —dije después de abrir la puerta.

—Perfecto. Entretanto me pongo a trabajar.

Mia había sacado todos los utensilios del oficio y ya estaba con la cabeza gacha.

En el patio la temperatura superaba en unos grados a la de la de calle, y era muy superior a la climatizada de la librería; cada vez que lo cruzaba corría el riesgo de desmayarme por la excursión térmica.

Alcancé la pesada puerta posterior de la consulta y advertí de mi presencia con unos delicados golpecitos. La discreción siempre era aconsejable.

Carolina asomó la cabeza y, sonriendo, me hizo una señal para que entrara.

La miré un instante y un impulso espontáneo de gratitud y alivio me sacudió de pies a cabeza. Habían pasado algunos meses desde que el diagnóstico de cáncer de mama nos había hecho temer lo peor, pero se había recuperado y su aspecto lo demostraba.

La piel de una bonita tonalidad ámbar, el pelo brillante y oscuro recogido en la nuca en un moñito informal, las mejillas rellenas... todo atestiguaba que lo más duro había quedado atrás.

—Buenos días. ¿Qué horas son estas de llegar?

—¿Me lo dices o me lo cuentas? Esta mañana a Manzanillo le costaba arrancar y hace un rato se ha quedado parado ahí enfrente y no da señales de vida. Por suerte, Giulio me ha ayudado a empujarlo hasta un aparcamiento libre y dentro de poco me recargará la batería.

—Deberías tirar ese coche a la basura, Blu, creo que ya te lo he dicho.

—Sí, tantas veces que he perdido la cuenta.

—Bien. Toma las llaves de casa —dijo colocándolas sobre el escritorio—. Tienes suerte, tu historia de amor ha sido tan breve que no nos ha dado tiempo a encontrar otra compañera de piso.

Todas estaban muy simpáticas aquella mañana.

—¿Qué ha dicho Sery?

—Solo le he comentado que llegaba alguien nuevo, sin dar detalles. Puede que sospeche algo debido al regreso de

Frodò. Le dije simplemente que nos lo dejabas unos días y no preguntó nada más. Quiero que seas tú quien le cuente lo que quieras compartir con ella.

Serafina, a la que todos llamaban Sery, era prima de Carolina, un personaje que, para no extenderme mucho, se podía calificar como peculiar. A pesar de que su adorable pasión por ver programas de televisión con el volumen al máximo a primera hora de la mañana hizo que empezáramos con el pie izquierdo, nuestra relación había mejorado. También gracias a la predilección compartida por los *thrillers* y las novelas de Agatha Christie.

—Gracias, Carol. Qué habría hecho sin vosotras.

—Ya me contarás qué ha pasado, porque no lo he entendido.

Suspiré, la mirada comprensiva pero escrutadora de Carolina siempre me causaba cierta incomodidad. ¿Todos los amigos de los psicoterapeutas tienen la impresión de que los analizan cuando les cuentan sus problemas?

—Él está demasiado concentrado en sí mismo y en su profesión.

—Sabes que tiene un trabajo muy absorbente, Blu. Supervisar misiones humanitarias en los países del tercer mundo no es como ir de excursión.

—Lo sé. En efecto, me siento una egoísta anteponiendo mis necesidades a ciertas situaciones. Pero no puedo remediarlo.

—Comprendo que no sea fácil, pero trata de aflojar las tensiones en vez de echar siempre leña al fuego.

Continúa en tu librería

La librera de

LA PEQUEÑA FARMACIA LITERARIA

se convierte en detective aficionada

¿Cómo probar la inocencia de alguien que parece culpable? Por suerte, siempre se puede contar con la ayuda de los detectives más legendarios de todos los tiempos.

A Blu Rocchini parece que la vida por fin le sonríe, su librería se ha convertido en un referente en Florencia.
Pero una mañana recibe la llamada de su amiga Rachele, a la que acusan de un asesinato que no ha cometido, y Blu no alberga ninguna duda sobre su inocencia.
La policía, sin embargo, no opina lo mismo, así que Blu decide investigar por su cuenta, y para ello cuenta con una ayuda inestimable: la de los protagonistas de sus novelas de misterio favoritas, desde Miss Marple hasta Sherlock Holmes.